短篇小説の快楽

Carol Emshwiller
The Start of the End of It All

すべての終わりの始まり

キャロル・エムシュウィラー
畔柳和代［訳］

国書刊行会

すべての終わりの始まり　目次

装幀　中島かほる

装画　南桂子

「しだの中の鳥」（一九七五年）

カラーエッチング　35.5×28.8㎝

協力　ミュゼ浜口陽三・ヤマサコレクション

すべての終わりの始まり

私はあなたと暮らしているけれど、あなたはそれを知らない

I Live with You and You Don't Know It

私はあなたの家で暮らしているけれど、あなたはそれを知らない。私はあなたの食べ物をちびちびかじる。あれはどこに行っちゃったんだろう、とあなたはいぶかる……鉛筆やペンはどこへ消えるのか……一番上等のブラウスはどうしたのか。（あなたと私はぴったり同じサイズ。だから私はここにいるのだ。）どうして鍵は定位置の玄関脇にはなくて、枕元のテーブルまで移動しているのだろう、とあなたは思う。たしかにあなたは鍵をつねに玄関脇に置く。あなたは実に几帳面だ。私は使った皿をシンクに置きっぱなしにする。あなたが仕事に出ているあいだにベッドで昼寝して、寝具はしわくちゃにしておく。朝一番に整えたはずなんだけど、とあなたは思う。たしかにやってありました。

最初にあなたを見たとき、私は書店に潜んでいた。食べ物はコーヒーショップのマフィンしかな

い所で暮らすのは、もう嫌になっていた。ある意味、居心地はよかった……読書、そして音楽。物は一度も盗らなかった。だって、気に入った物をどこに持っていける？　昔、デパートに住んでいた頃すら、物は盗らなかった。夜間はしょっちゅう服を着てみたけれど、デパートから出て行くときは着たきりの格好で出た。私が去るとき、こんなみすぼらしい人間が出て行ってくれてほっとしていることが店員たちの顔にありありと浮かんでいた。そもそもどうやって入り込んだんだろう、といぶかしがっていることもわかった。実は、私に気づいた人は一人しかいなかった。私はほとんど人目に留まらないのだ。

でも考えてみれば、あの書店であなたをはじめて見かけたのだ。私とぴったり同じ背丈。まったく同じ風采。それにまったく目立たないのも一緒。ほとんど人目につかない私と同じくらい、人目につかない人だということがわかった。

あなたの家まであとをつけた――町を出てすぐの素敵な家だ。私があなたの服を着れば、あなたの家に出入りできて、みんなからあなただと思われるだろう。でも、どうやって中に入ればよいだろう？　夜中に敢行して窓から忍び込まなくては、と思った。

でも、窓は不要だった。うずくまり、あなたの背後から家に入った。誰にも気づかれない人間なら他人には目を留めるんじゃないかと思われるのに、あなたは気づかない。

私は中に入り込むやいなや、廊下のクローゼットに逃げ込んだ。

あなたは猫を飼っている。なんともあなたらしいではないか？　そして、なんとも私らしいことでもある。私があなただったら、一匹飼っていただろう。

最初の数日間は言うことなし。あなたの服は私好みだ。猫には気に入られる（はじめからあなたよりも私のほうを気に入った）。すぐさま屋根裏にいい場所が見つかる。屋根裏部屋というよりは狭い天井裏だが、うずくまって過ごすのは慣れっこだ。実際、たいていそうやって歩きまわっているのだから。細長い空間で、両端に小さな窓がいくつかある。そのひとつからは、木のてっぺんが見える。たぶんりんごの木だ。実のなる時季だったら、手をのばせばりんごがもげる。私はあなたのキルトを天井裏に運んだ。玄関の敷物をもらったあと、思案顔のあなたを見かけた。あなたがドアの鍵をつけかえたときは、ひそかに笑ってしまった。そのすぐあとに暖炉の上の炉棚から写真を一枚もらった。たぶんお母さんの写真だ。なくなったことに気づいてもらいたかったけれど、あなたは気づかなかった。

足のせ台を一脚、屋根裏に運ぶ。クッションはひとつずつ運び、四つになった。郵便受けから雑誌を抜いて屋根裏へ持っていく。あなたが目を通す間がないうちに。

私が一日じゅう何をしているか？　気分次第だ。踊り、歌い、ラジオやテレビを流す。あなたが家にいるときは、夜は下に降り、テレビを見ているあなたを廊下から見る。

私はあなたのシャンプーで髪を洗う。ある日、あなたが早く帰ってきて、危うくシャワー中に見つかりそうになってしまった。私は廊下のクローゼットに隠れ、シーツに身をうずめ、濡れたタオルとこぼれたシャンプーをあなたが見つけるのを見ていた。

あなたは動揺する。もう何週間もどんどんという変な音がしている、と思う。あなたは身の危険を覚えつつ、そんなはずはないと懸命に納得しようとする。猫のせいよと自分に言い聞かせるが、そうではないことはわかっている。

あなたは寝室のドアに錠をつける——デッドボルト、つまみをまわすと動く錠前用差し金だ。寝室の内側にいないと閉められない。

私は長椅子の上に本を開いたままにして、クッションには自分の頭がつけたくぼみを残した。白髪も数本抜いて置いておいた（二人とも白髪が出はじめた。あなたのほうが少ないけれど）。ワインが半分入ったグラスをカウンターに載せておいた。あなたの下着（私が脱いだもの）はバスルームの床に置きっぱなしにして、脱いだ靴下はベッドの下に突っ込み、ブラをひとつタオル掛けにひっかけておいた。キッチンカウンターに食べかけのピザを放置した（宅配ピザを注文して、ピザ代はあなたが貯めている二十五セント硬貨で払った。実はあなたがへそくりとして集めている二十ドル紙幣の隠し場所も知っているけれど）。

家じゅうの時計を十五分遅らせたが、目覚まし時計は午前四時に鳴るようセットした。あなたの老眼鏡は隠した。セーターからボタンをむしり、あなたが二十五セント硬貨を貯めていた場所に入れた。二十五セント硬貨は、ボタン箱に移しておいた。

普段は夜中にばたばた音を立てないよう用心するのだけれど、あなたのいじましい暮らしにはもううんざり。少なくとも、書店でも食品雑貨店でも終日何かしら起きていた。あなたはいつも同じテレビ番組を見る。勤めに出る。じゅうぶん稼いでいるが（銀行から届く通知も見せてもらっている）、何に使っているのだ？　あなたの人生を見ごたえのあるものに変えたい。

私はどしんばたんと音を立て、うなったりうめいたりしはじめる（いずれにせよ、うなったりうめいたりしたいと長らく思っていた）。あなたに男の人を連れてきてあげようかな。

あなたに新しい服を買って、古いのは捨てて、新しい服を着ざるを得ないようにしよう。新しい服は赤やオレンジ色、縞々や水玉模様にしよう。私の手にかかれば、あなたはリアルな存在になる……少なくとも、いまよりは。あなたは人目に留まるだろう。赤い頬が。しかめっつらが。

いまやあなたも同じくらいひんぱんにうめいたり、ため息をついたりしている。あなたは思う。こんなはずじゃない。長年住んでいて、無事だったのに。

あなたは思う。狭い天井裏から聞こえる奇妙な物音は何？　あなたは思う。一人ではとても上がっていけないし、一緒に上がってと誰に頼める？（私の知るかぎり、あなたに友人は一人もいない。その点、私に似ている。）

月曜日、あなたはけばだった青いトップスと赤い革のパンツを着て、出勤する。ストライプや大きな花柄や水玉模様が入らない組み合わせを見つけるのに手間どったのだ。

私はキッチンの窓から眺めている。あなたが残したコーヒーを温めながら。トーストも焼いている。バターは使い切る。数日分は優にある、とあなたは思っていたのに。

私が包みを持って遅く帰った晩、もう少しであなたに見つかりそうになった。カーテンのうしろに隠れざるを得なかった。下から両足が見えていることを私は自覚していたが、あなたは気づかなかった。

あるとき、私が大急ぎでクローゼットに隠れるのを見たくせに、あなたは戸を開ける度胸がなかった。あなたは大急ぎで二階に上がって寝室に行き、差し錠を差した。その晩は一度も降りてこなかった。夕食も抜いた。私はテレビを見た……何でも見放題。

あなたから締め出されたみたいに、私も寝室に入ってあなたを締め出すことができる。おいしい夕食と猫を中に持っていくのだ。あなたは天井裏で寝ざるを得なくなる。あそこは悪くない。あなたの物がいろいろ手近にある。ベッドサイドランプ、時計……。

あなたの寝室のドアの外側に、私は新たな差し錠を取りつける。万が一のときのため。ずっと上のほうだ。あなたはたぶん気づかないだろう。重宝する日が来るかもしれない。

(みだらな部分に穴があいているレースの下着。ヌーディスト雑誌。エスカルゴにサーディン――牡蠣の燻製。これは二人とも好みじゃない。あなたのお金で買うものは、全部あなたのものだ。私は盗みはしないのだ。)

あなたはクリスマスを一人きりでどう過ごすのか?　あなたは私たち二人分さみしい。お祭り気分を盛り上げようと、あなたは空箱をいくつかクリスマス用包装紙でつつむ。小さいツリーを買う。人工ツリーで、点滅するライトもついている。猫と私はツリーのほのあかりのそばで眠ろうと降りていく。

ところで、あの男の件。私が連れてきたいと思っている男。私は個人広告を検討する。候補たちに手紙を書き、郵便局に投函しに行く途中で一人の男を見かける。足を引きずり、よろめいている(いきなり横にかしぐさまは、坐骨神経痛を思わせる。もしくは関節炎)。髪を切って、ひげをそるべきだ。格子縞の古びた上着を身につけ、動きはぎくしゃくしている。風采はどこか野暮ったい。このあたりの人は格子縞を着ない。

私は足を引きずって彼のうしろを歩く。よく見かける類の、母屋の奥に建つ、ガレージの上の小さなアパートに入っていく。私たちの家から遠くない。

たぶん一間だろう。あそこで私が気づかれずに這いまわるのは無理だ。

田舎で暮らしている従兄といったところか。いや、私たちよりもかなり歳上だから、むしろ田舎で暮らす伯父さんかな。私が期待していることをあの人はできるかしら?

翌日、食料品店で彼を観察する。私たちと同じく、独り暮らし向きの食べ物を買っている。りんご二個、トマト一個、クラッカー、オートミール。貧乏人が好むタイプの食料だ。レジで同じ列に並ぶ。彼が払うとき、わざとぶつかって財布を覗く。ぎりぎりしか入っていない——いま買った物の代金ちょうど。小銭はペニー硬貨を一枚一枚かぞえて出し、最後に五セント硬貨一枚残ったかどうかというところ。足りなければ少し足してあげよう、と心積もりをする。

こんなに醜い、よろよろの男……完璧だ。

ガレージの上にある彼のワンルームアパートを訪ねる理由はまったくない。でも、訪ねてみたい。重要なことだ。何者かを知る必要がある。

私たちのクレジットカードを使って、玄関の錠を開ける。

散らかり放題だ。この男、私たちみたいな人に面倒を見てもらう必要がある。ベッドに毛布が山積み。暖房はあまり利いていない。バスルームはドアではなく、カーテンで仕切られている。バスタブはなく、シャワーすらない。シンクのお湯が出るかどうか、試す。HOTとあるが、どちらの蛇口からも水が出る。ホットプレートしかない。冷蔵庫はなし。窓は二つあるが、カーテンはない。まったく、男ってねぇ。裏のフェンスに登れば、丸見えってわけだ。

クリスマス休暇を思わせるものは影も形もない。いかなる休暇の名残もなく、親戚の写真も一枚もない。わが家と同じく、友人を思わせるものもない。あなたと彼はぴったりだ。

どうすれば私が来たことを示せる？　でも、いたずら心はほとんどおきない。いずれにせよ、こう散らかっていては気づかないだろう。

寒い。この間じゅう私はコートは着たままである。紅茶を一杯淹れる。（レモンもミルクもない。当然である。）唯一の椅子にかける。目障りな緑色のペンキが塗ってある。家具はどれも道端で拾ってきたみたいだし、ベッドサイドテーブルにいたっては果物を運搬する箱だ。坐ってお茶をすすりながら、置いてある雑誌に目を通す。どれもごみから漁ってきたみたい。寒気がして震えてしまう。これじゃ留守なのも無理はない。（ひげ剃りも一苦労だろうな。水をホットプレートで温めなきゃならないのだから。）

彼には猫が必要だ。あなたの猫が私を暖めてくれるように、胸元で眠り、暖めてくれるものが。私たちの猫を連れてくるべき？　猫がいないことにあなたが気づくまで一週間はかかるだろう。キャットフードは私がこっそりかじればいい。前にやったことがある。

私のバックパックには私たちの食料が入っている。ホットプレート脇の目につく場所に、オレンジを二個とドーナツを一個置いていく。私たちの二十五セント硬貨も数枚置く。

短い置手紙を書く。私たちの住所は記すが、電話番号は書かない。（どっちにしても彼は電話を持っていない。）あなたの名前で署名する。内容は以下のとおり。「クリスマスにいらしてください。午後二時に。赤い革のパンツをはいて待っています！　ご近所のノーラより」

（どちらが赤い革のパンツをはけばいいのだろうか？）

少し片づけるが、あの人がいろいろ気がつく人じゃない場合は、気づかない程度だけ。それに人というものは、散らかったり汚れたりしているときだけ気がつくものだ。普段よりきれいなときは、気づかない。

その帰り道、出がけのあなたを見かける。すれ違う。あなたは私をまじまじと見る。私はあなたの緑色のセーターと黒いパンツを身に着けている。あなたの茶色の目と、私の茶色の目が見つめ合う。唯一違う点は、あなたは髪をうしろに流して、私はおでこに垂らしていること、そして、私の鼻はあなたの鼻ほど貴族的じゃないことは認めざるを得ない。あなたはずんずん進む。私はふり返る。あなたはふり返らない。あなたは赤い革パンツと黒白の縞のトップスを着ざるを得なかったわけで、私は口に手を当て笑ってしまう。

彼は臆病すぎて、卑下するあまり、来ないだろう。人前で足を引きずりたくないだろうし、ようよう食べていけるくらい貧乏なこと、ひげも剃れず、入れる風呂もないことを恥じている。だが、部屋に私が侵入したことに怯えていれば、やって来るかもしれない。ノーラがどんな人かを見たいかもしれないし、実在する住所かどうかを確かめたいかもしれない。たぶん口実は、食べ物と二十五セント硬貨のお礼だろう。返したいと言いだすかもしれない。貧乏なふりして暮らしている金持ちかもしれない。部屋で現金や貯金通帳を探すべきだった。次回は探そう。


呼び鈴が鳴ったら、彼以外の誰が来るだろう。

あなたが玄関を開ける。

「ノーラさんですか?」

「そうですが?」

「お礼を言いにきました」

ほらね。もっとお金がほしいんじゃないの。

「でも二十五セント硬貨はお返しします。ご親切はありがたいが、困っていないもので」
あなたは返答に窮する。全部私のせいだろうと思っている。またしても厄介なことをしてくれた。どうしたものか。この男は危険人物には見えないが、実際はわからない。あなたはなんとか私に仕返しをしたい。もし危険人物なら、私たちが二人とも困るだろうと考えて、あなたは彼を招きいれる。

彼は足を引きずりながらリビングルームに入ってくる。どうぞおかけください、いま紅茶を淹れますから、とあなたは言う。時間稼ぎだ。

彼はまだ二十五セント硬貨を何枚か手にしている。それをコーヒーテーブルに置く。彼にとって、椅子に坐るのは難儀だ。椅子に肘掛がついていて、よかった。

その硬貨が彼の手に渡った経緯も、本当に自分のお金かどうかも、あなたは知らない。「いえ、そんな」とあなたは言う。さらに「これはどちらで？」

「私の部屋にありました。あなたの手紙とここの住所の横に。クリスマスに来てください、と書いてありました」

私が一番気に食わないことは何だろうと、あなたは考える。彼を晩御飯に誘うことを望んでいるのかしら、と。でも、その可能性は低い。あなたは冷凍食品を一人分しか用意していないし、それを私が知っていることも、わかっている。

「誰かが私にいたずらをしているんです。でもお茶を……」

あなたはとっかかりをつかむのに助けを必要としているから、あなたが部屋に戻ってきたときに転ばせてあげる。何もかも床に落ちる。残念無念。こんな風采の男なのに、あなたは上等の陶器を用意していた。

もちろん男は体を支えつつ立ち上がると、よろよろとあなたのもとへ行き、落ちた物を拾い、あなたを助け起こす。もう一度お茶を淹れてきますとあなたは言うが、彼は、いえ、いいんですとつぶやく。それから二人はキッチンへ行く。私も行く。横歩きして、滑るように。猫も一緒に滑り込む。二人とも分厚い眼鏡をかけている。二人の視力の悪さが頼みだ。私はしゃがむ。彼は割れたティーカップをカウンターの隅に置く。あなたはさらにティーカップを二脚取り出す。上等すぎます、と彼は言う。母のなんです、とあなたは言う。すると彼は言う。「私のためにローゼンタールを使わないでくださいよ」

やっぱり、二人とも金持ちだけどお金はぜんぜん使わない、ということ？　猫がテーブルに跳び上がり、あなたは猫をさっと払い落とす。道理であの猫は私のほうを気に入るはずだ。私はいつでも好きなところに行かせてやるし、猫がテーブルに乗っているのも好きだ。

あなたは私たちの男を見ている――曲がった鼻を。そしていままで二人とも気づかなかったことを見てとる。あなたを助けようと差しのべられた手に、大きな宝石のついた指輪が見える。卒業記念のスクールリングらしい。あなたはおやまあと思い、考えを改めている。私と同じように。

あなたにはもったいない。私と釣り合う相手かもしれない。

我々は三人とも大なり小なり同じタイプの人間だ。朝、あなたが家を出る前に、外に挨拶すべき人がいないことを確かめてから出かけるのを見たことがある。

でもいま、あなたは話している。考えている。質問をしている。こうかしら、ああかしら、と思うことを述べている。いま身につけている赤と白の縞のシャツを見下ろして、いつもの服だったら、と思っている。テーブルの下にいる私が着ているのは、秋の葉の模様がほんのり見える、あなたの茶色いブラウス。ここに蹴り込まれて忘れられた、しわくちゃの紙袋みたい。猫は私と一緒にテーブルの下にいて、のどをごろごろ鳴らしている。

各々の幻想に浸って生きる二人の孤独な人間同士が結びつくまで――ありもしないものを互いのなかに見出すまで――さほど時間はかからない。

あなたと出会える日をずっと待っていました。二人はそう言いかける。それに、彼は素敵な住まいを得られるかもしれない……ここから何かが生じれば。

私はあの黒いレースの下着を思い浮かべる。ピンクの絹のネグリジェを思う。機会を見て、両方とりに行こう。私が必要とするかもしれないし。

でも、どうすればあなたたちは動きだす？　二人ともしゃべってばかり。いや、あなたはそうだけど、彼はあまりしゃべっていない。ネグリジェを一目見れば、物事は動きだすかもしれない。それは先の話だ。そうだ、この手もある……

背後の棚に手をのばし、あなたと彼の目を盗んで棚からシェリー酒を出す。あなたたちはそれぞれ相手が出したと思うだろう。

（事実そうなる。）

あなたはワイングラスを取り出す。冷凍食品まで持ってきて、一緒に食べましょうと言う。詰め物をしたターキーだ。クリスマス用にあなたが特別に買ったもの。

もちろん彼は、いえ結構ですと言うが、あなたは、どうせいつも食べきれませんからと言って、半分ずつ分ける。

私もお腹が空いてきた。あなた一人だったら、少し盗み食いするのだが、あなたたち二人で食べるには、量がそもそも足りない。私は何か別の手を見つけなければ。

二人とも酔っ払う。二人ともあまり飲んではいない。あなたはめったに飲まないし、どうやら彼も同じらしい。それに、あなたは酔いたがっているのではないか。私と同じくらい、出来事を求めているのだ。

私もときどきあなたたちの飲み物をすする。すきっ腹だと、酒のまわりがいっそうはやい。あなたがしゃべって、しゃべって、しゃべりまくる単調な声に誘われて、眠りかけてしまう。

おや、あなたたちはすでに二階へ向かっている。

私はテーブルの下から這い出て、あとから階段を上がる。あなたと同じくらいよろよろしている。実際、もっとよろけている。三人そろってあなたの寝室に入る。猫も一緒だ。あなたは差し錠を差す。彼はいぶかる。「独り暮らしでは?」

あなたは「そうとは言い切れなくて」と言う。「あとで話します」

(そのとおり。いまは私のことを話し合っている場合じゃない。)

私は真っ先に、私たちのセクシーなネグリジェを引き出しから引っ張り出す。ベッドの下にもぐり込んで着替える。ベッドの下は狭苦しいので、容易ではない。しばらくベッドの上の成り行きについていけない。いつもあなたがしているように、私も髪をうしろに流して顔を出す。手ぐしでやらざるを得ず、鏡もないから、仕上がりのほどはわからない。頬をつねり、唇をかんで、赤くする。猫がのどをごろごろ鳴らす。

ベッドの上の様子を見ようと、私は体を持ち上げる。まだたいした進展はない。彼は酒が入っても、恥ずかしがりのようだ。経験があまりないようだ。孫はいないんじゃなかろうか。

（私たち三人は同類だ。誰の親戚になったこともないのだ。）

あなたは酔いつぶれているように見える。もしくはそのふりをしている。いずれにせよ、私の出番だろう。

ベッドの下から這い出て、二人の背後にある鏡に自分を映す。髪はぐちゃぐちゃだが、絹のナイトガウンはよく似合っている。縞々と赤いパンツ姿のあなたよりはまし。ずっと素敵。セクシーに踊ってみせる。そして言う。「この人、ノーラじゃありません。私がノーラ。あの手紙を書いたのは、私」

あなたは起き上がる。やはり酔ったふりだったのだ。あなたは思う。さあ、誰だかわかったわよ、これでつかまえてやる、と。でも、そうはならないのだ。

私は猫をなでてやる。誘うように。彼はのどを鳴らす（猫のことだ）。私はのどを鳴らす。誘うように。

彼の目が輝いた（男のことだ）。これで何かしら動きが見られるだろう。

私は「お名前も知らなくて」と言う。

彼は「ウィラードです」と答える。

私はちゃんと訊いたから気に入られ、あなたは訊かなかったから、気に入られていない。あれだけしゃべって、しゃべりにしゃべって、しゃべりまくって、訊かなかったのだ。

あなたはすっと離れ、ベッドの下にもぐり込む。恥じているが、興味もわいている。こう思っている。どうしてこんな羽目になったの？　どうすればいいの？　でも、私にはどうすべきかちゃんとわかっている。私はあなたを蹴とばし、猫を渡す。

ウィラード。ウィラードはいささか錯乱状態。でも、やる気はある。さっきに増して、ある。ネグリジェが気に入り、いいねと言ってきた。

彼をじっくり見る。もじゃもじゃの眉毛。白髪がたくさん混じっている。彼がシャツを脱ぐのを手伝う。彼の胸は、タイプじゃない。でもお腹は、平べったい、いいお腹（はじめから、その点は気に入っていた――通りをよろよろ歩いているのを見かけたときから）。彼の緑／灰色／褐色の目を覗き込む。

でも、愛しているって言ってくれた？

それを口にする。「でも、愛しているって言った？」

動きが止む。そんなつもりじゃなかったのに。ノーラにいい出し物を見せたかったのだ。何であれ、愛らしきものが生まれるにはもちろんはやすぎる。

「いまの取り消すわ」と私は言う。

だが時すでに遅し。彼はシャツを着ようとしている（しゃれた白いシャツだ。ＷＴと刻まれたカフスリンクまでしている）。

本当にもう終わっちゃうの？

私は猫を拾い上げ、部屋から飛び出てドアをばたんと閉め、後ろ手に外側の差し錠を差し込んでからようやくふり向き、鍵穴から覗く。ベッドのほとんどが見える。

あ、見て、彼の両手が……にわかに……彼女に触れ、しかも然るべき部分を触っている。あの人、わかっているのだ。もしかしたら、本当は孫がいるのかも。それにあなた……あなたは背中がのけぞるようなことを感じているのだ。

彼はあなたに、愛している、と言う。いまごろ言っている。私たちの区別がつかないのだろう。

私は欲しかったはずのものを得たわけだ……ひさしぶりに面白い出来事がよく見える位置にいる。来るもの拒まず愛するのだ。

でも……。

実はあまり見えない。見えるのは、彼の背中、次にあなたの背中。また彼の背中、そしてあなたの背中。（なんであんなことができるの、つながったままで？）

終わる頃、三人とも疲れ果てている。

下に降りる……（このネグリジェは肌触りがいい。体の線が出て、なめらかだ。一人で腰をふってみる。）

自分のためにピーナッツバターサンドを作る。食べると、気分が直った。万事上々だ。

ミルクとクッキーを出してあげてもいいな。あなたたちが寝ているあいだに置いてきて、また閉じ込めてしまう。でも、どうしても脱出したいと思う二人の人間に対して、あの錠は持ちこたえられないだろう。

私の狭い天井裏へ二人が上がってきたらどうなるかと想像する。彼は私たちよりも背が高い。彼はおそらく気に入るまい。私はあなたの仕事のことを思う。アイスクリーム工場で箱を広げてアイスクリームを入れられるようにする作業。その手の仕事ならかまわない。あなたは職場の席であれこれ空想にふけっている。私は見たのだ。あなたはほとんど誰とも口をきかない。

あなたは、あなたであることを証明できないのだ。あなたはきっと警察に行くだろう。あなたはあなたであると言い張って、笑われるだろう。かつてのあなたなら着ないような服ばかり着ているのだ。警察はたぶんこう言う。ここに長年住んでいた人は、いつもねずみみたいな色の服を着ていた、と。これまであなたは閉じこもって生きてきた。少しでも友だちがいれば、違っただろう。それに、箱を広げる作業なら、私も同じくらいうまくやれる。昔勤めていたころ、いまのもっと楽な暮らしをするために辞める前、同じことをしていたのだ。私は非道なことはしない。決してしない。あの天井裏に住みたいだけ住まわせてあげる。

あなたが空想しているのは、ウィラードだ。彼のすべてではないにせよ、彼の大半。目を空想していることは、間違いないだろう。優美なほっそりした手と、あの大きな金の指輪も。それはスクールリングなの、とあなたは訊ねるのだ。

あるいは、私たちのどちらかがそう訊ねるだろう。彼と私は互いをよく知るようになるだろう。そのとき、どんどんという音がした。まもなく、どしんという大きな音。彼らはドアを打ち破る。差し錠をつけた部分が裂ける。差し錠をドアのてっぺんではなく真ん中につけておけば、もっと持ちこたえたかもしれない。

ドアが壊れるとき、私はドアの真ん前に立ってじっと見ている。彼らは私に目もくれず、一階へ駆けおりる。

窓から外を見る。彼が去っていく——コートの袖に片腕しか通さず、しかも袖を間違えたまま通りを急いでいる。もう片方の手でズボンを持ち上げている。いったいあなたが何をしたせいで、あんなに動転して帰っていくのか？

私は窓を開けて、叫ぶ。「ウィラード！」でも聞こえないか、聞く気がないのだ。逃げようとしているのか？　あなたから、それとも私から？

あなたは何をして、彼をあんなに怯えさせたのか？　私がものを食べに降りたときは、万事順調だった。でも、閉じ込められてしまって怖かったのかもしれない。帰ってよ、二度と来ないで、とあなたが言って、出て行く彼にコートを投げつけたのかもしれない。あるいは、彼はあなたを私だと思い、あなたに愛しているとは言ったけれど、私を愛しているのかもしれない。

あ、今度はあなたが彼のすぐあとから玄関を出る。コートをちゃんと着て、身なりもきちんと整っている。赤い革のパンツをはいている。今度はあなたが「ウィラード」と叫んでいる。

昔のあなたならそんな真似はしなかった。変わったのだ。これからあなたは人生を取り戻す。今後は誰もがあなたのために道を開けるだろう。あなたは意地の悪い表情を浮かべる。顔をしかめる。人々は舗道からいったん降りて、あなたに道を譲るだろう。

いままでどおりあなたと暮らしたいけれど、あなたはきっと罠を仕掛ける。私は仕掛けられた針金に足を引っかけて転ぶだろう。夜中に階段から落ちるだろう。もうそこらに二十五セント硬貨が落ちていることもないだろう。あなたは私のドアに差し錠をつけるだろう。いやそれどころか、重たい化粧だんすでドアをふさいでしまうだろう。ドアがあることすら誰にもわからなくなるだろう。

今日の、堂々としてリアルなあなたの存在は私が創り上げたけれど、あなたは私をこの天井裏に閉じ込めるだろう。あなたのねずみ色の服しかない場所に。古いスーツケースと一緒に。あなたの埃と暗闇とともに。

最初にここに来たときの、くたびれた服に着替える。ネグリジェと黒い下着を荷物に詰める。二十五セント硬貨をひとつかみ持っていく。あなたがため込み、隠している二十ドル札には触れない。猫をなでる。あなたのクレジットカードと鍵は玄関のテーブルに置いていく。私は盗みはしないのだ。

すべての終わりの始まり

The Start of the End of It All

まずは遠い笑い声が聞こえた。私には笑い声に思えた。くすくす笑い……喉を詰まらせているのかもしれない……あるいは発作のようなもの。説明のしようがない。無気味な笑い声が近づいてきた。そして彼らがおそろしげな様子で入ってきた。顔は青白く、つるりとしたレインコートをまとい、くもったメガネをかけ、坐り込んでじっと嵐が過ぎるのを待っていた。唯一求めたものはぬるま湯で、ちびちびと飲んだ。品よく優雅に足を組み、深夜番組を見ていた。彼らは博物館行きは嫌だと言った……自分たちにせよ、お守りにせよ、びしょぬれの旗にせよ。たいへん傷つきやすそうで悲しげな様子だった……くすくす笑う、喉を詰まらせているかのような悲しみを目の当たりにして、私はちっともこわくなくなった。朝になると、大方は去った。三人以外は。支局長クリンプほか二名が残った。

「不可解なこと、理解できないことについて語るのは、重要かつ有益であります」と彼らは言い、私たちは夜明けまで語り合った。この惑星、「このすばらしい惑星」に無限の愛情を抱いているし、ほんのわずかな暴力のみで乗っ取ることができる、とも彼らは言った。なんといっても、我々のために準備してくれるかのようにあなた方がすでに人々をやわらげてくれているから、と。私は彼らを信じた。この地への愛をその目に見た。

「でも私は」――と単刀直入に尋ねてみた――「女ですし、いい歳ですが、それでもこの基本計画に本当に含まれますか?」彼らはくすくす笑って(喉を詰まらせながら)イエスと暗に示したが、これまでだってみな(とくに元夫)が私にそう思わせようとしたし、それが本当だったためしがない。でも彼らは親切にもこう言ってくれた。私や私のような人抜きにはやれない、と。

彼らはこうも言った。「地球にとって太陽があり、家にとってキッチンがあるごとく、世界に家がある。政治は、」と彼らは言葉を継いだ。「家にはじまる。とりわけキッチンで。ぬくもり、化学、変化の場だし、目的に向かう手段の場だから。ここで壮大な計画が作られる。家とは」彼らはつづけた。「キッチンとよい椅子が数脚あれば、だいたい事足りる」彼らの故郷ではそうなのだ。地球を乗っ取りたければそのとおり、と私も賛成する。キッチンから取りかかるのは悪くない。

また、彼らが言うには、地球を十五年ねむらせ、回復させなければならない。それは計画のだいたい第三段階である。

「だがまず」と彼らは言う。(第一段階)「猫を除去しなければならない」

クリンプ! 彼らの種は絶対にサルみたいな生物の子孫ではなく、いっそう高等な生物の子孫だ。

空の民。それはあなたたちには理解できない、と言われた。彼らの生殖器は純然たるもので、排泄器官とまったくつながっていないそうだ。体毛パターンも私たちとは異なる。重要なことに、腋毛はないし、実は頭についているのも毛ではない。そう見えるだけ。人工的手段に頼らないかぎり私たちの誰ひとりとして達成できない一種の純粋さを彼らは顕現している。また彼らの弁では、こういう生き物だから、この世界で私たちよりもはるかにうまくやっていけるという。クリンプは私にそう約束したし、私は彼を信じている。彼らはこの世界にぞっこんだ。「宝だ」とクリンプは言いつづけている。

訊ねてみる。「実際、時間はどのくらいあるの？　世界が終わる日だかなんだかまで」

とくに名称はないが、「復旧日」あるいは（むしろ）「復活の日」で目的にかなうかもしれない。時間も決まっているわけではない。（「一生かかるかもしれない」）かからないかもしれない。彼らはそんなふうに生きているけれど、混乱は生じないのだ。

だがまず、彼らが言うように猫を除去しなければならないわけだが、私は両者の立場から見ようとしている。（a）クリンプとその仲間たちの立場を知り、（b）離婚以来飼っている三匹の神経過敏な猫たちと折り合おうと努めている。白猫がじゅうたんの上で吐いている。輪ゴムひとつと長いひもを吐き出した。

三人のうち、クリンプはあきらかに私のものだ。ひんやりした手で……つねに冷たい両手で私の髪を梳くことが好きだが、二人の関係を確立するために私が膝に乗ろうとすると、それには耐えられない。知り合ってほぼ二週間、二人で足を引きずって公園をぶらぶらし（私は木の名を言う）、道の日陰側を歩き、さまざまな種類の草をじっくり見た。（どれだけたくさんあるか、これまで気にも留めていなかった。）ある角度を除けば、彼はどこから見てもちゃんとして見えるし、つねにレインコートを着ているから面倒は起きない。

「お受けします」数日後、彼に問われたとき、私は例によって擬人化しつつそう答える。TVスターや取材記者等に恋をするのも飽きた。私は昔の結婚指輪をはめ、以来、乗っ取りの記録をつけはじめる。キッチンをひとつ、またひとつ……。

クリンプは言う。「ベッドに入ったらどうなるか見てみよう」

あることが起こるが、それについては述べない。

彼らの裸は、クリンプのすら見たことはないが、ティーカップしか身につけていないクリンプなら数回見たことはある。

（彼らは我々のセックス手引書を読んでから、乗っ取りに着手したのだ。）

だが男らしく見えたり、男らしく感じられたり、耳ざわりな声を出す相手には、（女は）実際の性別が何であれたいてい喜んで仕えてしまう。性別があるとしてだが。ときに人は（とにかく、我々年長の女は）次のような相手で間に合わせざるを得ない。奇人、エイリアン、一部エイリアン、勝手な者、不機嫌な者、道楽者……。だがとりわけ飛べるものやもう少しで飛べそうな者（こちらはかなりいるが）の子孫かもしれない者に喜んで仕える。だがある女性が聞いたという話によれば、彼らの一人は体を反らせ、両手をポケットに突っ込んで身を震わせ実際に空へ浮かんでいったという……彼女によると、アンバサダー橋から現金を捨てる姿も目撃されたという。究極の転覆行動だ。すでにマヨネーズ会社に潜入したかもしれないという話もある。びんのフタを全部ゆるめるだけで相当の被害を引き起こせる。これが暴力抜きか！　それに、通りで彼らの一人が背後から忍びよってきて、長くて強い親指と人差し指であなたの腕をつかみ、静かに金と腕時計を要求し、怪我はさせないと約束したら……とりわけ怪我はさせないと強調したら、あなたはきっと与えてしまう。聞くところによると、ときに彼らはその紙幣を丸めて大きな白いパイプにつめ、その場で吸ってしまう。腕時計はトイレに流す。それは私も見たことがある。

だが、これが暴力抜きか！　クリンプは時間をわざわざ作って説明してくれる。出身地が異なる者同士にありがちなことで、私たちも同じ言葉をふた通りのいくらか異なる意味で用いているのだ。だが考えてみると、もとから独善的な人々は正当化する必要がないわけだ。クリンプはみずからの親切に自信満々で、いまもほら、私の耳たぶにキスをして、私の掌に指でくすぐったい円を描きつづけている。アメリカ東海岸のあるべき姿、その理想形が見えると言う。すばらしくなるよ、こうした手段はその目的のためだと言う。

今度はへそ周辺を手当たりしだいになでている。（なでているのは彼、へそは私のもの。）そして、猫が飛ぶのを見たことはあるかと私に問う。重要なことだそうだ。「それはないけど、六階から落ちて怪我ひとつしなかったのは見たことある。それも数に入るなら」

私たちがここに坐っているあいだに白猫は二十ドル札を一枚食べた。

前述したとおり、私は離婚している。この件で彼らに協力している私たち女性は全員離婚している。**離婚。**引き裂く言葉だ。私は腹部と胸部で引き離された。当時、「もしもし」を聞くためだけに電話をかけたものだ。私は夕日に、丘に、秋の葉に分離され、それらと切り離され、やがて春には春から切り離された。だがいま突然、自分はすべてに失敗したわけではないとわかる。誰ひとり失敗したわけではない。それに私たちは自分のものは何も求めていない。求めたこともない。この惑星にとって一番いいことをしたいだけ。

このごろ時々、申し分のない午後のひとときに……薄暗くて、むしむしする、彼らが一番好むタイプの日……涼しくて……空は白く……クリンプか、あとの二人のどちらか（ときに区別しづらい。たいていクリンプが一番大きな縁なし帽をかぶっているけど……黄色いプラスチックのものを）……私がクリンプだと思うのが芝生用椅子にかけて、果樹に殺虫剤を過剰噴霧してハチを全滅させる方法をもくろんだり、気短な人々に銃を配布する最良の方法といった問題について考えたりしているとき、人生はすでに完璧だと私は思う。それはこれからだと彼らにつねづね言われているけれど……少なくとも私に関しては、いま現在が完璧だ。乗っ取りに着手する一歩前という状態が好きだ。一般に、仕事自体は楽しみの半分といわれている。だが、私にとっては全部である。とくに、単なる食べ物を超えてキッチンが重要な点が気に入っている。たとえば昨日、（自浄式設定で）重要な医療記録を三十五リットル分、参考文献、辞書、教科書、新品の地図を一箱処分した。だからクリンプが芝生で過ごしていたり、ときに三人がそろい、淡い青のガーゼみたいな旗が三本とも掲げられ、くすくす笑い、ささやき、声を詰まらせたりしているのを見ると、キッチン自体が、附属するいくつかのモーターによって離陸し宙に浮かんでゆく気がする……ブーンと音を立てながら夕焼けへ飛び、あたたかい上昇気流にすんなり乗り、エンジンはすべて「低」設定。彼らにこの思いを伝えたい。「完璧よ」と私は言う。「何もかも完璧。三つ以外は。濡れた砂を玄関から持ち込んじゃうこと。猫の尻尾を踏むこと。あとお願いだからそんなにじっと魚みたいな目つきで見ないでくれるかな。それをされると、せっかくくれたレシピを読めないの。人を心地よくして、脳を腐らせて、お金のかかる料理のレシピ」

でも猫たちのことを思い出させるんじゃなかった。猫か自分たちを取れ、とまた言いだした。彼らのお守りがよく家具の下に消えてしまうし、かじられて吐き出されたウエハースがいくつか発見されたという。あなたは現況における政治学がわかっていないねと言われ、なるほどたぶんそのとおりだ。政治のこともろくに考えたことはない。「何もかも政治的だとわかってもらわないと」と彼らは言う。「猫さえも」

猫たちを町外れの州立公園に連れていこうかと思う。猫たちはうまくやっていけるだろう。猫はそういうものだ。私も過ごしたくなるくらい素敵な川辺や丘の近くに……捨ててこよう。満腹にして置いてこよう。そして私は夕方までに戻る。クリンプは喜ぶだろう。

でもたいへんなことが起きている！　猫の死骸……溺れ死んだ猫たちが浜辺に打ち上げられている。ニュースで写真を見た。猫の大群が海で嵐に巻き込まれたかのように、あるいは浜から遠くまで飛びすぎて疲れきって海に落ちたかのように。私は自分で思っている以上に政治に疎いのかもしれない。

猫たちに喜んでもらえるよう、鮮魚の大皿をふるまおう。（今晩、クリンプは聴覚障害を与えるべくアンプが大音量を発するよう仕掛けに出かけているし、あとの二人は外であちこちの時計の針を引っこ抜いている。）

この家の屋根裏部屋の上には一種の空間がある。小さな通風孔を外せば、猫が一匹かなり居心地よく過ごせるだろうし、車庫の屋根と近くの木を伝ってのぼったり降りたりすればいい。餌を外でこっそり与えれば、ここに住む猫と認識されないかもしれない。私はクリンプたちに身をささげていないわけではない。ささげているが、猫たちに関するかぎり、猫たちにも身をささげている。


クリンプたちは旗を巻き上げて夜明けに戻り、疲れているが喜々としている。「仕事は上出来」だそうだ。風呂をいれ、ウエハースを浸けられるよう湯をわかしてやる。くすくす笑い、なでてくれる。（感情表現が豊かで、昔の夫とはふるまい方が大違い。）手を動かし謎めく信号を送っているようだが、そわそわしているだけかもしれない。互いに目をぱちぱちさせ合っている。私にすらぱちぱちする。これぞ純然たる喜びだと思う。決して終わらせてはならない。いまや猫も、彼らもいる。私は愛している。私は愛している。うぃしている……おいしている……おおしている……彼らが発音できないけれど、しょっちゅう使う言葉だ。いともたやすく口にするので、どんな意味で使っているのだろうとときどき思う。

「愛」という言葉で自分が何を意味しているか、少なくとも私はわかっているし、何もなくて誰もいない状態から（むろん前から猫はいたわけだが、いまは人もいる）、人生最良のものがそろう状態にいたった。愛、一種の家族、意義ある仕事……世界を揺るがすような仕事……我々役立たず女たちはいまや巨大な国際キッチンネットワークの一環であり、さらに進めやしないかと思う。地球が眠るあいだ、世界を見守る乗組員《クルー》のようなものになれるかどうか。「ねえ今度の計画、私たちも入ってる？」と、クリンプの大きな厚い胸に腕をかけたまま訊ねてみる。「私たち無害よ。みんな出産適齢期を過ぎてる。地球が休むあいだ、私たちが見張っとくという手もあるんじゃない？」

彼は答える。「行為は存在なり。存在は行為なり」（本当に私を愛しているなら、やってくれるだろう。）

「ねえ、頭のいいサルが丘を平らにしはじめたりしないよう見張っておけるわよ」

「必要なのは」と彼は言う。「たくさんの小さな、あたたかい、濡れた場所」猫たちがいなくなってうれしいと言う。「あなたがいまは私を愛（うい）していること、わかった」と言い、大きなピンクのウエハースを食べさせたがる。私は丁重に断ろうと努める。何が入っているか、わかるものか？　それに、彼らはふだん白いのを食べている。それにしても猫が見当たらなくなったというだけで、私はなにゆえこの栄誉に値したのだろう？

「いいわ」と答える。「でもほんの小さなひと口」乾いていて、チョークみたいで、甘い……甘すぎる。クリンプ……でも、今度はクリンプじゃない……ほか二人のどちらかが……もうひと口かじれと促す。「クリンプはどこ？」

「私もあなたを愛（うい）している」次いで「小さい、暗い、濡れた場所を探す時だ。前に話は済んでいる」

いまこの瞬間、どんな誤解が生まれていることやら。

空いっぱいの小魚《ミノウ》を幻視する……銀色のミノウの群れ……空中のざわめき……チリンチリン……きらきら……私のミノウがさっと通りぬける。別にいいでしょ？　やがて数が増え、空がはちきれんばかりになり、もうどれが自分のかわからない。どこかに三十六匹の群れが……いや、もっともっとたくさん……八十四匹……はっきりとはわからない。百八匹？　そうよ、ほかに混じって私の一群も。こちらまで泳いで戻り、うずを巻いて上昇し、去る。永遠に。そして永遠に私のもの。別にいいでしょ？

羊の声に目覚める。裏庭いっぱいに羊がいる。雌羊だとわかった。羊たちは満ち足りている。私と同じく。月が沈むのを眺め、クリンプが持ってきてくれるオレンジとたまねぎを食べ、ミントティーをすすり、すこし吐き気を催していたら、友人から電話がかかってきた。この二週間ばかり友人のところにも羊がいるらしい。いったんは私も立てていたのと同じ計画を友人は実行に移し、飼い猫たちを州立公園に連れていったそうで、その翌日に羊がいたという。でもいまではこの友人も、やっぱり猫たちを屋根裏に残しておけばよかったと思っている。その一方で、私のことを、果たして処罰されずに済むかどうかと考えている。できたらこっそり訪ねてちょうだい、と頼まれた。大事な話があるそうだ。でもこっちも仕事が山積みだ。いまもクリンプは重要計画について語っている。動物園で野生動物の檻を開けたり、郵便受けに水を落としたりする最良の方法やら、道路に穴を掘るのはどうか、など。煙草のカートンを無料配布するのはどうだ？　クリンプは私のために電話を切ってくれて、たまねぎをもう一個持ってきてくれる。私はほかに友だちはいらないのだ。

数日後、再び友人から電話がかかる。妊娠したみたいというが、そんなはずないと二人ともわかっている。医者に行くように言う。たぶん腫瘍よ。あの連中、あたしが医者に行くのを嫌がるのと友人は言う。彼女の車をどこかへ持っていってしまったそうだ。よその車も何台も一緒にどこかの波止場から突き落としたんじゃないかと友人は考えている。逆のことをしてるとばかり思ってたわ、と私は応じる。道路標識等を入れ替えて、無駄に車を走らせてガスを浪費させているんじゃなかったの。とにかく、と友人は言う。あたしをうちから出してくれないのよ。でも、私はご近所の老女一人ひとりの妄想をいちいち聞かされちゃたまらない。自分の悩みで精一杯だし、最近体調も思わしくないし、慢性疲労で少し気分が悪い。いらついている。いらいらしすぎて、友人とおしゃべりなんかしていられない。

裏庭の雌羊はどれもあきらかに妊娠している。たちまちふくれあがる。隣家の雌犬も妊娠中らしいが、たしか避妊手術をしているので、なにかおかしい。ちょっと考えさせられる。私が出かけたいと言ったら、どうなるだろう？　おんぼろ車はまだ車庫にあるだろうか？　最近、ずっと見張られている。トイレに行くにも外に一人が立ち、聞き耳を立てられるのは免れない。ここしばらく、猫に餌もやれない。前は猫たちが鳥を殺すと嫌でたまらなかったが、いまはその辺に冬鳥が何羽かいますようにと願っている。鳥の餌箱を立てようかな。もうすぐ春だろう。時間の感覚が薄れてしまったが、三月に入って相当経つんじゃなかろうか。クリンプは「ういしている、ういしている」と言って私の背中をさすりたがるが、させない……もうさせない……少なくともいまは。どうして前みたいに三人そろって出かけてくれないのか？

最近、私、どうしたんだろう？　眠れない……体じゅうかゆい。わけもなく怒る……彼ら、クリンプたちは、そんなに悪くない。実際ましなほうだ。歯磨き粉のチューブはつねに下からしぼり、便座は下ろしてある……足のつめを切ったあとナイトテーブルに山積みにしないし、たいてい自分のタオルを使い、話を聞いてくれる。なぜ、こんなに怒るのだ？

もっと努力しなくちゃ。背中をさすっていいよとあとでクリンプに言おう。怒ったことも謝ろう。努めて丁寧に。ベッドルームに行ってドアを閉め、椅子で補強してしばらく本当に一人になろう。横になってくつろごう。大事な策謀作りには加われないが、近ごろ私はいろいろなことが遅れがちなのだ。

次に気がつくと、目が覚め、外は暗い。おなかがひどく痛くて、大量のガスがごろごろしているみたい。変な気分だ。ここから出なきゃ。

ドアの外で物音がする。ドアに彼の体が触れるのが聞こえる……キチン質のがさごそする引っかき音。「入れて。おいしている」独特のくすくす笑いも。本人にはなす術のないことだとわかっていても癇にさわりだす。「行為は存在なり」と彼は言う。「もうわかるね」私はスニーカーをはき、古いトレーナーを引っつかむ。

「ちょっと待っててね」——私は努めて愛想よく言う——「いま起きたの。もう少ししたら部屋にお入れするわ。紅茶を飲みたいの。持ってきてくれるとうれしいなあ」（紅茶は本当に飲みたいが、のんびり待ちはしない。）窓を開けて車庫の屋根に出て、屋根を横切り、木を伝って降りる。造作ない。丸ぽちゃの老女だが、体調は上々だ。猫はついてくる。三匹とも。

裏庭を足早に過ぎると、雌羊はみな横たわってあえいでいるのが見える。ああ！ ここから出なきゃ。腹を抱えて走る。ドイツトウヒの古木が地面までぐるりと届く空き地を知っている。たどりつけると思う。まわりは猫だらけ、私の猫だけじゃない。六匹か八匹いるかな。もっとかも。視界が悪いのは、ありがたいことに、クリンプが街灯を全部壊してくれたからだ。空き地をいくつも横切り、いばらを分けて進み、ついにトウヒの枝の下にもぐり込み、あえぎながら横になる……あえぎながら。あえぐことが正しいと思われる。かつて似た状況で私の猫が同じようにしているのを見たことがある。

私は出産する。小さな銀色の子たちを産む……キーキー鳴き、きらめいている。クリンプを驚かそう。八十四匹で……九十六匹……百八匹？ 私たちの共同作業を見て！ だが、クリンプと私じゃない。はたと気づく。これはクリンプともう一人の共同作業なのだ。私を経由して。それにあの雌羊たちもみな……十四匹の雌羊とあの雌犬掛ける八十四もしくは百八。すでに私が知るだけで優に千匹以上だ。

子どもたちは咳き込み、はためき、空中で泳ごうとするが、せいぜい二センチくらいしか上がれない……それも厳しい。この子たちは魚くさい。小川を探しているかのように互いの上をずるずるすべる。つややかで透明なぬめりに覆われている。私は彼らを愛しているのか、嫌っているのか？

なるほどね。我々人間と同じように二人必要だが、私はそこに含まれていなかった。私が雌犬か雌羊でも同じだったわけだ……実際、物言わぬ動物であるほうがましだったか。「たくさんの小さい、あたたかい、濡れた場所！」さぞかし大事な夜だったに違いない。ご大層な、神聖な高等生物だったわけだ。それは愛じゃないし、「うい」でも「おい」でもない。あの言葉で何を意味しているにせよ、これとは違うはず。

あれれ、腹をすかせた猫たちったらあんなことしてる。私の小魚《ミノウ》を食べている。私はチビたちを集めようとするが、ぬめぬめしすぎている。一匹もつかまらない。猫は押しのけようにもたくさんいすぎるし、全員腹ぺこらしい。すると、突然クリンプが隣で手伝ってくれていて、激怒して猫たちを蹴りつけながらミノウを集めている。彼にとっては造作ない。どこで触れてもくっついてくる。彼はあの子たちで手一杯だ。フジツボのようにクリンプの足首に密集しているが、すでに相当食われてしまったんじゃないかと思う。今度は私を蹴っている。頬と肩を強打された。手をぐっと踏みつけられた。

「どういうことなの」私は立ち上がりながらそう口にして、彼ならきっと父親らしく事情を説明できるだろうと期待する。だが、今度は足をどんどんと踏みつけられ、ひじで倒される。次に彼はちょっとホップステップをする。ダンスによくある、片足からもう片足へと移る動きだ。もうすぐ浮遊するのだろう、となぜかわかった。あの得々とした表情も浮かべ、目を半ば閉じている。……エクスタシーだ。なるほど――飛行もしくは飛行に近いことをするのは、彼らの究極のオルガズム……彼らの真の愛（もしくは「うい」）だ……これが飛行なら。たしかに浮いてはいるが、ほんの数センチだし、あがいている……私の指をひきはがそうとしている。これは飛翔じゃない。

「これで飛んでるですって?」と叫んでやる。「純然たる空中生物でございい、ときたもんだ！　ったく、まったく、排泄腔……排泄腔があんたのたったひとつの穴よ」すでに奴の首に片膝をかけ、両手でひじをつかんでいた。奴の高さはせいぜい地上三十センチ、それを保つにも苦労していた。「排泄腔！　あんたとあんたの『うーい』ったら！」奴はぬめりとミノウだらけ。まるで身にまとっているみたい……それはスパンコールみたいにきらめいている。そのせいで奴はつるつるすべる。つかみどころがない。私は滑り落ち、いばらにふわりと落下する。クリンプは傾いだ姿勢で去ってゆく。右肩を先頭に、粘着質でまばゆくかがやきながら、地上すれすれにすべっていく。数秒後、木々の向こうに消えた。「排泄腔！」うしろから叫んでやる。人に向かってこんな暴言を吐いたことはない。「汚れた魚野郎！　あれで飛んでいるだと！」

なにもかも悪いほうに進んでいる。物事はそうなるもんだといい加減わかってよいはずだ。前夫もだいたい同じふうにいなくなったことを思う。やはりつかみどころがなく、最初は若い女たちと密会し、やがてその中の一人と一緒になるために私を棄てた。クリンプを引っつかもうとしたように私は夫のこともつかもうとした。引き止めようとした。相手に合わせて自分の行動を改めようとした。私に欠点があることは承知している。しゃべりすぎ。取り越し苦労（でも心配したことはほとんど現実となった。今回だって見てよ）。

私はよたよた戻り（猫たちも一緒）、怒りのあまり、あちこちできた傷の痛みも覚えない。雌羊たちと犬の形跡はまったくないが、裏庭一面、銀色に見える。だが小魚《ミノウ》は残っておらず、ぬるぬるしているだけ。素敵だと認めざるを得ない。ついクリンプに対するロマンチックな思いがわく。彼はこれを見たかしらと思う。彼らは美しさに敏感だし、きらめくものが大好きだ。道理でね。

家は暗い。玄関を慎重に開ける。猫を八匹……いや九匹……あるいは十匹かを全員入れてやる。中で呼びかけてみる。応答はない。家じゅう戸締りをする。ベッドの下、クローゼットの中を見る。誰もいない。バスルームに入り、やはり鍵をかける。風呂をいれる。服を脱ぐ。トレーナーの内側にミノウが二匹くっついていた。一匹はすでに死亡。もう一匹はひどく衰弱している。風呂に入れてやると、少し生き返ったようだ。目は大きく、手足があるべきところにひれが四枚、ミノウの尾……あらまあ、くりっとした青い目……クリンプの目のように淡い青。必死に懇願するようにこちらを見ている。呼吸をしに水面まであがり、ときどきキーキー鳴く。私は猫たちに話しかけるみたいに、安心させる音を出す。一緒に風呂に入ることにする。でも、慎重に。入ると、生き物は前よりうれしげになる。鼻歌みたいな音を出し、あわを吹きながら泳ぎまわる。私の手についてくる。すくわせてくれる。これはあきらかに緊密な結びつきだ、おそらく双方にとって。

さて、こうしてお湯の中でのんびりしていると、かなり気分がよくなってきた。人生にわずかな明るさをもたらすには、世話すべき、無力な、小さい、青い目をした生き物にしくものはない。あれは私を必要としている。猫たちもしかり。

静かに横たわっていると猫たちがドアの外でミャオと鳴くが、私はひたすら横たわり、チャールズ（亡き父の名）……チャールズ？ハワード？ヘンリー？は私の胸の谷間の浅瀬で寝入る。私は身じろぎもしない。電話が鳴り、ばたんと猫たちが何かをひっくり返した音がする。私は動かない。どうでもいい。

で、エコロジーはどうなる？　我々、つまりクリンプと私の最愛の星はどうなる？　それを救う最良の方法は？　誰のために救う？　私の胸に乗っているものが安全に過ごせるように？（チャールズ・バードか？　ヘンリー・フィッシュマンか？）いまは静かに息づいている。青い目を閉じて。ほかの何千匹はどうなる？　漁業省？　河湖省？　ゼラチン工場？　それとも、旧沼地に造られた住宅団地のじめつく地下室？

自分のせいだと思う。本当に。彼らが抱えている問題にもっと理解を示していたら……ありのまま受け入れていたら。砂をあんなに持ち込んだことも批判しなければよかった。それに、猫たちのしっぽを踏んだからって何だ？　ここ数日、私はひどくいらついていた。クリンプに蹴られたのも無理はない。自制して、彼らの苦労を気遣うことさえできていれば。彼らにとってもこの上なく重要な時期だったのだ。だが私は自分のことと、ふくれていくおなかのことしか考えられなかった。私、私、私！　元夫が出て行ったのも、むりはない。またしても同じパターン。新たな決裂、新たなアイデンティティの危機。私が何ひとつ学んでいないという証拠だ。

横になったまま眠ってしまいそうになるが、お湯が冷めてきて、チャールズと私は二人とも目覚める。急遽システムをひとつ組み立てる。電気フライパンを最低温度に設定し、フランネル地を敷いて水を五センチ入れる。チャールズ……ヘンリー？を入れ、ウエハースのかけらを散らす。フタをする。通気孔はあけておく。この一式を私の寝室の小物用の棚の上に置き、部屋に鍵をかける。次に彼らつまりはクリンプたちの部屋を見る。ひどく散らかっていて、ウエハースがあちこち落ちている……ピンクのが数個、ベッドは寝たあとぐちゃぐちゃのまま。三人とも男ならこの状態も理解できるが、そんなはずはない。国に召使がいたのか……それとも奴隷が？　チャールズはそんなふうには育てない。下着は自分で拾い、家事を手伝い、電話帳の類じゃない材料でも料理を作るのだ。ベッドの下にお守りをひとつ発見した。目を閉じ、ぎゅっと握りしめ、これがあれば私も浮上できるだろうかと考える。あるいは反対に錨の一種で、停止や下降に使うのかもしれない。飛ばないよう投げ出すものかも。チャールズのためにとっておこう。

紅茶を一杯淹れて一息つこうと腰かける。猫が膝に二匹、肩にも一匹寝そべっている。猫たちはみんな太っていて幸せそうで、私も本当にけっこう幸せだ……あれこれあったにしては。

再び電話が鳴り、今度は出る。ラブコールだ。たぶんクリンプの声だと思うが、向こうは名乗らないし、彼らは全員声がよく似ている。くぐもったような不明瞭な声だ。いずれにせよ、ああいうことをいろいろ一緒にしたいそうだ。実際、もう前にしたようなことを。この電話は新たなキャンペーンの一環だろう。あまりいいものだと思わないし、そう言ってやる。「学校の窓を破壊したり図書館の本を盗んだりするのはどう?」と言ってみる。だが、私はいまどっちの味方だ? 「ねえ」と私は言う。「猫のいない、すてきな、濡れた場所があるの。ラブ・カナルといって、きっと気に入るわ。空き家だらけよ。もう一ヵ所、ニュージャージーにもあるの。また電話して、正確な住所を調べておくから」彼は信じたと思う。(彼らは女性に関する本を全部読んだわけじゃないことはあきらかだ。)

政治的な被任命者。きっとそれが奴らの正体だ。ならばずいぶんつじつまが合う。私だってあれくらいできる。実際、やったし。スプレー缶を持たせてやったのは誰だっけ? テレビで雑音を起こす方法を教えたのは誰だっけ? こんなシールを何千枚も作ったのは誰だっけ。「危険なし」「無毒」「一般に安全と認められている」

私たちだけでちゃんとやれる。そうね。第一に日中保育をしてくれる水族館センターをいくつか。第二にそこから離された猫の繁殖施設。第三は本来の乗っ取り。第四は休眠期。私たちには時間がある……たっぷりある。徐々にだが、仲間は増えている……失恋した者、離婚した者、高齢者、疎外された者……彼女たちはもう着手しているかもしれない。こんなふうに考えているのが私一人のはずがない。彼女たちはすでにキッチンをあたため、あとは私からの電話を待っているだけかもしれない。あの友人に電話をかけよう。「私も数に入れて」と言おう。

きっと何もかも完璧にうまくいくし、私にはチャールズだっている。私たちに奴らは必要ない。官僚連中め。あんなもの、飛んでいたとは笑わせる。

見下ろせば　Looking Down

　奴らの腿は重く、顔は平たく、小さい奇妙な歯は一列に並んでいる。我々は急降下し、激しい気流だけで突き倒す。触れもせずに。我々に憧れ、我々の空へ上がる方法を発明しようと努めている横をカーカー笑いながら飛ぶ。落下したときに助けてやることもできるが、助けない。模造の羽根、グライダーなどをつけたまま落ちるにまかせる。奴らは必ず落ちていく。

　奴らにとって鳥が何を意味するかは知っている。かたや火と煙、かたや空気。あるいは空と言うべきか——果てしない空、と。鳥というものは——とくに我々のような鳥は——一羽で山頂にもまさる。奴らがときどき建てる塔にもまさる。塔を雷が打つ。燃やす。風がなぎ倒す。崩れた塔は国中にある。まだ残っているのはごく新しいか、数少ない石造りだ。

　奴らにとって我々は兆しでもあり、状況次第で吉兆にも凶兆にもなる。我々が集まって空が暗くなると、嵐が来たみたいに泣き叫んでいるが、我々は秋の集いや春のダンスをしているだけだ。

奴らも踊り、歌う。我々の色合いをまねて自分たちの体に色をつける。拾った羽根を痩せた腕につけてはばたく。我々が体を乾かすためにときどき奴らの屋根に幾重にも並んだり、塔のてっぺんに止まったりしていれば必ずお辞儀をする。我々に花も置いていく。だが、我々は花に興味はまったくない。花は食えない。ボウルにミルクを入れていってくれることもある。鳥はミルクを飲まない。あれはヘビのためでもある。猫が飲みに来る。

奴らはほかの生き物にも頭を下げる。ヘビはもちろん、ときには猫にさえ。俺は飼い猫も飼いヘビも盗み食いしたことがあるから、どちらが劣るか明らかだろう。そんなことは前はしなかったが、やむを得なかった。(あのミルクさえ飲んだ。)我々の秋の集いは済んでいる。すぐにみなの後を追うつもりだった――体を治して後を追うはずだった。落ち葉の時期までここに留まるつもりはなかった。

雪が降るだろう。雪は見たことがなく、見たくもない。ミルクは凍るだろう。俺が止まっている塔は風が吹くと木のようにぐらぐら揺れるが、木ではないからやがて倒れるだろう。ひょっとすると俺はそれまでもたないかもしれないが。

俺は風に乗ってここに来た――いや、ここに落ちたのだ。旋風をよけそびれて体がねじれた挙句――傷つきこわれて落下し、身を隠していたがひもじさに耐え切れなくなり、手を使って奴らがやるみたいに一段ずつ塔から降りた。猫にヘビ、あれが最後のうまい飯だった。いまはミルクだけ。めまいがする。いったんミルクを飲みに降りると、また登れるだろうかと心細い。なんたることだ、わが一族の者がここまで落ちぶれるとは。

だが、嗚呼、今晩ミルクボウルは塔から離れた小屋付近に置かれている。罠だ。そんなのお見通しだ。自分たちの猫とヘビを食った奴をつかまえたいに違いない。つかまえれば、奴らははじめて我々の一人を支配下に置くことになる。これまで奴らは何度も試みてはいるが、一度も成功していない。木に仕掛けられた網に仲間がかかれば、生け捕りにされないよう、わが群れが手を打ったから。

ミルクは夕暮れどきに置かれる。俺みたいに飲みにくる連中は闇を待って出るものだが、いま俺はのどがからからで、どんな野良猫やヘビや小鳥よりミルクがほしい。ミルクが出されるや否や降りていく。膝とひじで小屋まで這う。窓から半人間《ハーフ・ピープル》が一名こちらを見ているが、もうそれどころじゃない。身をかがめて飲んでいると、彼女は出てきて俺を驚かせて飛び去らせてしまうんじゃないかと思っている風情で戸口に静かに佇んでいるが、俺にとって飛び立つのは無理な相談だ。どうでもいい。俺は思う。みんな起こるべくして起こるがいい。それを阻止してくれる兄弟姉妹たちはここに一人もいないのだから。

俺が飲んだあとで彼女は俺に頭を下げ、頭を地面につけて俺をこう呼んだ。「夏と飛行と三位一体の主よ、ヘビと猫を丸呑みされ聖なる〈三〉となられたお方よ」俺はボウルから身を起こし、まだ口からミルクがしたたっていることを承知しつつ、壮麗さを見せびらかして見下ろしてやろうと思ったが、めまいが起きた。倒れるなと自分に言い聞かせるが、倒れてしまう。

怪我や病のせいではるかな高みから落ちた仲間はいる（塔がなければ、俺もそうなっていただろう）。崖の巣から落ちた者もいるのは、まだ幼いのに大胆すぎたり、兄や姉に押し出されたりしたせいだ。地上付近で下降気流に巻き込まれた者もいる。だが我々が半ば立った姿勢から転ぶなんて、しかも俺がしでかすなんて、誰が思っただろう。

目覚めると、風のない、空のない、かびくさい、暗い場所にいた。羽をぴんと張っていられるよう、上部と後方脇に台ができている。俺のためにすでに玉座が彫られ、装飾も施されている。（俺が風に乗って塔に着いて以来ずっと彫っていたのか。あるいはずっと前からあって、我々の一人を生け捕りにするまで待っていたのか。）俺はそこに縛りつけられている。目の前に捧げものが置かれている。黄色いドライフラワーとうまそうなヤギのスープ。暖炉に火が燃えている。平たい皿の上で何かがくすぶり、甘い香りをくゆらせている。

こんな場所で過ごすのははじめてだ。あたかも展示するかのごとく、俺を一番長い壁沿いにぎりぎり配置しうるだけの空間である。壁に吊るされている。片側の台が羽をあんまり引っ張るから、俺と玉座はほとんど隅に押しやられた恰好だ。首に重い鎖かネックレスの類がさがっているが、短すぎて見えない。頭上には不快な金属の輪が載っている。一種の王冠だろうが、冠毛以外のものが必要だと言わんばかりだ。

熱のせいでまだ体が震え、のども渇いているが、スープには届かない。すると彼女がカーテンのかげから登場し、口元にボウルを当てた。噛んでやろうかと思ったが、その元気はない。水もくれる……たくさんくれて、ついに心ゆくまで飲める。彼女が呼ぶと、半男《ハーフ・メン》が三名入ってくる。

「うなりますし、ためいきをつきます」彼女は三人に言う。「辛い時代が来るという意味で、冬は早く、厳しいものになるでしょう」最初、なぜそんなことを言うのかと思った。次に考えたのは、よくわからないことが起きているのだから、そんなこと言ったつもりはないぞと反論するよりも、沈黙を守って慎重であろうということだった。「今晩あるいは明日、初雪が降ります」と彼女は言う。「塔は崩れます。よき目的をじゅうぶん果たしたので」

「運のいい奴」半男の一人が言う。「俺たちのおかげで間一髪助かったわけだ」

「神々は幸運なのです」と彼女は言う。「この神さまは目的を持って私たちのもとへいらしたのです。それを疑ってはなりません」

その晩、俺が予言したと彼女が言ったとおり、風が吹き、雪が降る。眼前の窓は奇妙な白い光を受け、光っている。雪が横ざまに飛ぶのが見える。そして、なんと、塔は崩れた。まどろんでいたため、いつか思い描いたように塔が崩れる音を聞いて、自分はまだ塔の上で寝ている気がして塔もろとも落っこちたと思った。鎖と台から離れようとして、自分の鳴き声に目覚める。片腕が自由になる。すっかり衰弱しているのに縄はたしかにゆるんでおり、奴らが俺の力をぜんぜんわかっていないということを実感する――南へ渡るのにどれだけ力がいるか、足や手の指を使って岩にしがみつくのでさえどれだけ力がいるか、知らないのだ。まったくわかっちゃいない。いつでも好きなときに逃げられるぞ。

王冠は落ちている。炭火が発するほのあかりと、窓から入るほのあかりの中、すぐそばでさかさまになっているのが見え、ガラスのような青い石と金がきらめく（奴らはいつも黄金が大好きだが、俺の胸羽たった一枚すらそれに優る）。わが身に及ばぬもので満足しなければならないようならあの王冠もけっこう素敵だが、わが冠毛のほうが素敵なことはわかっている。自分の姿はたびたび見ており、湖面に映すだけでなく、奴らの住居の扉から我々がよく盗む小さな鏡に映したこともある。自分の壮麗さはわかっているが、奴らの暗い室内ではそこまで壮麗に見えないかもしれない。

彼女がやって来た。たぶん鳴き声が聞こえたせいだろうが、いかなるみっともない姿も片腕が動かせることも見られないよう、すでに俺は身を落ち着けてある。再び飲み物を持ってきてくれた。今回はハーブティー。俺が知っているものだった。吉草根とカモミール。我々も同じものを使ったことがある。発酵したものも何か入っている。彼女の小さな歯はもうそれほど奇異に見えないし、変てこな、白い、食べうる手も同様。食べうる。我々にはその風習はない。奴らのことは好きに生かしておく（結局、奴らにも文化のようなものがある。奴らもその文化もいかに不備であろうとも）、それがまあ我々大平のやり方だが、一人前になったばかりの若い者が奴らの子どもをさらってしまった例はある。とはいえ、奴らのことはおおむね自由にさせておくべしという暗黙の決まりがある。それは一部には次に何をしでかすかを見たいためで、空に上がる方法を果たして見出せるかどうかを見たいから。我々はその日を心から楽しみにして、時おりその話題を持ち出して笑い種にしている。

しかもあの女たちと来たら！　いったい何の役に立つんだ？　まあ我々の色を見せびらかしてやるのは嫌ではなかったが。俺に冠は無用だが、彼女は拾い上げ、冠毛をつぶさないよう慎重に再び俺の頭に載せる。ないほうがよく眠れるから、一瞬憤りを覚える。神々の怒りに気をつけろよ、と思うが、青白い手、ずらりと並んだ歯、スープ、心慰める飲み物が混じり合う——満たされる欲求と慰問品を運んでくる者がひとつになるように思えてくる。そのほかに、これまで俺が知らなかった資質があること、現状でそれらはとりわけ利用すべきものらしいことがわかってきたし、見たことのない景色の中には心を満たしてくれるものがある。夜の雪の明るさのように。

朝、太陽が出て、半人間たちはみんなして崩れた塔と捕らわれた神を見に来る。彼女はカーテンを大きく開き、たくさんのランプをともし、その後ろにピカピカ光る反射板をつるして、太陽が映るよう鏡をかける。見張り番たちが来て俺の傍らに立つ。俺の冠毛にいささか似た偽物を細い帯で頭に巻きつけているが、しなだれ、ぱたぱたし、つやがない。

いっぽう、俺は照明を受けて輝いているのはわかっているが、最高に壮麗な姿までふくれあがる元気はないし、いずれにせよこんなふうに坐って、二手に分かれた尾が背後でどんな状態にあるか見当がつかないので、すっかり華々しくはなれない。尾に気を配る機会も元気もなかったし、手伝ってくれるきょうだいも一人もいなかった。

半人間たちが使うクッションが置かれる。大きいのは膝用、小さいのは額用。やがて彼らは整列して入場することを許された。警告を受けている。神に触れることも神を試すことも、将来について尋ねることもならない、願いはひとつにしぼれ。彼らは何分か立ち尽くして俺を見つめ、こんな体たらくにもかかわらず俺のことをすっかり畏れていることはあきらかだった。そして頭を下げる。その背後から照明と鏡に映る太陽が目に入るため、向こうは俺が見えるが、俺はシルエットしか見えない。警告に反して彼らは俺の両足にキスをする。足の指一本一本にする奴もいる。そして願いごとをする——どれもささいな願いで、オート麦の小袋をもうひとつくださいというのすらある。

「私の願いはただひとつ、冬至の歌人に選ばれること」「私の願いはただひとつ、みんなにスプーンを買ってもらうこと」

俺は黙っている。口をきくとしたら自分のために、照明が目に入らないようにしてくれ、これ以上膝にもつま先にもキスをしてくれるなと願っただろう。

彼らが丘で使う斧の音よりも、塔を建てるときの金槌の音よりも大音量で俺はガーガー鳴くことができる。この屋内だったらきっと壁から壁へ鳴り響くだろう。それと同時に、狂った、笑いみたいな叫びもあげることができる。ひさしぶりに笑い声をあげるのは気分がいいだろうし、彼らを確実に駆逐できるだろうが、俺は引きつづき世話になり、春まで守ってもらって、おいしいヤギ肉を食べさせてもらいたいとも思っている。

これが午後も延々とつづく。俺は黙っている。ときおりわりあい真剣な願いもあるが、それすら真の願いより小ぶりだ。たとえば、「私の願いはただひとつ、ひとつの季節だけでもひと月だけでもいいですから娘の目が見えますように。この二つでは図々しすぎるなら、たった一日でもけっこうです」こうした願いは、願い主の半人間たち同様、願いの半分だと思う。「私の願いはただひとつ、あとひと月、子どもが生まれるまで私を生きながらえさせ、男か女か見届けさせ、名づけさせてください。できればはじめて笑う姿を見届けられるくらい、生かしてください」いつまでもつづく。「私の願いはただひとつ、ルーサに喜んでもらえるようになること」

俺は疲れた……何もかもうんざり。「かなえよう」と言った。

神御自らが途中参加するなんて、あきらかに予想外だったのだ。見張り以外は全員退去し、窓のすぐ外からも、さきほどはじめて気づいた控えの間からも、喧喧囂囂《けんけんごうごう》たる議論が聞こえる。俺に聞かせまいとする話しぶりだからほとんど聞こえないが、衝撃の事実が判明する。ルーサとは俺の面倒を見てくれている半女《ハーフ・ウーマン》であること。彼女は半女たちの中で最高の美女と目され、大勢の求婚者がいたが、俺一人に専念したこと。そして実際——衝撃のあまりほとんど理解しがたくて、正確に聞きとれなかったに違いないとは思うが——なんと俺と結婚しており、「神々の花嫁」と呼ばれていること。式は俺の意識が戻る前に行なわれ、俺の台詞は代理が言ったらしい。昔から彼女の唯一の望みは、我々の一人を夫にすることだったという。いまはそれゆえ叱責されているから、俺の知るところとなった。奴らは声を上げる。あいつは偽の神、病んだ神だ。今後もたびたび大事な儀式を中断してしまうだろうし、後日開催する予定の、幸せな冬を確約する儀式さえ中断してしまうかもしれん、と。

我々は必ず連れ合いと添い遂げるから、相手を軽々しく決めない。あの半女が花嫁として俺に与えられたとは滑稽だ。それに実に奇怪だ。俺の一番よいときを女は見ていないではないか。病気で意識を失いかけている様子しか見ていないし、いまや俺の羽は惨憺たる状態で、飛べるくらい体が回復しても飛べないかもしれない。

ひどく衰弱しているが笑い声を上げずにはいられなかった。笑止千万だ。あまりの音に見張り連中は逃げていった。この室内と崖とでは——コッコと鳴くと同時に甲高い笑いを上げずには音の響き方が異なるが、戸外にいた連中も窓から走り去る。どこまで行くのやら、クモの子を散らすさまにますます笑ってしまう。笑うのはいいものだが、一人ではあまり楽しくない。俺の叫びと交互に声を出してくれる仲間が一人いればなあと思うと、寂しくなって笑いながら涙がこぼれる。胸の綿羽に流れ落ちるのを感じる。ああ、だが仲間の誰一人としてこんなふうに看病してくれなかったろう。我々の流儀ではないから。誰が仲間にひと冬つき合う？　無理な相談だ。自力で南下できれば手伝ってもらえるが、できないなら死は免れず、海に落ちて海の生き物に食われるのが一番だ。それがかなわないなら、せめて崖で過ごすこと。半人間の最高の登り手たちもあそこには行き着けない。この状況は間違っている。もくろんだことではないとはいえ。

　だが大騒音にもかかわらず、彼女はほかの者たちと一緒に逃げてはいない。きっと「どのような運命になろうとも」といった類の言葉を口にして誓約を交わしたから耐えているのだ。あるいは毛糸の耳栓でもしているのか。俺は黙るが、彼女のためではない。彼女はやわらかい布を手に取り、涙をぬぐってくれる。「いとしい、いとしい、いとしいあなた」と言いながら。（彼女のほうが、鳥と空から生じたように思える。）「なんていとしい神様」俺はいまでも彼女の手をかじってみたいのにそんな言葉をかけてくれるとは実に奇妙だが、かじったら誰が面倒を見てくれる？　いや、連れ合いだということを忘れかけてしまった。俺の知るかぎり求愛ダンスもしていないが、それでも守るべき慣習はある。奴らのうち彼女だけは傷つけてはならない。

「次は神様らしくふるまえるよう私がちゃんと見るわ」と彼女は言い、薬草使いの名人だからな、と俺は思う。きっと見てくれることだろう。

　だがいま彼女はそれとは別の方面に気を配っている。俺は飲んだことはない味の代物を飲まされる。その後、俺用に作られた頭巾をかぶせられる。数分後、飲み物の正体がわかった。媚薬だ。間違いない。なぜ？　どうやるんだ？　羽が台の上に広げられ、体は王座に留められた状態で？　だが次に彼女は俺の足と脚を解き放つ。（左腕を動かせることは教えないことにする。つまり知られないよう努めるわけだが、薬が効いてすでにどうでもよくなってきた。）彼女は俺の膝に坐る。俺を指南する。自分が彼女の中にいるのを感じる。脚と下半身を動かせるから、上下左右に向かって弓なりになることができる。薬の効き目があらわれるにつれ、現実の感覚がことごとく消える。羽は痛いが、それもどうでもよくなる。再び飛んでいるみたいだ。風に乗り、温暖気流の上昇を感じる。下から上へ。体を広げ、押し上げてくる空気の枕の上で平衡を保ちさえすればいい。俺には力が備わっている。神の力。そう、これは神業。自分は本当に神だ、と思う。まことに鳥とヘビと猫の三位一体だが、大半はヘビ、もしくは鳥ヘビだ。空飛ぶ恋人。彼女は俺の心を読むごとく言う。「空飛ぶ恋人」「上空と崖から来た恋人」俺の感じることを彼女はことごとく口にする。

そして一度終わると、再びはじまる。

終わったあとで彼女は俺の胸に寄り添い、両腕で俺を抱く。夜のあいだ、俺は彼女の羽根布団、ふかふかした枕となる。途中で俺の片腕が動くことを知ったとすれば、その後忘れてしまったのだろうが、いまさら気づいていないことなどありうるか！　ひょっとすると、知った上で神をそそのかしているのだ。そして、たぶん俺はそそのかされる。それは確信を持って言える。

翌晩は式典、その次の晩もその次の晩も式典だ。俺は疲労困憊の上、薬でぼおっとなり、状況を把握できないし何の騒ぎか興味もない。冬至。いまではなくて先のこと。その程度はわかる。再び頭巾をかぶせられる。式典はまったく見えない。うとうとするが、俺がこう言っている、こう言った、こう予言したと彼女が伝えているときは必ず目が覚める。「『栄光を。冬じゅう我らに栄光を』と言っています」と彼女はしばしば口にする。「彼はバスクという猫、クラックルという鳥、そして老スクアムというヘビとしてここに来ていまして、『見よ、この三者からもうすぐ神の子が生まれる』と述べておられます」と彼女は言う。「ですから我々は今後永遠に神々とともに生きることになります」

奴らは合唱し（奴らのあらゆる行為のうち俺につり合う唯一のものだと思う）、「百合に衣服を与える人がいるでしょうか」「起きよ、光の冠をかぶり」「夜の翼を支える、疲れを知らぬ腕がある」と歌っているから、俺は不思議になってくる。片腕を動かせることをみなが承知し、神をそそのかしたいと全員が思っているのか？　奴らは「喜びの翼に乗れば」と歌い、「ときにひとつの光は驚かす」と歌う。あまたの名歌の中で俺の一番の気に入りで、そういうことはたしかにあると思う。真夜中に見る雪明りみたいに、ひとつの光に驚かされることはたしかにある。奴らが歌い終わると、また歌ってほしくなる。

次に休息期が訪れる。冬の真っ只中だ。俺の体は本当に回復しはじめ、もはや薬いらずだが、媚薬は別だ。一日じゅう部屋でまどろむのに彼女が退屈した嵐の夜はとくに。それでも俺は俺らしい心地になっていく。早くに目覚め、元気が満ち満ちている。くちばしで羽毛をなるべく整える。

（もくろみがある。）体を束縛するものに抗うように運動する。いずれにせよのびているし、交尾後、脚を再び縛るとき、彼女はしばしば革紐を前よりゆるく留める。あたかも手間とセックスを通して俺を愛するようになったみたいに。ダンスやお辞儀、羽づくろいし合う類の愛情は持ち合わせていないが、半人間には半人間のやり方があるということがわかる。

二人で話はしない。彼女は一方的に話すが、返事を求めていないのはあきらかだ。生き物同士として話をしたら、俺が神のごとき資質を失ってしまうと懸念しているのだろう。ただ黙っていて疎遠であってもらいたい……不可解であってほしいのだ。コッコと鳴いたり、吠えたりするのはいいが、普通の話は一切なし。

彼女が一番話題にするのは俺たちの子どものことだ（腹は目立ってきた）。いずれ男児が生まれ、いつか人の王になるという。（彼女は自分のことも他人のことも「半人間」ではなく「人」と呼ぶ）。彼女の予測はいくつか実現しているとはいえ、俺はどれひとつ信じない。出産の日までもたない確率が高い。

俺は回復するにつれ憤《いきどお》り、はかりごとをすることが多くなる。彼女の気まぐれにしたがって生きることになるのか？　彼女が顔を覆いたくなったら、覆われてしまうのか？　彼女の望むときに薬を飲まされるのか？（姦淫だ。それだけのこと。）飼い馴らそうとするかのように手で食事を与えられるのか？　神の怒りがどんなものか、そしてその怒りも俺の力もあらゆる半人間の理解を超えていることを見せてやろう。好きなように彼女を襲ってやる。俺が神の規則を定め、神のスケジュールを定めよう。俺の怒りもまた、神の怒りにふさわしく厳密でクールなものとなろう。

晴れた日を待つ。そして、慎重に、筋肉が革紐に対して盛り上がるのを感じながら、革紐を次々と引きのばしては破壊する。さらに時間をかけて台から体を離していかねばならない。翼は癒えたとはいえ、こわばり、痛む。俺の関節が固まることなく動くよう、彼女はずっと前に俺をこの台から解放すべきだった。もはや羽を背中にちゃんとたためない。この狭い場所では問題である。俺は意図せず、天井からさがっている薬草を落としてしまう。色を塗られたポットを棚から落とす。俺をかたどった小さな像をそれぞれの台の上からなぎ倒し、同じように、小さな猫の神と小さなヘビの神も台から落とす。

控えの間へつづくアーチの下の通路に、妻が着る長いローブに着替えながら、彼女は早くも立っている。彼女がいた部屋に押し戻す。ふかふかのベッドが見える。俺は固い王座だったのに。彼女にはアヒルの綿羽の分厚いベッドカバーがある（我々も高巣にそっくりの物があった）、俺には何もなかった（まあ、決して寒くないよう世話してくれたことは認めざるを得ないが）。妻用ローブをかぎつめ一枚で裂き、ベッドに押し倒す。慎重に。神々の怒りは慎重なのだ。

最初、彼女が丸裸なので動きは止まる……驚いてしまう。半人間たちには毛皮も羽もまったくないと承知してはいたが、全裸は見たことがなかった。胸が悪くなる。道理で目隠しをするわけだ。生まれたてのまだ乾いていないヒヨコだと思わないかぎりそばに寄れないが、何よりも食べ物に見えてしまう。やわらかそうで、生まれたばかりのブタのよう。静かに横たわりこちらを見ている。目は……そう、たしかに美しく、我々の目とは段違いに表情ゆたかだ。これから起こることを受け容れていることがわかる。歓迎すらしている。同類の連れ合いの目には決して見られないことだから、それゆえ俺は再び彼女に興味を持つ。ベッドの端に腰掛ける。触れる。胸はわが同類の女たちよりも大きく、丸いが、綿羽で覆われているかのようにやわらかい。次に覆いかぶさって横たわり、羽がベッド全体を覆う。なんて不思議な交尾の仕方。それに交尾にはなんて妙な季節、そう思いながら交わった……自分のペースとタイミングで……つまり、神の都合で。その後、羽が作るテントの中、彼女の上でやすらう。こんなのは見たこともないが、悪くなかったし、間違ってもいないと思った。それにこれは俺の愛の行為だから、正当な踊りは抜きとはいえ、実際に連れ合いである彼女を連れ合いとして認識できた。これまでは実感しがたかった。

　だがもくろみを実行しなくてはならないから起き上がり、つぼや瓶が並ぶ棚を見つけて床になぎ倒す。彼女の機《はた》を見つけ、部屋の隅で押しつぶす。糸はだらりと垂れ、絡まり合う。なるほど、神のために織物をしていたのだろう、青い織物に金糸や銀糸が織り込まれている。なぜ青を使っているかはわかる。空の大君のためだ。かぎつめで切り裂く。青の中から出てきた俺が、金銀に何の用がある？

　できるかぎり被害を与えたあと、外の扉を開け、村に向かって笑い声を上げる。お前たちの知る神が失われる朝だ、神がありのままの姿を現わす朝になるぞ、と。

　外は白い。まばゆい。目がくらみ、雪をこんなに降らせる大君はいったい誰だと思う。暗闇にいた時間がすぎた。外へ足を踏み出し、笑い声を上げつづけたが、声が前とは違ったふうに聞こえたので立ち止まり、目が見えるようになるまで待つ。

　あちこちへ向かって小道が作られ、彼女の玄関からよその玄関へ通じているが、くねる歩道の両側に雪が膝の高さまで積もっている。神の膝の高さまで。実際、もっとある。

飛べるだけのスピードをつけようと思い、雪の中を歩く。体が沈む。羽ばたく。我々は平地から飛び立とうとする際に必ずぎくしゃくするので、仲間同士で笑い合ったり、自分を笑い者にしたものだが、奴らの目は気になる。奴らは着がえの途中や、服に袖を通したりフードを頭にかぶったりしつつ外に出てきて、俺が羽ばたき、だらしなく倒れる姿を眺めている。まわりで雪が粉っぽい雲となって舞い上がる。俺は立ち上がる。今度は一本の小道をたどりいくらかスピードを得て、空をつかもうとする。空気は冷たく濃密で、慣れた空気に比べてしっかりつかめる。なんとか上がり、脚は雪に垂れたまま、さらに激しく揺さぶるが、吹いている微風をとらえるには向きが悪い。方向転換して逆向きに、小屋に戻る方向へもう一度試み、今度は上昇するが、予想していた以上に体が痛い。空中でよろけ、再び向きを変え、揺れては落下、揺れては落下し、上がっては降り、やがて彼女の屋根に降りる。そして留まる。生まれてはじめて、寒さが身にしみる。これは寒い。いままで寒さを知らなかった。想像もしなかった。自分の崖まで飛ぶつもりだった。そこで暮らし、ときどき戻って奴らのヤギを食うつもりだったが、それは不可能だ。最高の巣でも火はおこせない。一瞬、我々の窯のどれかで暮らそうかと思うが、こうした小屋で暮らすよりもひどかろう。そもそも群生地まで決してたどりつけない。

ぶざまだ。半人間たちは外に出て、我々の一人の無様な姿を見に来て（彼女もいる。ちゃんと服を着てフードもかぶっている）、空（と猫とヘビ）の大君の一人が座して震える様を見ている。

「これで信じるかね」一人の半男が彼女に言うのが聞こえる（彼女をわがものと知らないころ、

「かなえよう」と言ってしまった相手である）、「信じるかね？　俺が言ったとおり偽の神だって」「いいえ」彼女は言う。「彼の息子もそんなこと信じません。神々の行ないを理解できる人間が一人でもいるなんて、どこに書いてあるのですか？」（「人間」のつもりだ！）

梯子と、俺には決して壊せない鎖が運ばれてくるが、自分が求めているものは、もう承知している。まだ火がくすぶっている場所に戻りたい。俺はおとなしく連行される。

途中、彼らは歌う。「朝が輝くときは見上げよ……」そして朝は輝く。「はるか地平線の向こうの天使たち、空にひっついて……」それは我々のことだが、もう自分を「我々」の一員とは見なすことはほとんどできなくなっている。

機《はた》は修理される。青いローブは織りなおされ、俺はそれにくるまれる。鎖でつながれ（しばしば目隠しをされ、しばしば薬をのまされ）、冠をかぶせられている。まわりに宝石がつるされ、聖歌が歌われ、捧げ物が届く。いつまでも坐っている。体力が衰える。使っていないせいで羽が痛い。時おり夜中に遠吠えし、鎖をがちゃがちゃ鳴らす。町じゅうの目を覚ます。「業《わざ》を！」夢の中でさえそう叫ぶ。「神々は業を行なわなければ！」ただ黙って坐っていたら、神々が失敗することは確実」奴らは聞く気がない。返事もしない。

そして彼女。目隠しをされていないとき、お腹がしだいに大きくなっていくのが見える。どんな奇妙なヒヨコになることだろう、とずっと思う。

春はなかなか来ないが、春の匂いがしてきた。我々……彼ら、つまり群れが、そろそろ戻ってくる。それは楽しみでもあり、恐怖でもある。

やがて出産の時が来る。控えの間がざわめいている。彼女のうめきが聞こえる。産声も。奴らの子どもと我々の子どものどちらの声に近いか、判別はできない。すると今度は彼女が大声で泣き叫ぶのが聞こえたので、ひょっとしてもう死んでしまったのかと思う。たったいまピーピーキーキー鳴き声がしたばかりだが。いや、彼女が嘆き狼狽しているのは、ヒヨコがメスであるせいだとわかる。女神ではなく、神がほしかった……自分のライバルはいらなかったのだ。

「殺して」彼女は言う。「それか、私に殺させて」だが彼らはそうはせずに俺のもとへ連れてくる。あの三人の男たちで、一人がこわごわ抱いている。子どもを名づけてくれ、と頼まれる。俺は思う。母さん、姉さん、二人の名前をありがたく使わせてもらうよ。ところが見ると、顔はまごうかたなく我々の顔だが、弱々しいむきだしの体は奴らのもので、小さな役立たずの羽はいっそ切り落としたほうがましだ。生乾きの黄色い羽毛があちこちに幾筋かはえている。こんな奴、崖の上なら我々はひと目で殺し、何ひとつ悔やまなかっただろう。俺は名づけを拒む。だがもう一度よく見ると、火明かりに冠毛のごくわずかな生えはじめが浮かび上がる――俺と同じ金色の冠毛だ。いずれは「大胆な者たち」を自任する我々の一人となる。それに実際のところこの子は俺よりも不具だと言えるか？

突如、俺は生きたいと実感し、自由になる季節を待って再び夏を見たいことがわかる。俺がずっとこんなことをしていたのはつまらぬ意地のせい、奴らは半人間にすぎないが、自分は人間だと思っていたせいだ。「名づけよう」と俺は言う。「だがまず言っておくが、私は神ではない。羽があろうとなかろうと、我々の誰も神ではない。そなたたち同様、中途半端な生き物で、同じなのだ。我々は空における方向パターンは認識できても運命のパターンは認識できない。私は猫のようでありヘビのようであり、しばしば自分でもそんな気になるが、実はヘビと猫がそれぞれ鳥に似ている程度しか、この三つの生き物ではない。私が与えることのできるのは自分のもの、そして兄弟姉妹を説得できた場合には彼らのもの、それだけだ。私がそれを与えられるよう、解放してくれ。私の子も女神ではない。歌は歌うがいい。『なんと甘美なる真実』と歌い、『どの花も喜びに満ちて』と歌うがいい。だが我々を称えては歌うな。いま私ははじめて真実を語った」

　三人の男たちはひざまずく。「まことに神さまだ」と言われて俺は、今後も状況は変わらないだろう、ひょっとするとさらに過激になるかもしれないと思ったが、そうではなかった。本当に信じてくれた。金槌をいくつか持ってきて、すっぱりと解放してくれた。（自由がこんなにたやすく得られるなんて、誰が思った?）男たちはヒヨコを抱かせてくれる。立てるよう、助けてくれる。体はすっかりこわばり、歩くのがやっとだ。「連れ合いが泣いている」と俺は言う。「なぐさめに行くから手を貸してくれ」結局、俺が神でも三位一体でもないと知って彼女は驚くだろうが、それでも喜ばせる方法はわかっているつもりだ。

おばあちゃん

Grandma

昔、おばあちゃんは活動家だった。昔はタイツを履いていた。おっぱいは大きかったが、ちっちゃいブラジャーをしていた。ウエストは二十四インチだった。すっかり背中が曲がってしまう前は、腕立て伏せも腹筋も懸垂も何だって百回以上できた……髪は天然パーマだった。いまは乾燥し、細くなり、ちょっとはげている。つねに頭にスカーフを巻き、私の前では歯を絶対に外さないし、しまう場所も決して見せないが、無論私は知っている。おばあちゃんは年齢も絶対に明かさない。自分に関する本はどれも間違っていると言って、ま、あたしのせいだけどね、とも言う。年齢その他を長らく偽っていたのだ。

かつてこの山間一帯で捜索隊や救助隊が作られるとき、おばあちゃんは必ずそこに入っていた。いまも人命救助できるんじゃなかろうか。小柄な人々ならば。地下室におばあちゃんのトレーニング用ウェートセットがある。サンドバッグもある。昔は蹴りも入れていたが、いまもやれるかどうかは不明だ。いまでもときどき下から、おばあちゃんがどしんどしんと音を立てたり唸ったりしているのが聞こえる――歩くときは杖を使うのに。ソファから立つのも一仕事なのに！　ときどき私もジムに降り、ウェートを挙げようと試みる。サンドバッグを打ってみる。（私は箱に乗らないとサンドバッグに届かない。蹴ろうとすると必ず落ちる。）

昔、おばあちゃんはいまほど恥ずかしがりではなかった。そうだったら、あれだけの仕事はできないでしょう？　でもいまは人に迷惑をかけたくない一心だ。あたしゃ人さまに迷惑をかけたいと思ったことは一度もないよ、手伝いたかっただけだよと言う。

自分のことを私たちの誰かに見習ってもらいたいなんて、一切思ってない。昔は期待していたけれど、いまは違う。私たちは期待はずれもいいところだった。おばあちゃんは口にこそ出さないが、きっとそう。私たちのことはあきらめている。ほかの人たちもそうだ。

事のはじまり……いや、私たちのはじまりは、選択的飼育という発想だった。おばあちゃんみたいな人を誰もが望んだ。力持ち、思考は敏速、動きは機敏、そして心の底から……これがもっとも大切である……毎日毎日ジムに通って何時間も過ごすあのライフスタイルを望んでいる人。おばあちゃんはそれが大好きだった。（いつもいつも）こう言っている。「バンジョーの音楽を流してね、ダンス同然にしてたわけ」

昔、おばあちゃんが若かったころは子孫のことなんてちっとも考えられていなかった。だって、彼女の結婚相手にふさわしい人なんているか？　それに、この人はこの調子でずっといけるとみな思っていた。こういう人は歳を取るはずないでしょ？　と思われていたのだ。

おばあちゃんには三人の……いわゆる〝夫〟（というかドナー）がいて、最初はトライアスロンのチャンピオン、次がプロボクサー、その次がバレエダンサーである。

資質は世代を飛び越えると言われているため、子の代にめぼしいことは起きなかったとき、おばあちゃん（およびほかの人たち）は、じゃあ、孫にきっと出るぞと思った。でも、私たち孫は有象無象だ。もはや誰も注目してくれない。

私は一番の出来損ないである。歳のわりに小さく、足は内側に曲がり、出っ歯で、片目斜視……今後いろいろ手間がかかる。何にせよ大成するタマじゃないとわかっているにもかかわらず、費用は全部おばあちゃん持ちだ。私は矯正装置をあれこれ着けている。歯、両足、いいほうの目には眼帯。祖父は、あのバレエダンサーだった！

ときどき、どうしてこんなに面倒をみてくれるのか不思議になる。発育不良で、足を引きずり、髪にコシもない女の子に。思うに、おばあちゃんにとって私は、はじめての本当の赤ちゃんなのだ。おばあちゃんは自分の子といるための育児休暇はもらえなかった――人命救助を行なうには高齢になりすぎたいままで、ずっともらえなかった。おばあちゃんはあらゆる人命救助隊に加わっていただけでなく、たった一人で十隊分に相当し、おばあちゃんが救助隊を救助しなければならない場面も多々あった。

その上、動物だって救助した。生き物がいなきゃ地球は死ぬよというのが口癖だった。両脇に鹿を一頭ずつかかえ、山々を飛び越える姿が見られた。キャンプ場にいる熊を、人に迷惑をかけない場所へ移した。ゴルフ場やカーポートでつかまえたガラガラヘビを何匹もつかんで飛ぶ姿も見られ、ヘビが人に危害を加えず、人がヘビに危害を加えない場所へ連れ出した。

気候まで救おうとして、雲を押し引きした。洪水を押しとどめた。オゾンを再びくっつけた。死につつあった大森林の木々に水の入った巨大な袋を何袋も運んだ。長い目で見ると、すべて失敗だった。あれだけ救助して残るのは常に失敗のみ。熊たちは戻ってきた。ガラガラヘビも戻ってきた。

善行はどれもうまくいかなかった、とおばあちゃんが思ってしまうことがある。たいていは何かを手放した上で、救出せざるを得なかった……たとえば、赤ちゃんを五人助け、三人捨てる。おばあちゃんといえども腕は二本しかないってことだ。本人は、もっとできるはずと思っていた。私は毎度言って聞かせる。「大勢助けたんだよ。あの森だって、みんなの予想より十年長くもたせたんだよ。それに、私も。私は救ってもらったよ」するといつも笑ってくれるので、救われる。そしておばあちゃんはこう言うのだ。「まあ、いいほうの目は、あんたの面倒を見られるくらいは見えそうだね、悪党ちゃん」

両親が亡くなったとき、おばあちゃんは私を引きとってくれた。（おばあちゃんといえども私の両親は救えなかった。どんな人であろうと、酔っ払い運転のように、いかんともしがたいことはある。それに誰だって神出鬼没というわけにはいかない。）

世話しようと引きとってくれたとき、おばあちゃんはすでに衰弱していた。私たちは互いに必要とし合っていた。おばあちゃんは私なしではやっていけない。私は救助者の救助者だ。

こんなふうに田舎に引っ込んで、手伝いは私一人という状況にどうしてなったのだろう。おばあちゃんの窮乏ぶりにみんな怖気づいてしまったのか？　それとも、見る影もない姿をみんなは見ていられなかったのかもしれない。おばあちゃんは以前に比べて気難しくなっているのだろうが、私は慣れている。ほとんど気にならない。でも、おばあちゃんは厄介者にならないよう絶えず気を遣っているので、それがかえって厄介だ。心を読まなければならない。おばあちゃんが両腕で体を抱え込んだら、胸におばあちゃんのエンブレムが入った、古びた赤いトレーナーを取ってくる。「おやまあ」と言ったら、緑茶を一杯持っていく。長椅子に坐ってもぞもぞして身を震わせて杖に寄りかかったら、引っ張って立たせる。おばあちゃんは静寂を好む。お気に入りは、私が隣に腰を下ろしておばあちゃんに寄りかかり、一緒に鳥の鳴き声を聴くこと。またはそうやって私に物語を聞かせること。私たちはラジオもテレビも持っていない。どちらもかなり前にイカれてしまい、その後新しいのを持ってきてくれようと誰も思いつかなかったためだが、実はどちらも不要だ。そもそも私たちはどちらも欲しくなかった。

おばあちゃんは私を隣に坐らせる。すでにレタスは植え、クワの実は摘み、ときにはクワの実パイが出来ていて（私が手伝った）、二人でひたすら坐っている。「あたしにもおばあちゃんがいたのよ」とおばあちゃんは言う。「でもあたしを見たら、そうは思えんだろうね。たいていのおばあちゃんより長生きしているし。けど、誰にだっておばあちゃんはいる。あたしにも。想像してごらんよ、世界じゅうの人がおばあちゃんといるとこを」そしてクスクス笑う。少女時代のクスクス笑いの名残を留めている。おばあちゃんは言う。「母さんはあたしのことをどう考えていいかわからなかったの。三歳になる前から、母さんのためにびんのフタを開けてたから。母さん……それもすっかり昔話になっちゃったねえ」

気分が沈んでいるときには、なんにもうまくいかなかったよ、と口にする。せっかく救助した人々が一週間後に、おばあちゃんには手の打ちようもない原因で亡くなった。それはしちゃいけないと注意を与えたばかりという場合もあったのに、閉め切ってあった部屋に掃除機をかけてハンタウィルス等に感染してしまったのだ。(おばあちゃんは救出と同じくらい、予防も重視している。)

私も生き物を救助している。たくさん。どれもうまくいった。翼の折れたユキヒメドリを救助した。雨上がりには車庫の前の濡れた私道で座礁しているミミズを救出し、家庭菜園に戻している。我が家の果樹のひこばえは、おばあちゃんに切らせなかった。ねずみをべたべたした罠から救出した。あるときは野生猫が産んだ子猫たちにエサを与え、ノミや寄生虫をうつされた。こうして救助をすることが、おばあちゃんから唯一受け継いだ部分かもしれない。

原子爆弾を宇宙の彼方に押しやることと、私のささやかな行ないと、どちらにやりがいがあるかなんて誰に言えよう? まあ、どちらが重要かは私にもわかるけれど、私がユキヒメドリだったら、助けてもらえたらうれしい。

ときどき、ごく稀に、おばあちゃんは出かける。出かけずにはいられない気分になるのだ。サングラスをかけ、大きなつば広の帽子をかぶり、何枚ものスカーフを巻いてしわだらけの顔と首を覆う。いまでも自転車に乗っている。ひどくぐらつき、バランスを取りながら進もうとする様子は、見ていて怖い。私は見ていられない。おばあちゃんは私にお土産にアイスクリームを買ってくるのが好きで、ほかに漫画本や読みながらかじる甘草キャンディーを買ってくれることもある。おそらく町では、ただの頭のおかしなご婦人と見られているのだろうし、たぶん実際そうなのだ。

おばあちゃんを一目見ようと来る人々には、いま留守ですと応じることにしているが、とてもとてもとても高齢の老婦人は、家以外どこにいられよう？　人が来たと知ったら、よろよろと会いに出てきて、みんなを死ぬほどびっくりさせたことだろう。それにどっちにしろ、本人だとはたぶん信じてもらえないだろう。タウン・アンド・カントリー銀行の頭取――この人もずっと前におばあちゃんが救出した――だけは中に通す。彼はしばらくそばに坐って過ごす。やはり高齢だが、当然おばあちゃんには及ばない。彼は、人間としておばあちゃんを気に入っている。昔、彼が救助されたときも二人でずっとおしゃべりをして、互いをよく知るようになった。そのときはトマトの苗木、野の花、鳥のことを語らった。彼女が彼を救出したとき、二人は雁とともに空高く飛んでいた。(一緒に飛んだ雁たちのこと、鳴き声と羽音が間近で聞こえてとてもわくわくしたことがいまでも話題にのぼる。私は二人の話を聞いているだけで鳥肌――ガン肌？――が立つ。)太鼓腹とあばたもろともに、おばあちゃんはこういう人と結婚すべきだった。そうすれば私たちも少しはましだったかもしれない。

おばあちゃんを殺したのはおそらく私だ――とにかく死因を作ったとはいえるだろう。あのとき自分がどうなってしまったのか、よくわからない。どうしたのかわからなくなることはよくあって、何時間か逃げ出してどこかへ行ってしまうこともよくある。おばあちゃんはそれを承知している。気にしていない。ときにはこんなことまで言ってくれる。「行っといで。しばらくどこかへ行きなさい」ところが今回、私はおばあちゃんの古いタイツを履き、ちっちゃなブラを身に着けた。まだ胸はないから、カップにクリネックス・ティシューを詰めた。私にはおばあちゃんの行動は何ひとつ真似できないことはわかっていた。しばらくおばあちゃんのふりをしたら楽しいかなと思っただけだ。

丘に向けて出発した。長い道のりだが、途中で松林を歩いていけるのだ。でも、まず涸れ川《アロヨ》をのぼらなくてはならない。おばあちゃんのケープはうしろで岩と砂の上をずっていた。しかも、重たかった。サテンのような表地を見るといかにも軽そうだが、裏地はフェルト素材なのだ。「防寒防水」とおばあちゃんは言っていた。私は歩くのがやっとだった。こんなものを着けて、どうやって飛んでいたんだろう?

たいして進まないうちに、アロヨの真ん中に倒れているジャックラビットを発見、半ば死んで(だが半ば生きて)いて、体じゅう嚙まれてぼろぼろだ。この子をこんな目に遭わせた奴は、きっと私が来たので怯えて逃げたのだ。私が助けなければ、おしゃかだ。でも、怪我をしているウサギは嚙むのでちょっと怖かった。嚙まないようくるむのに、おばあちゃんのケープはぴったりだった。

ジャックラビットは、重たいものだ。それにケープの重みが加わって……。

まあ、結局足をくじいただけで済んだ。たいした怪我じゃなかった。おばあちゃんからもらったナイフを常時携帯している。ケープを帯状に切り、足首にぎゅっと巻いた。おばあちゃんはケープ大尽というわけじゃない。これしかないのだ。裂いてしまうのは、とても申し訳なく思った。ウサギを両肩に乗せた。歩みはのろくなるが、置き去りにしてさきほどの敵につづきを食われてしまうのはどうしても嫌だった。薄暗くなってきた。夕闇だと私は目があまり見えないことをおばあちゃんは知っている。問題は、昔は鷲のようにものが見えていたおばあちゃんも、もうあまりよく見えないということだ。

おばあちゃんは昔のように飛ぼうとした。実際、飛んだ。私のために。セージとビターブラシすれすれに飛び、背の高い植物に両脚がひっかかった。そこまで浮上するのがやっとだった。イルカのようにかしぎ、揺れるさまを見て、さらに上昇しようとしていることがわかった。おばあちゃんは叫んでいた。「スイートハート、スイートハート。どこにいるのおお?」ほとんど昔のころに近い大きな声だった。山間に響きわたった。

「おばあちゃん、うちに帰って。私はだいじょうぶだから」私だってときには大声が出る。

おばあちゃんは私の声を聞きとった。いまでも耳は、ロバの耳のように鋭いのだ。

そのときの飛び方は、おばあちゃんの自転車の乗り方に似ていた。よろよろ。横にぐらぐら、上下にもぐらぐら。大破するのは目に見えていた。それに、プリント地のドレスを着て飛ぶ姿は妙だった。一式しかない衣装を私が着ているのだ。

「おばあちゃん、うちに帰って。お願いだから」

昔のおばあちゃんは見る影もなかった。数年前なら、一メートルくらい落ちたって怪我ひとつ負わなかったはずだ。去年だってそうだ。たとえ、今回みたいに頭から着地しても。
私は砂とやぶを使って精一杯おばあちゃんを覆った。ウサギを食おうとしていた奴がかじりに来るに違いない。おばあちゃんはかまわないだろう。大地に自分を返したいというのが口癖だった。出所は知らないけれど、よく引用していた言葉がある。「すべてを土に。墓には何も」。食われるのは、土に還るようなものだ。

恐ろしくて、この出来事——全部私のせいだということ——は人に言っていない。おばあちゃんの真似をして、何かを救助しようとして、わざと面倒を起こしたようなものです、なんて言えない。でも、人が思うほど悲しくはない。いずれにせよおばあちゃんの死期が近いことはわかっていた。ベッドに寝て天井を眺め、悪くすればどこか痛いというのよりはましだった。ベッドでもおばあちゃんは愚痴らなかっただろう。迷惑をかけたくないから、一言もこぼさなかっただろう。その苦痛は私以外誰も知らずに終わっただろう。そのあいだじゅう私は歯を食いしばり、おばあちゃんの苦痛に耐えるしかなかっただろう。

このことを誰にも話していない理由は、一部にはじっくり物事をわかりたいからだ。私はここにたった一人で暮らしているが、いろいろなものの世話をするのは得意だ。週末ごとにおばあちゃんと私の様子を確認しに来る人たちがいる——彼らはそれでお金をもらっている。その人たちに手をふる。「だいじょうぶ」口の動きで伝える。一度、タウン・アンド・カントリー銀行の頭取がやって来た。おばあちゃんは具合が悪いんです、と私は言った。まるきり嘘というわけではない。いつまでつづけられるだろう？　きっと最初に知るのは頭取だろう——誰かに知られるとすれば。いつまでもばれないかもしれないし。

ジャックラビットを看病している。私たちは仲良しになった。あの子の回復は早い。ウサギとして暮らせるよう、もうすぐ手放すつもりだ。でも、私と一緒にいるほうを好むかもしれない。

いま私はたいていおばあちゃんの衣装をまとっている。眠るときも。着ていると安心する。小さな救助もいつもどおりやっている。（家庭菜園には幸せな雑草が茂っている。鳥の餌箱も満たしている。スカンクには残飯を出す。）これらも大切——おばあちゃんがしていた救助と同じくらい大切だ。とにかく雑草がそう思っていることは、私にはわかっている。

育ての母

Foster Mother

幼いものの取扱い法

人工栄養で育てること。たくさんなで、抱きしめ、あなた以外の人についていかないようにすること。あまりのさばらせないこと。自分より大きい同類がまわりにいないと、のさばるおそれもあります。その場合はこちらへ引きわたし、あとは任せてください。

ご希望により名づけてもけっこうですが、名前は不要です。こちらで必要な場合はこちらで名前を選び、命名します。

あまり期待しないこと。彼らの脳みそは小さく、ライ豆二個大です。現在わかっているかぎりでは、笑顔は笑顔ではないかもしれません。涙も同様です。血は流しますが、我々ほど痛みは感じません。

ゆくゆくは手放し、使命をまっとうさせてやってください。あなたは遠くに行って、まったく異

なる物語を生きてください。ここに戻ってはいけません。
それは我々のものであることをお忘れなく。

だから、考えている。レスター？　道化《ジェスター》？　それともバラディン？　バラッド歌手《バラディーア》？　行く末と正反対の名前にすべきだ。彼のためになるかもしれないし、わずかな希望も生じるかもしれない。おそらく私たち二人をおいて誰もその名前を知ることはないだろう。彼は自力で自分なりの喜びを見出さなくてはならない。喜びに満ちた名前が一番だ。せめてものことだ。それに一緒にたくさん笑うことが一番（あれが笑いなら）。くすぐり、取っ組み合うのだ。踊るのだ。

彼らはこの子を「それ」と呼ぶ。性別はどうでもいいのだろう。

私がそれまで見たもののなかで、あの子はダントツにかわいかった。最初は小さい。私たちと同じだ。小さなぷくぷくしたヤギ坊や。小さなぷくぷくしたロバ坊や。すでに私のことが大好き。だって、私のほかに誰がいる？　だからこれは私個人に向けたものと思ってはいけないことはわかっている。

だがその後、小柄でやせっぽちでますますヤギみたいな少年になっても、いまだに私が見たものの中でダントツにかわいい。いまは私のことをムーシュ、ムーシュカ、マッシュと呼ぶ……そう呼ぶようになったきっかけは覚えていない。私は彼をクーキー、クッキー……と呼ぶ。

楽器を持たせるべきじゃないかと思う。深いバス音が出るもの。チューバか何か？　それとも最大のヴィオル？　でもまだ小さすぎる。トランペットがいいと思う。あれなら山から山へと鳴りわたるだろうけれど、いささか軍隊めいて、私たちを管理している彼らをほうふつさせる。


見て、私たちが――二人とも――飛び跳ねているところ。私のほうが下手だけれど。見て、私たちが崖の上に素っ裸もしくは裸同然の姿でいるところ。少なくともあの子は裸で、私たちは日焼けしつつある。彼らを見て。私たちを見上げて指差して満足そうな顔で、大切な書類のまわりで両手を組み、地位や職務上の装備を体じゅうにつけている。ひどく着込んでいるので、容姿は誰も知らない。彼らは我々と同じなのだろうか、それとも一種のエイリアン？

あの子は私を頼りにしている。最初はあの子の食べ物まで噛んでやった。切ろうとがんばるよりもましだから。彼らは粉砕機をくれなかったのだ。

私たちは手をつなぎ、長い散歩に出る。あの子が疲れるとおぶってやる。布の靴を作ってやった。履物も衣服も支給されない。成長が早すぎてかまっていられないと彼らは言う。靴は不要だという。（実際、何につけろくに支給してくれない）。私たちは釣りをする。花を摘む。もうあの子はこの辺の花の名前を全部言える。そんなことができるほど賢くないと彼らは言うけれど、あの子はそれだけ賢いのだ。

私たちはインディゴヘビを持ち帰った。ここにずっといて、私たちの小屋の下に住んでくれるといいなあと二人で願っている。二人で〝にょろにょろ〟と名づけた。りんごの木を植えた。あの子は早くも「ボクの木を見て」と言う。木は〝アッピー〟と名づけた。

あの子はうれしいと身をよじらせる。それは喜びではありません、と彼らは言っていた。憤怒以外はさほど感じません、とも言っていた。私がここにいるのも、そのためじゃないかと思う。それが必ず憤怒になるように。あの子が一番よく口にするのは「さあはじめようよ《レッツゲットゴーイング》」だ。彼らは私のことを、あの子と一緒に何かを「はじめる」には歳をとりすぎていると思っている。私があの子を引き止め、それであの子が怒るだろうと見ているわけだが、実際はあの子が夜泣きをする寸前だって、私はそれよりもはやく目が覚める。最初のすすり泣きを聞きとり、手に負えなくなる前にそばに行く。長い物語を歌ってやる。「これはバラッドよ」と教える。「あなたにつけた名前よ、バラディーア」

私たちは戦略上重要な道のてっぺんに住んでいる。この一帯を警備できるよう、あの子は徐々に知識を深めるべきだとされている。両側の山に登頂し、危険な断崖まで歩いた。あの子はいつかそこから飛び降りることもできるようになるだろうが、いまはまだ小さすぎて、小川さえ飛び越えられない。私たちは布の靴を脱ぎ、水を歩いて渡る。（あの子は信じられない速さで布の靴を何足も履きつぶしてしまう。）

ここは楽園だ。険しくて岩だらけの楽園が好みで、大きな岩を迂回したり乗り越えたりするのが好きならば。ごつごつしたのが好きならば。つるつる足をすべらせて、突然ばたんっ！というのが好きで、ときどき地面に仰向けになって、目の前に広がる、たいていは青い空を見上げるのが好きならば。

あの子は何にでも興味津々だ。私のスーツケースや靴や帽子を出してやった。あの子がおもちゃを必要とするかもしれないことを彼らは忘れていたわけだ——でも——小石や棒切れや平たい粘板岩、なべかま、輸送用の包装箱さえあれば、小さい子はおもちゃなんて要らないでしょ？　紙やクレヨンもある。端切れも。たぶんオスだ（少なくとも私はそう思う）が、ぬいぐるみの人形を作ってやった。

なんたるエネルギー！　実の母親ならどうしたろう。もちろん私よりずっと強いだろうけれど。

率直に言って、私の予想もはるかに超えて物をよく知っていると思う。能ある鷹は爪隠すと教える必要もない。たぶん私にも隠している。一方、彼の運動能力はひけらかすことになっている。あの子はまだぎこちない。ぐんぐん成長している子にこれ以上何を期待しよう。

あの子には素晴らしい生気と輝きがある。ときどき〝きらきらおめめ〟と呼んでやる。豆みたいな脳だなんて！　信じられない。

でも心配だ。行く末がよいわけがない。ひどい死に方で早世すると思う。誕生以来育てた生き物にそんなことを望む人はいまい。

二人で逃げるべきだろうか。丘で迷ったふりをして。でも、それにはあの子はまだ小さすぎる。あの子を生まれ故郷に連れて行ってやることはできるだろうか？　どこかに母親らしきものがいるはずだ。あの子が奇怪な科学的方法で造られていないかぎり。

なぜ自分がこの仕事に選ばれたのか、だんだん不思議になってきた。自分から申し出たが、応募者は大勢いた。私はどこか特別なのだろうが、それはよいふうにか、悪いふうにか？　おそらくどこか無能なのだ。どこか馬鹿なのだ。私に見えていないものは何だろう？　きっと一番大切なこと。わかるころにはおそらく手遅れだ。

私の容姿も関係したのだろうか？　そのせいで私たちは似ているのだろうか？　それに私の歯はどうだ？　あの子と同じく出っ歯である。私はいつでも誰かに噛みつく準備をしているみたい。いずれにせよ、選ばれた理由などどうでもいい。見て、私たちがどんなに馬が合うか。あの子は私のために犠牲になることをいとわないだろうし、私とて同じだ。あの子を渡された瞬間からそうだった。あの子はキーキー鳴き、なんとも小さくてよわよわしかった。

あの子のことは秘密にしますと約束するよう強いられ、命が危険にさらされていることは承知しています、という文書に署名しなければならなかった。でもそれはあの子のせい？　それとも彼らのせい？

〝武器〟は何を知っているべきだろう？　そう多くはあるまい。きっと花の名前じゃない。おそらく簡単な指令に従う程度の知識。日用語もいくつか知っていれば便利かもしれない。それに、うなり方も。

いずれにせよ、幼い生き物は誰かが育てなきゃいけないでしょ？　いずれ何になるにせよ。

あの子が結局何になるのか、彼らは一度も教えてくれなかった。徴候はほとんど見えない。そこが私の愚かさかもしれない。私にとっては、できれば産みたかった赤ちゃんそのものだ。私たちは似ているとすら思う。あの子のほほえみ方に自分を見る。あの子の語彙は、私の言葉だ。でも先方に引きわたしてからあの子がすっかり成長したら、たぶん見てもあの子だとわからなくなってしまうだろう。

いまはわずかにうろこがあり、足のつめがほんの少し角状になりすぎているだけ。ほとんど目立たない。歯はいつ生え変わるだろう？　まだ抜けはじめたばかりだ。抜けた歯を彼の枕の下に入れておく。（あの子の枕もある。あの子はいつも持ち歩いている。持っていっていいよといえば、外にだって携えていくだろう。）朝になれば歯は消えていておやつが見つかる仕組だ。お金じゃない。こんな奥地でお金があったって、何ができるだろう。

犬歯がほんの少し覗いている。まもなく全部犬歯になったりして。

連続して三つ以上の指示をこなす能力が身につくかどうかは疑問、と言われたが、すでに私よりも多く覚えている。百まで難なく数えることができる。大声で数えるのが好きだが、小さな声でねと言って聞かせる。引き止めるのに苦労する。あの子は声がよく通り、声を出すのが大好きだ。たぶんトランペットは不要だろう。もうトランペットみたいだもの。

ときどき、あなたの名前は〝行こうよ《レッツゴー》〟にするべきねと言ってやる。するとお返しに、じゃあそっちは〝ちょっと待って《ウェイタミニット》〟だね、と言われる。私はあまりにも〝ちょっと待って《ウェイタミニット》〟だったと思う。いますぐ逃げるべきだろう。最初、あの子がもっと大きく強くなるまで待つべきだと思っていたが、それは間違いかもしれない。扱いやすいうちに逃げるべきだと思う。

「ほらほら『さあ出発しましょうよ《レッツゲットゴーイング》』君」と私は言う。「枕を取っといで。旅行よ。きっと気に入るわ」

まだ出発してもいないのに喜んでいる。キッチンテーブルのまわりをぐるぐるまわり、ときどき飛び乗っている。去年はできなかったのに。きっと私が飛び越せない川も飛び越えられるだろう。私のことを待っていてくれるといいけれど。重いほうのリュックを持たせて抑えよう。「エネルギーをためておくのよ」とは言わない。あの子は万事に対する元気を持ち合わせているから。

あの子は歌っている。こんな感じのばかげた歌だ。「ボクらは行くよー、ループ・ディー・ルーピング・ルー」

私は言う。「出かける前にこっちに来てキスして。大きなべたっとしたのを。それからぎゅーっと抱きしめて」

胸騒ぎがする。心配だ。何事であれ、私は物を知っているとは言えない――いまから足を踏み入れようとしている大自然のことすら。たぶんこの無知を買われて選ばれたのだ。

私たちは出発し、あの子は例によってスキップし、トランペットのような声を上げている。ときおり喜びのあまり叫びを上げ、ぴょんぴょん跳ねる。ばねがついているみたいにリュックごと。どうしてあんなことができるのか不思議だ。

秘密の旅だともうすぐ伝えるつもりだ。静かにしなきゃいけない、と。

木のない場所まで登り、崖を越える。彼が助けてくれる番だ。小川を飛び越えさせてくれる。急がなくては。彼らが私たちのことをチェックしにくる前に、木々の中まで降りなくては。

木立に入るやいなや、訓戒を与えるために立ち止まる（私が休憩を要していることもたしか）。見つかってしまったら、私のことは残してゆきなさい、私は彼らと対決するから、一人で隠れに行きなさい。「あの人たちがいつも離さず持っている、くるくる巻いた紙だって、武器かもしれないよ」〝武器〟について説明してやる。あんたはタフだけど、それほどタフじゃないんだよ。それに向こうはいつだって新しい武器を発見している。どんなに強くてうろこだらけになっても、彼らはあんたを破壊するものをきっと何か見つけてるの。「何度も跳ねるのよ」と教える。「左右に。それから、奴らの武器は音を出さないかもしれない。紙みたいに見えるかもしれない。あの人たちは宝石もたくさん持ってるでしょ。あれも武器かもしれないんだよ」

あの子が理解したことは、目を見ればわかる。（目はだんだん小さくなっているのか、それとも目のまわりがどんどん成長しているのか？）脳が豆二個大だなんて、どうして言えよう？　この子は知性できらめいている。愛できらめいている。こんな（あとあとまで話さなくていいと思っていた）話をいろいろするあいだ、紙やすりみたいな手で私の手を握っている。私は彼の手を持ち上げ唇にあてる。次いで彼が私の手に同じことをする。ごつんと自分の歯にあてる。「バラディーア」と私は言う。「でも、いまは歌っちゃだめよ」

「ホー・ディー・ホー・ディー・ホー・ディー・ホー」とあの子はわざとささやく。冗談のつもりだ。


その晩、体を絡ませて眠る。いつもの眠り方だ。あの子はあたためてはくれない。あたためてくれたことはない。もう長いこと、冷血動物なんじゃないかと私は考えている。あの子は朝もひどくものぐさだが、私だってあの年頃はそうだった。どうしても起きられなかった。毎朝、母は部屋まで入って私を揺すらざるを得なかった。大声を上げてドアを叩くだけじゃだめだったのだ。あんなに成長するにはエネルギーが要るのだ。


恐れていたとおりの展開となった。捕まってしまった。あの子はここの木々に身を隠すことができないほど大きくなりつつあったのだ。

奴らは当然朝を選んだし、とりわけ冷え込む朝だった。あの子はしばらく寝ぼけているだろう。奴らにとっては、あの子の脳みそが豆だという、よりいっそうの証明になるだろう。

私たちは走った――とにかく駆け出した。あの子は私を引っ張ってくれたが、八方ふさがりだった。奴らはあちこちにいた。するとあの子は私を離し、教えたとおり、大跳躍をした。全員を飛び越えた。そんなことができるなんて予想外だった。あの子はウォーミングアップもしていなかったのに。そしてトランペットのような声を発した。断崖を降り、下に着き、先を進んだ。

私を捕らえておくべく一人は残ったが、ほかはあとを追った。崖の下で無事なあの子の姿が見えて、飛び跳ねまくっていた。トランペットのような音を出し、スキップしていた。あの子にとってはまだ旅の前半同様、楽しんでいるのだ。まるでこのために生まれてきたかのようで、実際そうかもしれない。少なくともこの種のことのために生まれてきたのだ。森じゅう跳ねまわって木々を倒し、低木を引っこ抜いて空中に放るため。一方、私はその反対側のために生まれてきたのだろうか。あの子が跳ねながら遠ざかり、崖を下るあいだじゅう、手錠をかけられて立っているために。あの子が私も一緒に運び去ってくれていたらと思うが、私はあの子に、行けと言ったのだ。あっちへ行きなさいという手ぶりもした。「自分でやってくのよ」と叫びつづけた。そして「愛してるよ！」と姿が見えなくなるまで叫んだ。

あの子は跳ねて去って行きながら、番人を三人倒した。番人の一人はあの子に踏まれた。死者は出なかったが、奴らはきっとあの子にもっと手荒なことをしたいのだろう。あれだけ武器があるのだ。いや、武器かもしれないものがあるんだもの。あの子は、奴らと敵の区別がつかない――誰が敵だか知らないけれど。踏みにじられた者たちの話をあの子にしようと思いつけばよかった。我々のことを知っていれば、あの子がどちらにつくかはあきらかだ。でもあの子は誰に対しても憤怒は抱いていないし、抱いたこともない。あの子の中には喜びしかない。

「死亡!」と知らされたが、奴らはあの子の一部たりとも持ってこなかった。証拠となるかぎつめ一本、緑がかったうろこ一枚、持ってこない。持ってきそうなものなのに。

でもあの子が死んでいようといまいと、死亡したと言ってくるだろうとわかっていた。あそこで自分たち以外の者にあの子を捜してほしくないのだろうが、あの子はいまでも歩きまわっているんじゃないかと思う。暴れまわっている。愛の大暴れ。私を愛するがゆえ。

私にはいつまでもわかるまい。知りたくもない。いや、知りたい。それっと叫んで追っていこう。奴らは私のことなどわざわざ止めやしないだろう。あの子は見つからないかもしれないが、あの子がどこかにいるなら、きっと私を見つけてくれるだろう。

奴らは私の腕からあの子を引きはがした(というか、あの子の腕から私を引きはがした。あの子はすでに私より大きく、強くなっていた。私の皮膚があの子のかぎつめではがれた。比喩的な意味でだが)。もちろんこれが予定どおりの筋書きだったのかもしれない。あの子が私を愛し、失って、あの子は死亡したと奴らが言いに来ることが。たったいまわかった。私がどれだけ鈍いかを示す印だ。

だが、これは終わりじゃない。あの子はどこかにいる。あの子にはどこかにいる権利がある。トランペットのような音を出したり、後脚で立ったりしながら。あの子の行動は逐一わかる。いつも一緒にしていたこと。花や虫をじっと眺める。ヘビを観察する。ベリーを食べる。ミツバチが巣を作る芯のうつろな木を見つけて、ハチミツをとっているかもしれない。あるいはじっと坐って、動物が不思議がって見に来るまで待っている。さらにじっと坐っていて、その動物が何であれ——私たちはキツネのためにそんなふうに坐っていたことがあり、キツネには何もしなかった——自由に近づかせ、動物は無傷のままで去ってゆくに任せる。

もしあの子に会ったら、こわがらないで。きっともっと大きくなっているはずだけど、落ち着いて腰をおろして何か歌えばいい。あの子は音楽が好きだから。笑うこと。

ウォーターマスター

Water Master

ウォーターマスターがよしと言えば、りんごの木は育つ。彼がよしと言えば、風呂に入れるし、水を飲めるし、わずかばかりの芝生も手に入るかもしれない。

彼は用水路と水門を日がな一日調べている。砂をつまもうとかがみ込む。鳥や山を見上げることはない。彼の水に映る様子以外、空のことは気に留めない。秘密水路はないか、閉じているべき門が開いていないか、目を凝らしていなければならない。

私がこんにちはと声をかけ、こんにちはと応じてくれるときも、目は上げない。目の色はわからない。たぶん青だと思う。青だといい。つねにつば広帽を目深にかぶっている。顔については、やせていてしわが刻まれていることしか知らない。向こうは私のことなんて別に興味ないだろう。それに私の作物は、オプンチア、スコーティー、テパリービーン、メスキート豆果だけ。ウォーターマスターの水は必要としていない。少なくとも、あまり必要ではない。

彼の頭は水に占められており、それで当然だ。私にも理解できる。水に優るものはない。湧き上がり、きらめき、日差しを浴びて銀色に見え、突進しつつあわ立ち、あふれ、はるか頭上からここまで、轟音を立てて落下するさま。岩の上を高らかに飛び越えるさま。戻り水のたまりが震えるさま。その味わい。涼やかさ……冷たさ……大いに危険をはらむところ。

水泥棒は極悪だから、ウォーターマスターは『愛される詩百選』の防弾版（元気でいてもらわないと困るので、町が贈呈した）を胸先に入れ、両脇にピストルをさげている。撃ってから考えるのがウォーターマスターの流儀だ。そうせざるを得ない。ウォーターマスターが閉めた水門を真夜中に開ける連中は……しめしめと思ったとしても、すでに面倒に陥っている。

彼は山の高みの、ダムに近い邸宅に住んでいる。少なくともそういう話だ。石以外の建材はすべてラバにのせて運びあげたという。家具も同様だ。ジグザグした山道は通るまいと思われたいくつもの風呂桶と何台ものベッド、それに大きな鏡を何枚も。果樹園、ぶどう、アーティチョーク、バラの木もあるという。上には水がたっぷりある。水源なのだ。

それでも彼は気の毒だと思う。一日じゅう地べたを眺め、目につくのはせいぜいトカゲ。いや、ここではトカゲだが、上では何が這いまわっていることやら。彼の住処までは長くてきつい登りだが、彼は我々の荒れ狂う川を調べつつ、毎日登ったり下りたりしている。

彼の名はエーモス・アクレリウスというが、みなウォーターマスターとしか呼ばない。祖父母と両親は羊飼いだったと思う。どうやって羊飼いからウォーターマスターになるのだろう。ふさわしくない気がする。川はみずから支配者を選ぶという話だ。私には信じられない。たとえそうだとしても、なぜ羊飼いを選ぶのか?

アクレリウス家は代々羊飼いに過ぎず、エーモス・アクレリウスはやせぎすで、さらにやせて見えるフリンジのついたジャケットを着ているのに、女の子は一人残らずウォーターマスターと結婚してあの屋敷に住みたがっている。床がどんなにぴかぴかで、屋根の銅がどれほど輝き、蛇口の半数から氷のように冷たい水が流れ出て、さらに信じがたいことに残りの蛇口からはお湯が出るという話を誰もが聞いている。

片や私は、一生結婚しないと前々から決めている。はじめからそういうポリシーだ。理由はおむつ。(はじめておむつを替えたのは、七つのときだった。)皿のせいもある。(一番上の子だったので、どちらもどっさりあった。)それに結婚するには歳を取りすぎた。ただし、それはエーモス・アクレリウスも同じこと。

今年は山々にあまり雪が降らない。我らが〝山の湖〟は、水位が低いらしい。湖の水かさが増えるよう、水門の多くは閉ざされている。それでも増えない。タマネギ、ルタバガ、りんごの木は枯れつつある。私が育てているテパリービーンがみんなを救うことになるかもしれない。

登攀は禁じられている。昔、初代ウォーターマスターが任命されたとき、そう決まったのだ。(私は〝任命された〟と言うのだけれど、みんなは、〝川に選ばれた〟と言う。)そこはウォーターマスターが隠遁し、水の奇跡を行なえる私的空間だ。妻を連れて行って、私生活を営める。小さなウォーターマスターっ子を育てることができる。きっとやせて小柄な、シロイワヤギ系の子どもたちが崖で育つのだろう。

でも、何か変だ。ここ数日、誰もエーモス・アクレリウスを見ていない。登山隊が編成された。一種の武装隊である。彼らは怒っている。湖の水位が低いというのは嘘かもしれないと考えている。水はたっぷりあるのに、山向こうの私たちが知らない近隣の町へ水を落とすよう、エーモス・アクレリウスは口説かれたのかもしれない。爆弾を携えていく案もある。

たとえやせていて醜くかろうと（といっても、ひげを剃っていない骨ばったあごと口の両脇に刻まれた深いしわ程度しか見たことはないが）、痛めつけられてほしくない。私も一人で登って行こう。ひそかに。しかも先に。武装隊はまだ意見をまとめている。議論している。怒ってはいるが、この時期にわざわざ登りたい人などいない。収穫期というだけではなく、山嵐の季節でもある。本当に登る人はいるかしら。でも、私は行こう。上に着いたら身を潜め、成り行きを見よう。ほかに誰も出発しないうちに、私は着いているだろう。お弁当とセーターさえ持っていけばいい。登山日和だ。

途中でたびたびふり返り、あとから出発した人がいるか確かめる。誰もいない。私は再びふり返って川べりに埋もれている小さなわが町を見るのが好きだが、実は危険な川である。溺死した人々がいる。さらわれた人々もいる——みな行方不明。もうすぐ町は見えなくなる。霧が立ちのぼっている——もちろん、私がいる高みで。下じゃない。下では青空が広がっている。こういう雲が山のまわりに立ち込めているのを、下から見たことがある。もうすぐ山々の頂は下界の誰からも見えなくなるし、私は飲み込まれてしまう寸前だ。道には迷わない。登山道を歩いていればよく見えるし、ずっと滝の音に耳を澄ませながら歩いてきた。その音さえあれば、たどっていける。

大方登ったころ（そうであってもらいたい。三時間は登っているから）、霧が少々晴れてきたようだ。あれは……煙る彼方にエーモス・Aが見える気がする。

心が揺らぐ——事実、足取りが揺らぐ。彼かもしれないと思っただけで。

長いこと、離れたままついていく。幸い、霧はまだかなり深い。霧を突き抜けて登り、上へ、そして向こう側へ出る。突然空気が澄み、空は——なんとも深い青。足元はすっぽりと霧に包まれている。町は一切見えない。

前方を見る。湖のほとりだ。息をのむ。そうせずにはいられない。ああこれだ、これがあの湖だ。私たちの湖。すべての源。この湖と、ダムからほとばしる奔流なくして、町はない。私たちもいない。それが眼前で日差しを受けてきらめいている。さざなみだ。そしてこれがダム。いのちのダム、轟音とともに水が流れ出ている。

両膝をついて（そんなつもりじゃなかったけれど、そうなった）、膝をついて眺め、つくづくと見て、そのあいだじゅうこう思った。これだ。これ！　本物！

湖はボウルに収まっている。両側のポプラが黄金色のまっさかりなので、黄金のボウルの中にある。予想以上に長い——果ては見えない。遠方に雪山が並んでいる。

ようやく正気に返り、目を離す。さて、噂のお屋敷はどこ？　見えるのは、花崗岩に半ば組み込まれた小屋だけ。狭いわが家だって、あれより広い。

それに、噂の果樹園とたくさんのバラは？　発育不全のルピナスとペニローヤルしか生えていない。(ペニローヤルは見えないけれど、匂いがする)

やっぱり思っていたとおりだ。私たちのウォーターマスターをエーモス・アクレリウスが務めるのは、何か違うと前から思っていた。ふさわしく見えないのだ。水の主というよりは、飢えかけた、打ちのめされた召使みたい。ここで羊飼いみたいに暮らしているじゃないか。ダムと湖と奔流にされるがままで。

そしてウォーターマスター御自らご登場だ。助け起こしに来てくれたのだ。彼の帽子の下からはじめて見上げた――青い、青い、青い瞳。思っていたとおり。またがたがたになってしまう。かっと熱くなる。あの目だ――きっとあれがウォーターマスターになっている理由だ。

それに傷跡。体じゅう傷跡だらけだ。顔も手も、どこもかしこも。それでいつも頭を垂れ、帽子を目深にかぶり、町に下りるときは長袖を着ているのかもしれない。傷跡と青い目。いまは破れたアンダーシャツ姿で骨を全部数えることができる。

私はがたがた震えているせいで、引っ張ってくれているのに立てない。彼の両手はざらざらでタコができているが、声は水のように澄んでいる。「さぁ、さぁ、立って」もっとダム寄りで、こんなにかがみ込んでくれていなければ、まったく聞こえなかっただろう。

傷跡とすり傷がついた理由は想像がつく。きっと激流を下ったのだろう。とにかく、そんな傷に見える。いまいるダム直下から下ることは不可能だろう。この奔流を生き延びられる人はいない。きっともっと下流、もっと町に近い場所だろう。

(彼の怒れる川を半ば下ったなら、近所に流れ着いたはずだ。私に助けを求めに来そうなものだ。流れ着いたとたん歩み去ったのだろうか？　素通りしたのか？　窓の外を見るべきだと知っていればなあ。私がテパリービーンを収穫中に、血まみれで傷だらけの彼が通りかかったかもしれないのだ。いつものように頭を垂れて――たぶん生まれてはじめて無帽で。)

私が立ち上がれずにいると、彼は言う。「はじめて見るとそうなるんだよ」でも立てない理由は(もはや)別だ。空を背に立つ彼の、空と同じ色の目を見上げているからだ。ひげを剃ったほうがいいし、頬には深いしわが刻まれ、カラスの足跡もあるが、鼻はいかにもウォーターマスターらしく、とがっていて貴族的、まんなかにこぶがある。あきらかに私と同年代。同じくらい風雨に耐えている。

彼は私たち女の子の誰も迎えに来なかった。全員が上に来たがっていることは承知しつつ、誰のことも迎えに来なかった。私が(彼も)もっと若かったころ、私でさえ希望は抱いていた。自分に対して認めはしなかったけれど。いつもその反対のことを口にしたものだ。

彼は山向こうに下り、どこかから妻をめとったのかもしれない。でもこの小屋しか家がないなら、女の子はみんな不幸せになっただろう。それに、ここで友だちになれる相手といったら、カケスとマーモット。私はここでは暮らせない。ここでは暮らさない。ここに住んで、と彼から頼まれたとしても。

膝はがくがくするが、どうにか立ち上がる。彼にしがみつかずにはいられない。彼の腕は紐の束みたい。まわりじゅうで水が轟いている。ダムに近づくにつれ音量は大きくなる。そのただなかでは考えることすらできない。川についてみんなが言うことを私は信じかけている。川はすべてを圧倒する。私たちの思考すら。

彼は私を導いて（私の上腕を鉄のごとくがっちり握って）小屋へ向かっている。

屋内は暗くてじめじめしている。じめじめした匂いもする。私たちが暮らす、下の砂漠のどことも似ていない。私たちは砂とセージの匂いがする。

外はあれほど明るく、水に日が差し、銀色のさざなみが立っていたのに……中では何も見えない。さて、山向こう出身の妻はどこ？　彼と同じくらい醜いかどうかを見たいけど、目の前にいたって見えやしない。でもやがて見えてくる。誰もいない。新たな揺らぎを覚える。

ここに妻はいないことは確か――いるとしたら、散らかし屋だ。でもいろいろな散らかりが混じっている。これはまた奇妙な類ね。泥だ。床じゅうに（ただし、数分後、この泥が床であることが判明）。小さなテーブルの下に泥まみれの服がどさっと積まれ、ドア付近には泥だらけのブーツが置かれている――二足あって、どちらも同じくらい泥まみれ。この泥床と泥だらけの服の山と暮らせる妻なんている？

ドアが閉まり、奔流の音が聞こえない屋内では、ものを考えやすい。

「坐って」と彼は言う。「紅茶を淹れよう。だいじょうぶ？　さっきは赤かったけど、今度は青いよ」

きっと赤面しているだろうと思ってはいたが、気づかれませんようにと願っていた。

中は涼しい。自分を抱きしめる。暖を取るためではなく、落ち着くためだ。脚はそろそろ限界だ。

腰をおろす。椅子がぐらつく。床が平らではないか、私が沈んでいるのだ。椅子の背にもたれようとするが、背もたれはなくなっている。危機一髪、体を止める。代わりに前にかがんで両手で頭を抱え、ひどい緊張を隠そうと努める。彼の傷跡にすら心が揺れる。醜さにさえも。私もあんな帽子を持っていたら、いますぐ目深にかぶって気持ちを隠すのに。

汚れた窓から薄明かりが差す屋内でも、彼の目は、日差しを外で浴びていた名残の青空のふたつの小さなかけらみたい。目もとがすっかり日焼けしているから、青さがひときわ映える。

彼はドアのかげにあるホックに歩みより、まあまあきれいそうなシャツを手に取り、破れたアンダーシャツの上に着る。フードつきの黄色いレインコートと並んで、弾薬帯に差した彼のピストルも掛けられている。

紅茶を渡してくれるときは、はにかみ、満足げだ。（これだけ風雨にさらされた男、あるいはこの歳の男は、はにかみそうもないけれど、たぶんあまり人慣れしていないのだろう。）カップは……この泥のさなかにあって信じがたいが、立派な陶磁器で、半透明で金の縁どりがある。まさしく山の上のしゃれたお屋敷にあるだろうとみんなで思い描いていた類のものだ。

確かに彼にはなにか秘密がありそうだ。楽しい秘密が。妙な微笑が浮かんで口角がぴくついている。果樹園とあまたの鏡を完備した瀟洒なお屋敷はどこかにあるが、君は見つけられなかっただけさ、というような。それは表情に加えて、彼がエレガントなせいでもある。パンツの裾に泥はついているが、まるでしゃれたリビングルームにいるみたいにテーブルの端に腰かけ、最高級の陶磁器であるかのようにカップを持っている。（しかも紅茶だ！　こんなところで誰が紅茶なんか飲む？）

私のティーカップは高級陶磁器でも、彼のは炻器《せっき》で分厚くて、欠けているのに。

彼の笑い声を聞いた者はなく、笑顔すら見た者はいないと下ではつねづね言われているが、いま彼はV字型の笑みを浮かべ、心底そんな気分らしい。どうしてこの笑顔をずっと秘密にしてきたのだろう？

武装隊が来ます、みんな怒っています、と警告すべきだが、彼の笑顔を台無しにしたくない。みんながどんなに怒っているかなんて知らせたくない。私は代わりにこう言う。「手の打ちようがないんですよね」当然、彼の笑顔は消える。ならば話しても同じこと。黙っていては不公平だ。「みんな怒っています。武装隊が来ます。爆弾を持ってると思います。警告に来ました」

もちろん違う。武装隊が着いたあとの成り行きを見たかっただけだし、水が全部山向こうに落とされているのかどうか、この目で確かめたかっただけだ。

「一週間以上、誰もあなたを見ていなくて、水もどんどん減ってるから」

「手の打ちようがあるかい？　湖の水位がどんなに低いか、見た？」

彼はフリンジのついたジャケットをつかみ、私にセーターを着ろと言う。「見張りに使う場所が峰にあるんだ」

彼はピストルを持っていない。注意すべきか？

「かねの覆いのついた詩集は心臓のところに入れました？　入れるべきです」

「詩集？　詩に割く暇はないよ。毎日眺める以外はね。水門が閉まっていても仕事はあるんだ。いまは水位が低いからダム掃除をしてる」

下で教わったことは何ひとつ真実ではなく、詩集もお屋敷も間違いか？　真実はひとつもないの？　真実だと信じたことは真実ではなく、真実ではないと思ったことが真実かもしれないらしい。

外に出て、湖のきらめきとポプラの黄金色の中に入っていく。何もかも荘厳だ。詩を眺めると彼が言ったのはもっともだが、私なら……ええと、宗教を見ているとでも言うかな。またひざまずきそうになってしまったが、絶景は悪い眺めよりも宗教的だと決まっているわけじゃないでしょう？（ここに暮らして日々これを見るのはどんな感じだろう？　泥に見合うかもしれない。）

まずダムを渡らなくては。細い歩道橋しかなくて、しかも手すりがあるのは水が落ちてくる側だけ。こんなに水位が低いとはいえ、ここでダムに落ちたら長くは持つまい。大量の水しぶきが飛ぶ。私はがたがた震え、手すりをぎゅっと握っているため、次の一歩を踏み出そうにも手をなかなか離せない。エーモス・アクレリウスはごく普通の小道を行くごとく大股で進み、向こう側に着くまでふり返らない。さほど長いダムでもないのに、私はまだ半ばだ。これだけ狭い裂け目に水が全部注入されている。町にある小さな橋に満たないほどの長さだが、ここの水は私を引きずりこもうとしているみたいに飛びかかってくる。飛沫《ひまつ》は両手を持っているように飛んでくる。

彼はほほえむ。（これほど子どもらしい笑顔を見せるなんて、これまで考えたこともなかった。）助けに戻ってくれる。最後の数歩は手を取ってくれる。

向こう側に着いて湖上の崖を登りはじめる。前を行く彼をしげしげと見る。あれほど細い脚の持ち主はあんなにぴっちりしたズボンをはくべきじゃない。

私が登ってきた道よりもずっと険しい。息切れしてしまうのはそのせいだけではなく、目の前にいるエーモス・アクレリウスのせいもある。敏捷な人だ。私さえいなければすでに上に着いていただろうし、息も荒げていない。時折うしろに手をのばし、助けてくれる。その機会に帽子の下からまた覗き込む。言いたいことがあったとしても、彼の目のせいで言葉は押し流されてしまう。私が言いたいことはこれだけだ。「目は青いのね」

かつてあった幅三十センチの小さい滝がいまは干上がっている跡をたどる。彼はそこを親指で示しながら、言う。「俺にはどうしようもない」

登り切ってふり返ると、湖全体が眼下に広がっている。はじめて見たときよりも一層壮観だ。その主な理由は、雪に覆われた山頂が、遠くにもっとたくさん見えるから。白が金色を引き立てている。さらに下の、町から来る登山道の周辺にはまだ霧がかかっている。私たちは空中の島にいて、外界は存在しないみたい。本当にそうだったらいいのに。

この見張り所に節くれだったロッキーマツが一本生えている。彼を思わせる木だ。木陰に坐る。彼は息切れすらしていない。

坐って、眺める。ただし、景色よりも真横にいる彼のごつごつした膝や泥だらけの着古したズボンのほうが気になる。この沈黙をどれほどつづけていいものか、と考える。何か言うべきかしらと思うけれど、なんと言っていいのかわからない。

坐って、眺める。すると、彼が言う。「奴らはいつもウォーターマスターのせいにする」

奴ら。私たち——町の人間のことだ。私はそれほど水は必要としなかったけれど、たぶん私まで入ってしまう。それで彼は私たちをほとんど見もせず、話しかけなかったのか？　何でも責任転嫁していることは先刻ご承知だったのだ。とくにあらゆる凶事を。いつかは彼を憎むことも、知っていたのかもしれない。

「ダムを管理しているから、雲も管理できると思ってる」

私はそんなこと思っていないと答えたいし、確かにいまは思っていないかもしれない。でも、前は私もそう思っていた。ちゃんと考えもしないで、彼のせいだと——何も起きていないうちから。

私たちは再び黙って坐っている。いろいろ訊きたい。たとえば、私があなたの水を必要じゃなかったこと、気づいてた？　私が水路いらずだって気づいていた？　たくさんの傷はどうしたの？　でも本当に訊きたいのは、結婚しているかどうかだから、その代わりにこう訊く。「子どもたちはどこ？　無事？」

「子どもって？」

おや、それはひと安心。でも、まだどこかに妻はいるかもしれない。こんな泥だらけの世界に子どもを産みたくなかったのかもしれない。子どもたちが夫みたいに荒れ狂う川に落っこちかねない場所では。それとも妻は川に身を投げ、彼は助けようと飛び込んだけれど救えなかったのか？

「奥さんはだいじょうぶ？」

「奥さんはいないよ」

そりゃそうだ。こんな田舎くさくて、羊飼いみたいで、泥床の掘っ建て小屋に住んで、花は発育不全のルピナスだけの男と、誰が結婚する？

「あのちっちゃな小屋に本当に住んでいるの？」

「ほかに住むとこあるか？」

「ここ、子育てにはまずくない？　あのう、いつか子どもができたとしたら。奥さんは気がおかしくなっちゃうわよ。泥はあるわ、危険だわ、話し相手はいないわ――そりゃあ、あなたはいるけど」

「じゃあ、奥さんがいなくてよかったんだろうね」

彼が帽子を再び目深にかぶっていて、よかった（でも今度は粋な角度）。

そこへ霧の中から武装隊がご登場――とにかく一人はやって来た。ライフルを持ち、両脇にピストルを差している。バックパックには何を入れていることやら。

「歴史は繰り返す」とエーモス・アクレリウスは言う。

「あの人たちからすると、あなたが死んでたほうがましなのよ――ダムを死守しながら」

彼は私を見る。ほほえむ。今度はだいじょうぶ、私は彼の唇に視線を注いでいるから。目があんなふうだったり、口をV字型にして笑ったりする小さなウォーターマスター二世たちを産むには自分が歳を取りすぎてしまったことを、早くも（どうしても）考えてしまう。それから、こう思う。彼は嫌かしら……子どもがいないのは？　それから、こう思う。私が嫌だろうな。

「俺もだ」と彼は言う。

ダムを死守する件のことだが、そうとわかるまで一瞬かかる。

「それはやめて」また赤面してしまう。

なんと、汗だらけの骨ばった腕を私の肩にまわしてくる。たぶん、私が赤面してしまったことに対する気遣いだ。二人ともほとんどダムを見下ろしつづけていることに救われる。

「そうせざるを得んかもしれん」と彼は言う。「状況次第だ」

男が小屋に入っていく様子を観察する。小屋から出てきた男は、ドアのかげにあったピストル二丁を手に入れている。ピストルをつけた弾帯をつかんで、あたりをぐるりと見まわしている。ピストルをウォーターマスターに渡したいといった風情だ――丸腰の者は撃ちたくないというような。

なぜウォーターマスターはこの見張り所まで登っていて、その上ピストルを持っていないのか？ ここからじゃダムは守れない。いまのところはたった一人から守ればいいわけだが。ただ、あの男は爆弾を持っているだろうか？

私たちは待つ。霧からはもう誰も現われない。ほかの人たちは相当遅れているか、あの男しかいないかだ。なぜたった一人が送り込まれてきたのだろう。

あの男、見覚えがある。帽子でわかる――茶色の革製、通常よりもつばが狭い。この男が尖兵として選ばれたのは驚きではない。常に何もかもに対して一番怒っている。それ以外の姿は見たことない気がする。彼のまなざしに浮かぶ色こそ、ウォーターマスターのまなざしがきっと浮かべているると私が思い込み、誰のことも見ない理由だと思っていたものだ。いま思うに、ウォーターマスターが人と目を合わせようとしなかったのは、自分を醜いと思っているせい（事実だ）と、たくさんの傷跡のせいだ。

男はピストルを地面に置き、ライフルを鉤からはずす。次にバックパックを下ろし、中をごそごそかきまわして包みを取り出す。ダムに沿って少し歩き、崖に腰かけて脚をぶらぶらさせながら（私は見ているだけで怖くなる）、弁当を食べる。

エーモス・アクレリウスと私は目を合わせる。今度は間近で、汗びっしょりの腕はまだ私の肩に置かれていて……私はさっと視線を外す。

私たちはまだ木陰にいるが、陰は移ろっている。

彼は腕を外し、さきほど上った断崖の縁に歩み寄る。彼が木陰から出れば、ダムから姿を捉えることは可能だが、たぶんあの男はこちらを見ようとは思うまい。

エーモス・アクレリウスの背中をじっと見る。首はうんと長め。登りで手を貸してもらって、その力強さも実感したけれど、どこか繊細だ（あのティーカップのように半透明）。

男は昼食を終え、こんどはバックパックから、長めの、結んである赤い物をいくつか取り出している。

エーモス・アクレリウスは、「じっとしてろよ」と言う。

答えようと思う間もなく――だめ！と叫ばなきゃと思う間もなく――彼は目の前の斜面を、子ども用の長い長い滑り台であるかのごとく滑降していく。

登りには二十分以上かかったが、彼は三十秒足らずで下に着く。姿が見えないのは、彼が引き起こした崖崩れのせいだ。同時に大きな音も起こした――砂利みたいなしゅーっという音とすごい砂煙が上がる。

崖から飛んで滑っていくのは怖いが、ここに一人で坐って、ひたすら待って見ている気なんかない――エーモス・アクレリウスがひどい目に遭うのを見てしまうかもしれない。まだ彼につづいて石が落下している。それでも私は飛ぶ。目をつぶり、彼の崖崩れに飛び込み、自分の崖崩れを作る。何も考えないうちに下に着く。

　私たちが飛び降りたあと、いつまでもぽつぽつと石が落ちてくる。何も見えない。やがてダムの縁にエーモス・アクレリウスの姿を見出す。黒い服がほこりまみれの灰色っぽい人影だ。

男はエーモスを見ている。エーモスは両腕を広げている。腕に沿って垂れるフリンジが、彼をウォーターマスターらしく見せるばかりか、ここの灰色の花崗岩一面の支配者《マスター》に見せている。ほこりまみれなので、私たちがすべり降りた崖の一部に見える。

　男は棒立ちになり、ぎょっとしているようでもあり、怯えているようでもある――感心していることは間違いない。エーモス・アクレリウスは、背中しか見せていないのに、私まで感心させている。ただし、私はずっと感心させられっぱなしだ。彼が町に降りてきて水門を見てまわっていたときでさえ。

　でもあんなふうに両腕を広げているわけは、ほかにあるのかもしれない。彼のそばに行く。彼は叫んでいる。悪態をついているのかもしれない。こんな近くでも奔流のせいで聞こえない。だが怒っているようには見えない。祈っているのだろうか――荒れ狂う激流のために、もしくは激流に。そんなことってある？　水に語りかけているのだろうか？

　男はたちまち我に返り、やはり怒鳴りだす。向こうは悪態をついているようだが、もちろん聞きとれない。あの男のことだから、たぶんそうだ。男はダイナマイトを慎重にダムの中央に仕掛けている。導火線に着火する。エーモス・アクレリウスは何もしない！　ずっと独り言をいっている。ダイナマイトが仕掛けられ、着火されても突っ立ったまま。

私はこう叫んでやりたい。ダイナマイトが相手じゃ、祈りも呪文も頼りにならないわよ。フリンジを引っ張る。「エーモス！」（あえてエーモスと呼ぶ。）「何か手を打って！　はやく！」でも私はハエ同然――邪魔にもなってない。

男はダムから退き、私たちはダムへと向かう。エーモス・Aは私の手をつかみ、小走りで連れて行ってくれる。私を引っ張らなくて済めば、もっと速く進めるはずだ。まだ何かつぶやいているが、聞こえない。ダイナマイトが怖いから、水が間近で流れ落ちていようと水を怖がっていられない。たとえ手すりはないに等しくても。しゅーっといっている導火線の横を渡るが、エーモスは火を止めようとしない。私は彼に聞こえないのはわかっているけれど、エーモス、エーモス、と大声で呼びつづける。彼を留めようとするが、逆に引っ張られてしまう。自分で導火線の火を消そうと思って彼をふり切ろうとするが、離してもらえない。

向こう岸で彼は私をうつぶせに倒して上にかぶさり、自分の頭ではなく私の頭を両腕で抱える。私はいつも（大勢の弟、妹たちを）かばう側だった。生まれてこの方――物心ついて以来――かばわれたことはない。赤ちゃんのころは、守ってもらっていただろうけれど。

背中一面に彼の体を感じる――擦ったばかりのところや傷に沿っているから痛いが、その感触は心地良い。二度と起き上がらなくてよければいいな。

ダイナマイトが爆破する。でも水が出す轟音のため、ダイナマイトの音はほとんど聞こえない。

地響きから感じるところが大だ。

まわりに石がかたかたと降り、私たちにもかかるが、エーモスがかばってくれているので私にはほとんどかからない。

それがおさまるまで倒れている。非常に長く思われるが、実際はそれ程でもない。やがて私たちは上、向こう、下に視線を向け、かつてダムだったものを見る。音はいっそう大きく聞こえ、前とは違う。ますます怒っているようだ。前々からいつも怒っているようだったけれど。

「さて、これで下にも水が行った。まだだとしても、もうすぐだ」エーモス・アクレリウスは私にかぶさったまま、耳もとで語りかけてくる。そうじゃなければ聞こえなかったろう。あんなことが起きたばかりなのに、どうしてそんなに悠長に落ち着いて話していられるのか。「当分は彼らが思ってもみなかったほど大量だろう。だいじょうぶ?」

「ええ、でも、あなたは？　背中じゅう傷だらけでしょう」

彼は私に手を貸し、立たせてくれる。

だいじょうぶと言っているようだ。でもさっきほど近くにはいないから、単なる推測だ。

男はウォーターマスターを凝視している。憤怒の形相だ。怒鳴っていて、聞こえないけれど、きっと悪態だろう。男はホルスターからピストルを一丁取り出し、打ち金を起こして、まっすぐこちらに向ける。一発撃つ。弾が岩に当たってはねるカーンという音が聞こえる。

エーモス・アクレリウスは男に向かって突進する。銃もろとも引っとらえる。取っ組み合う。あきらかにエーモスのほうが強い。たちまち男をうしろ向きにして、腕を背後でねじり上げ、川岸まで歩かせる。川岸はさっきとは違う場所にある。すでに湖の水位はさらに低くなり、下のほうの、かつてダムがあった位置を流れている激流は、水かさが増し、一層激しさを増している。こんな迫力、この激流以外に見たことはない。

エーモスは新しい岸辺まで男を連れて行き、男を投げ込む。茶色の帽子が飛んでいき、ブーツを履いた足が垣間見えた。三十秒後、男はとっくに消えている。

エーモスはでこぼこの岸辺に立ち、激しい流れが落ちるさまを眺めている。彼の横に並ぶ。彼は上体を近づけ、私の肩に片手をかけている。キスするつもりかな？　うしろにさがるべきか、体を前に傾けるべきか思案していたら、向こうは水の音に負けずに私が聞きとれるよう、耳もとで話したいだけだった。頬に彼の息がかかる。

「あいつは死なない」と彼は言う。叫ぶ。

「どうして？」

「川が死なせない。川が助ける。よどみからよどみへ投げて、絶対に岩に打ちつけない。俺みたいになるだけ」

彼は私の肩から手を下ろす。武器まで歩いていき、ライフルを拾って川に投げ、男のピストルも自分のピストルも投げ込む。フリンジのついたジャケットを脱いで、投げ込む。「この仕事についてくるんだ」と彼は言う。「川のものさ」

彼は私の腕を取り、前と同じくぼろ家の中へ導いて、ドアを閉めて水の轟音を締め出す。「さあ、もう自由だ」と彼は言って荷造りをはじめ、泥だらけのズック製円筒型かばんにきれいな物も汚い物もごたまぜに詰めていく。

　私はさっきのぐらつく椅子にどさっと腰をおろす。ズボンのあちこちにできた裂け目や擦りあとを眺める。

「大旱魃《だいかんばつ》のあとの常。新しいウォーターマスターが誕生する。二十年……三十年おきかな。今度はあいつだ。そういう仕組なんだよ。俺は自由だ」

　そのとき、再び私が自分の体を抱きしめていることに彼は気がつく。最初に紅茶を渡してくれたときよりも震えている。あれは相当昔のことに思われる。彼は荷造りを中断し、また紅茶を淹れてくれる。さっきと同じく、テーブルに腰かけて隣にいてくれる。

「ウォーターマスターになるのは別にかまわなかった。水を支配するなんて、ほんとはできないんだけどね（できそうに思うけど、実際はできない）。でも町の人たちはあまり気に入らなかった。俺が町を台無しにしたって憎むんだよ――いま俺たちが坐っているあいだにも台無しになるみたいに。きっと奴のことも憎むよ。奴のせいじゃないってことは、いつまでも学ばない。俺のせいじゃなかったってことも。縁が切れてせいせいする」

　私の肩に触れそうで触れない。愛撫したいけれど、そんな度胸はないかのように。「でも、来てくれてよかった」

「あの人、知ってる。あこぎな人よ。人のことは考えないの」

「水を知れば、変わる。水が彼を知ればね。水は人を変える。ここの独り暮らしでも変わるだろう。いまの時期みたいに黄金色を見たり銀色の湖を見たり。そこからも変わる」

「でもあなたは一度も目を上げなかった。かわいそうだと思ったわ。一度も上を見ないなんて」

「見たよ。毎朝毎晩、湖を見た。それに村に降りたときも、見てた。君が見えた」

彼は空《から》のカップとソーサーを手に取り、衣類でくるむ。「祖母のカップだ。祖母の持ち物で唯一値打ちのあった物」そう言って覆いを取り、また渡してくれる。「いる?」

「どこへ行くの?」

「ウォーターマスターなんて誰も聞いたこともなくて、今まで必要とされもしなかったとこ。山に垂れ下がる湖やダムはないところ。来る? 前から気づいていたんだ――絶対、水に困らない人だって」

また私の目を見つめている。もしかしたら彼の目には催眠術をかける力があって、私はずっと催眠術をかけられていたのかもしれない。でも、楽しい。

「おばあちゃんのティーカップ。よかったらあげるよ」

愛している、とはいつまでたっても言えない人だと思う。それまで待つ気はない。

私はカップを返す。また包んでもらえるように。

「私も行く」

ボーイズ

Boys

我々は新しい少年たちを必要としている。少年は向こうみずで性急、無謀で軽率だ。煙のほうへ、炎のほうへ、戦闘へと我々を導いてくれる。俺の息子の一人が十二歳にして崖の上から大声を上げて敵に挑みかかっているのを見たことがある。道理をわきまえていたら勲章はもらえない。

我々はどこからでも少年を盗む。敵味方は気にしない。少年たちは万一出身地を覚えていても、たちまち忘れる。つまるところ、七歳の子が何を知っていよう? 我々の旗こそ最高でもっとも美しい、我々は最高で一番頭がいいと教えれば、彼らは信じる。軍服が好きなのだ。羽根のついた派手な帽子が好きだ。勲章をもらいたいのだ。旗と太鼓と鬨《とき》の声が好きだ。

彼らが最初に直面する大試練は、ベッドに辿りつくことだ。兵舎までひたすら登るしかない。頂上で吊り橋を渡らざるを得ない。彼らはその噂は聞いている。渡らなければ、母親のもとへ送還を余儀なくされることは承知している。全員が渡る。

彼らがさらわれるときの顔を見せたいものだ。彼らが待ちわびていた出来事なのだ。それまで丘一面に我々の焚き火を見ている。領内の平地を我々が行進して往復するさまを見ている。風向きが合えば、我々の起床と就寝時刻に鳴る角笛も聞こえる。わが陣営や谷向こうの敵陣から届く音に合わせ、寝起きしているのだ。

最初は多少ホームシックになる。幾晩かは押し殺した泣き声が聞こえるが、大方は捕われることを予想し、心待ちにしていたのだ。母親ではなく我々のものとなって喜んでいる。

家に帰っていいと言えば、軍服や、地位を示す袖章を身につけ、そっくり返って見せびらかすだろう。俺もはじめて軍服をもらったときのことを覚えているから、わかる。俺は母と姉に見せたかった。さらわれたときこそ反抗したが、それは単に勇気を示すためだった。さらわれてうれしかった——ようやく男の一員になることができるのだから。

一年に一度、夏に我々は下って〈母親たち〉のもとへ行き、戦士を増やすべく交尾する。どれが息子か、百パーセント確信を持つことはあり得ず、それはいいことだとつねづね言われている。そうすればどの子も全員の子どもであり、理念どおり均等に愛することになるからである。家庭を持つことは禁じられている。戦闘に差し支えるためだ。だが、父親は一目瞭然という場合もある。俺は息子のうち二人はわかる。大佐である俺が父親だと、二人もきっと心得ているのだ。だからあれほどがんばっているのだろう。あの二人が息子とわかるのは、俺が小柄な醜男だからだ。なんで俺みたいなのが大佐になれたのかいぶかしく思っている者は大勢いるに違いない。

（我々は敵味方関係なく少年をさらうのみならず、敵とも味方とも交尾する。村々に降りると俺は必ずウーナを探す。）

部族のために死ぬことは、永遠に生きること。司令部の入り口の上に掲げられている言葉だ。その下には「**決して忘れるな**」とある。我々は忘れてならぬと承知しつつも、すでに忘れてしまっているのではないかと考えている。一部の者は戦う真の理由は失われたのではないかと感じてもいる。憎悪は間違いなく存在し、昔の残虐行為の名において彼我ともにさらなる残虐行為を重ねているが、その発端は失われてしまったのだ。

そもそも衝突した理由ばかりか、自分たちの母親までも忘れてしまった。兵舎の壁は、母親をめぐるジョークや絵で埋め尽くされている。母親たちの体はやわらかくて魅惑的だ。我々は母親たちのことを「枕」と呼んでいる。「乳首」と「枕」。相手を罵倒するときに自分たち同士で用いることもある。

谷底には女たちの村がごまんとある。ほぼ二十五キロごとにある。両側には山が連なる。あちら側は敵の山でむらさき山脈《ザ・パープルズ》と呼ばれている。我々のほうは雪山脈《ザ・スノウズ》。我々の山のほうが天候が悪い。それが誇りだ。我々は雹組《ザ・ヘールストーンズ》もしくは雷組《ザ・ライトニングズ》と名乗ることもある。雹が鍛えてくれると考えている。敵方にはこちらほど洞窟がない。少年たちには、敵方ではなく我々にさらわれて幸運だったと言い聞かせている。

俺が最初にさらわれたとき、母親たちは洞窟まで俺たちを取り返しに来た。よくあることだ。武器を持っている者もいた。傑作な武器だった。俺の母親もいて、当然、最前線にいた。たぶんまとめ役なのだろう、すっかり紅潮した顔はかたい決意にゆがんでいた。母は俺に向かって突進してきた。俺は母のことが怖かった。俺たち少年は兵舎の奥へ逃げ、分隊長が前に立ちはだかってくれた。ほかの男たちが戸口に一列に並んだ。ほどなく母親たちは退散した。けが人はなかった。我々は母親たちに決して危害を加えぬよう心がけている。次なる少年たちを得るために必要だから。

数日後、母が一人で来た。月明かりをたよりに忍んで来た。そしてナイトランプの明かりで俺を見つけた。俺のマットの上にかがみ込み、顔に息を吹きかけてきた。最初は誰だかわからなかった。だが乳房が俺の胸に当たる感触がして、見覚えのあるハチドリのピンが光った。彼女は俺にキスをした。俺はすっかり固まっていた（もう少し歳がいっていたら、窒息や喉に蹴りを入れる方法を身につけていただろう。母だと気づく前に殺していたかもしれない）。母に隊をやめさせられたら、どうしよう？　軍服を取り上げられたら？（当時、金ボタンのついた赤と青のジャケットを支給されていた。すでに射撃の仕方を学んでいた。長年やりたかったことだ。俺はグループで最初に射撃勲章をもらった。生まれつきの名手とも言われた。体の小ささを埋め合わせるべく懸命にがんばっていたのだ。）

訪ねてきた夜、母は俺を抱き上げた。母の胸にくっついていると、枕に関するさまざまなジョークが頭に浮かんだ。俺は声を上げた。同年代の、俺より少しだけ体が大きい仲間たちが助けにきてくれた。仲間は手当たり次第に武器を手にした。たいていは自分のブーツである。（ありがたいことに短剣はまだ支給されていなかった。）母は少年たちには絶対手出しをしなかった。叩かれるままになっていた。殴りかえして、逃げて、身を守ってほしかった。ついに母が逃げたあと、俺は下唇をかんでいたことに気がついた。非常時に唇をかむ癖があるのだ。注意せねば。大佐ともなると、あごに血をつけている姿を見られては厄介だ。

さて、少年さらいに出発だ。わが隊は少年の中で年長の者と青年の中でも若い者からなる。最年長は二十二歳だろうか。俺の半分。俺は全員を少年とみなしているが、面と向かって「ボーイズ」と呼んだりはしない。責任者は俺。息子ホブは現在十七歳、隊の一員だ。

だが、這うようにして谷に下ったとたん、昨年と状況が違うことが一目瞭然となる。母親たちは壁を築いている。砦を作ったのだ。

即刻予定を変更する。少年の日ではなく、交尾の日にしようと決断する。よき軍事戦略のひとつ――常に臨機応変であれ。

そう思ったとたん、ウーナを思う。ここは彼女の町だ。部下たちもうれしそうだ。こちらの作戦のほうが容易なだけではない。新しい少年たちを狩るよりも、ずっと楽しいのだ。

前回、交尾期に降りたとき、彼女を見つけ出した――というか、例によって彼女が見つけてくれた。彼女は交尾日の相手としてはいささか歳ではあるが、俺がほしいのは彼女だけだ。交尾後、彼女のために用事をかたづけた。屋根の雨漏りを修繕し、テーブルの脚を直し……再び彼女を征服した。必要もないのに。それで分隊を待たせてしまった。おかげで卑猥な言葉をあれこれ浴びせられたが、それでも非常に幸せな気分だった。

時おり「少年集めの夜《ボーイズナイト》」に思うのだが、少年をさらうときにウーナもさらったら、どうなるだろう？　少年の扮装をさせ、我らが山の秘密の隠れ場に連れてきたら？　使っていない洞窟はたくさんある。かつて我々はすべて占拠していたが、それは遠い昔の話だ。我々も敵もじわじわ減っているようだ。年々、ふさわしい少年が減っている。

ウーナは会えばいつでもうれしそうだ。俺は小柄な醜男だというのに。（兵士としては不利なこの体格は、地位を得たいまでは以前ほど不利ではない。が、醜さとなると……息子たちが見分けられるのはそのおかげだ……どちらも小柄で醜い。哀れなものだ。だが俺はそれでもうまくやり、大佐にまでなった。）

俺はウーナがはじめてだった。彼女にとって俺もそうだった。女になる第一歩で俺を相手にしなければならないなんて、気の毒だった。俺たちは子ども同然で、自分たちのしていることもやり方も、ほとんどわかっていなかった。行為の後、彼女は泣いていた。俺も泣きたかったが、すでに泣かないことが身についていた。分隊で身につけただけでなく、母親の元から連れ去られる前から身につけていたのだ。俺はさらわれたかった。遠くまでさまよい出てやぶに入り込み、さらいに来てくれるのを待っていたのだ。

腰が痛みだしたころ、俺もあんな少年の一人だった。敵との小競り合いではなく、味方同士の戦いで負傷した。仲間同士で戦うと、指導者たちは満足した。さもなければきっと軟弱な怠け者になってしまうから。怪我のことは口外していない。負傷した瞬間すら、黙っていた。こんなに怪我をしやすいと知られたら、送還されると思ったのである。その後、この一件が知れたら襲撃に加えてもらえないのではないかと思った。さらに後になると、大佐にしてもらえないのではないかと思った。びっこを引かないよう気をつけているが、息切れしてはいけないときに息を切らしてしまうことがある。まだ誰も気づいていないようだ。

我々は再編成する。俺は言う。「同業の乳首たち、枕たちよ……」全員が笑う。「奴らが男を止めたことなどあるか？　見ろ、女みたいな壁だろう。登るそばから崩れるぞ」一部を杖の先で削ってみせる。（大佐なので、希望すれば軍人用の短いステッキではなく、杖を持ち歩いてよいことになっている。）

女たちは交尾日をなくしたいのか、少年集めの日をなくしたいのか、確信が持てない。後者であるよう我々は望んでいる。

フックのついた縄とともに一番小さい少年を押し上げる。あとの者がつづく。

昔、俺があの一番小さい少年だったのだ。常に先駆けとして一番高い所に登った。こんなときはこの体格がうれしかった。おかげで勲章もいくつかもらった。いまはどれひとつ、身につけていないが。少年の一員みたいにふるまうのが気に入っている。一部の少年にとって、小柄で大佐であることは手本だ。俺の痛めた脚のことも知られていたら、さらによい手本となり、障害がありながらどこまでやれるかを示せるわけだ。

ロープをつたって壁を登り、菜園の縁にひょいと降りる。トマトやいちごの苗、かぼちゃ、豆を慎重に避けながら進む。さらに進む途中でラズベリーの低木のせいでパンツが破け、ハイトップスニーカーのひもはほどけてしまう。ラズベリーの向こうに有刺鉄線が一列ならんでいる。簡単に押し倒す。

女たちがかくも我々を締め出しておきたがっていることを悲しく思う。ウーナは俺に来てほしくないのか？　ただし、母親同様、我々の決意が堅いことは知っているはずだ。少なくとも、ウーナに関するかぎり、俺の決意は堅い。

ウーナはいつも親切にしてくれた。なぜ好いてくれるのだろう。大佐となり、肩章に銀もつき、銀の持ち手のついた杖を持っているいまなら、誰かに気に入られるのもわかるが、ちびの少年でしかなかった頃も気に入ってくれた。彼女も小さい。ウーナと俺は一点を抜かせばぴったりだといつも思う。彼女は美しいのだ。

我々は群れをなして入り込み、各自がお気に入りの所へ向かっていき、若い者たちは残った場所へ、たいていは同じ年頃の若い娘のもとへ向かう。それなのにまもなく我々は再び群れをなして中央広場へ舞い戻る。井戸、石のベンチ、女たちのたった一本の木がある場所へ。木のまわりは赤ん坊の墓だ。嘆きのベンチが置かれている。我々はそこか地べたに坐る。人っ子ひとりいない。女ひとり、少女ひとり、赤ん坊ひとりいない。

突然、銃声が鳴る。中央広場を離れる――そこからは何も見えないからだ。菜園に沿って建つ家々のかげに隠れる。敵は壁の上に乗り、ずらりと並んでいる。待ち伏せだ。我々はばたっと倒れ込む。ライフルは携行していないし、ピストルも、俺のと中尉のと二丁しかない。小競り合いは想定外だった。むろん全員短剣は持っている。

壁の上に並ぶ者たちは、どうやら射撃はうまくない。俺はピストルを掲げた。真の名手の腕をご覧じろ。だが、中尉が怒鳴る。「止めろ。撃つな。母親たちだ！」

壁の上に女がずらり！　しかも銃を手に。壁と同色の盾で身を隠している。前代未聞だ。撃ってくるが、ほとんど外れる。たぶんわざとである。つまるところ、我々は敵かもしれないが、多くの娘たち、そして多くの女たちの父親でもある。ウーナはどれだろう。

女たちは予想以上に怒っている。我々と敵のせいで男児を失うことに飽き飽きしたのかもしれない。いかなる側にもつかないということも、しかねない。

少年たちは鬨の声を上げはじめるが、どこかうわの空だ。だがそのとき……一発……今度は本気だ。しかも見事な腕前。女にこんなことができるなんて、と思うほど。教えたのは男だろうかと考える。少年たちは茫然としている。自分たちの母親や姉妹の誰かが、殺意をもって自分たちに向かって撃ってくるなんて。本気の戦いだ。傷つけるにしても、我々が彼らを傷つける程度と踏んでいたのだが。

やられたのは、わが中尉だ。頭に無血の一発。痛みがなかったのが不幸中の幸いだった。あいつは式典用の帽子をかぶっていた。俺はかぶっていなかった。あの派手で重たい帽子はどうしても好きになれなかった。本当は俺を殺したかったのだろうが、見分けがつかず、次の人間をやるしかなかったのだろう。ウーナなら俺の見分けはつくはずだ。

少年たちは散る――嘆きの木がある中央広場に戻る。そこなら女たちの目は届かない。俺は残って死んだ中尉を確認し、彼の短剣とピストルを取る。そして少年たちが次なる指示を待つ場へ片足を引きひき戻る。足を引きずる。自然とびっこになる。誰が見ようとかまわない。あきらめたわけじゃないのだ、自分の将来以外は。おそらく降格だ。女に捕まるとは……二十人全員。この状況から効率よくてきぱきと脱出しないかぎり、キャリアはおじゃんだ。

味方が大勢で救出に来てくれる分別を持っているよう願う。本腰を入れねばなるまい。戦う一方で、将来のために女たちを温存しようなんて真似はしないよう願う。

だが再び銃声が響き、壁近辺の小屋のかげから覗くと、女たちは銃を外向きにかまえている。味方だぞ、救出に来てくれたと最初は思ったが、違った。鬨の声も太鼓のリズムもわが軍のものではない……壁に隠れていては見えないため、屋根に何人かが登る。危険はない。ライフルはすべて外に向けられている。たとえそうでなくても、少年たちは一言も文句を言わず、屋根をものともしなかっただろう。いつもと同じく。

我々の赤と青ののぼりじゃない。奴らの醜悪な緑と白だ。我々が捕まったのをこれ幸いとやってきたんだろう。女たちが邪魔するのを止めて、俺たちを解放して戦わせてくれればと思う。女たちは戦《いくさ》のルールをことごとく破っている。いまや壁の上で腹這ってずらりと並んでいる。誰もまともに撃てやしない。

これがえんえんつづく。我々は見飽きて広場に退散する。あちこちのキッチンからとってきた食物を調べる。普段よりもいい食事を摂る。とてもおいしいので、あの騒音抜きで味わえるよう女たちが中断してくれないものかと思う。あれだけの武器をどこから調達したのだろう? 我々と敵方の弾薬洞窟を見つけたに違いない。

女たちはなかなかやる。日が暮れたときには敵はすでに山に退却しており、女たちはまだ壁の上だ。どうやら一晩過ごすつもりらしい。幅の広い壁だ。俺が少年たちに言ったほど下手な造りではない。

我々はベッドを見つけ、それぞれいつも寝ているマットに優る。俺はウーナの小屋に行き、交尾したかった場所に横たわる。

猫がうろつき、鳴く。女たちはさまざまな生き物と暮らしている。ヤギは通りを歩き、どこの家も出入り自由だ。どの動物もどこでも食べ物はもらえるものと信じている。女たち同様、少年たちもやさしい。来るもの拒まず餌を与える。俺も与えていることは言わない。

この状況全般が悲しい。心配になる。ウーナを抱きしめることさえできれば、眠れるかもしれない。真夜中に彼女が俺の元へ忍び込んでくる〝白昼夢〟を見た。そうなれば交尾はしてもしなくてもどっちでもいいくらいだ。

朝、少年たちは再び屋根に登って偵察する。彼らは盾の下に伏せた女たちが壁に並ぶさまを話し、壁から少し行ったところに敵の死体が数体見えるという。登って、この目で見なくては。俺が同じ危険を冒す姿を見るのは、少年たちにとってもよいことだ。

少年たちを退かせ、俺が同じ位置に立つ。壁に並ぶ女たちを見下ろす。ライフルが何丁かこちらに向けられている。俺は英雄のごとく立つ。撃ってみろと挑発する。俺はじっくり時間をかける。壁のところどころに女があまりひしめいていない場所もある。手帳を出し（手帳を携帯しない指揮官はいない）、図面を描く。壁全体を描き切るまで、じっくり取り組む。

ピストルを出して脅すこともできる。一人撃ってもいいが、高さを利用するのはあまり男らしくあるまい。相手が男ならやるが。ところが向こうが男らしくない行動に出る。撃ちやがった。俺の脚を。いいほうを。俺は屋根にばたりと倒れてしまう。最初は何も感じない、ただ衝撃のみ……金槌で殴られたみたいだ。立てないことしかわからない。次いで血が見えた。

奴らは壁の上にいるが、俺よりも低い位置にいる。俺が伏せているかぎり、見えないはずだ。屋根のへりまで這っていくと、少年たちが手伝ってくれる。ウーナのベッドまで運んでくれる。いまにも失神するか吐くかしそうだし、どうやらもらしてしまったらしい。少年たちには知られたくない。俺はこの体格にもかかわらず、あるいはこの体格だからこそ、長らく彼らの力とインスピレーションの源であったのだから。

助けに来た少年のなかにホブもいて、その両肩に俺は腕をかけている。痛みのせいで寄りかからざるを得ないが、うめき声は抑え込む。

「だいじょうぶですか、大佐？」

「ああ。すぐよくなる。行け」

実の息子かと尋ねることができればと思う。女たちはときどきわかっていて、少年たちに告げるという。

「我々はこちらに……」

「いや。行け。いますぐ。ドアを閉めろ」

彼らはぎりぎりのタイミングで出て行く。俺はベッドの向こうをめがけて吐く。ベッドに倒れる

――ウーナの枕は汗まみれだし、キルトの顚末は言うまでもない。

ウーナは痛みをやわらげる水薬を作ることができる。天井からさがっている薬草のどれが助けてくれるのか、わかればいいのだが。しかしわかったところで届かない。

意識が半ばある状態でどれほど横たわっていたのだろう。脚の様子を見ようと起き上がるたび吐き気に襲われ、再び倒れてしまう。いつかまた突撃隊を率いたり、少年集めの襲撃や交尾の日を先導したりできるだろうかと考える。将軍の一人になったら（なれると最近になって確信していた）、戦う目的がわかるかもしれないと思っていた――つまり、優越感を得ようとして用いる、例のレトリックを越えた次元の理由だ。こうなっては永久にわかるまい。

少年たちがドアを叩く。奮起して「入れ」と言う。というか、言おうとする。最初、声はちっとも出ないし、いざ出ても、言葉というより唸り声みたいになってしまう。女たちが壁から呼びかけてきたそうだ。代表者を送り込みたいとのこと。少年たちはその男を受け入れ、我々が全員無事に

解放されるよう、捕虜にするつもりだ。

俺は、おそらく女を送り込んでくるぞと告げる。

彼らは、はたと迷う。たぶん拷問か殺しを目論んでいたのだろうが、いまや心配そうな様子だ。

「わかったと伝えろ」と俺は言う。

この部屋には異臭が漂っているに違いない。自分でも悪臭が鼻につくし、自分の糞尿にまみれているのは気持ち悪い。なるべく体を支える。気をたしかに持っていられるといいが。途中で吐かずに済むといいが。さやから抜いた短剣を、枕の下に入れておく。

まず思ったのは、あの子たちは正しいということだった。こいつは男だ、男に決まってる。どこで見つけたんだろう、我々の一員か、それとも敵か？　重要な点だ。服の色からは見当がつかない。全身褐色と灰色だ。袖章はなく、階級不明。休めの姿勢で立っている。いや、休めの姿勢というより、大佐の前にいる割にすっかりくつろいでいる。

ところが……信じられないことに、それはウーナだった。うかつだった。ブーツに至るまで男装している。まず安堵感に襲われ、次に喜びがこみ上げる。これで万事心配ない。

少年たちに、部屋を出てドアを閉めるよう命じる。

俺は彼女に手をのばしたが、顔つきを見て止める。

「俺の脚をわざと撃ったな！　いいほうを！」

「悪いほうを狙ってたの」

彼女は部屋じゅうの窓を開け、ドアを再び開け、少年たちを追い払う。

「見せて」

優しい手つき。思っていたとおり。

「弾を抜くけれど、その前にきれいにしましょう」嚙むと痛みが鎮まる葉っぱをくれる。

彼女がかがみ込んで上から近づいてきたとき、帽子から出た髪が俺の顔に当たり、交尾の日と同じように口に入った。胸に触れようと手をのばしたが、押し戻された。

大いなる栄誉のためには彼女を殺すべきなのだ……女たちの指導者を。そうすれば俺は失敗者とはみなされない。たちまち将軍に昇格だろう。

だが、彼女は汚れたキルトを引っ張って取り去る際、真っ先に俺の短剣を見つける。そして包丁を入れている引き出しにしまう。

改めて思う……（誰もが嫌というほど承知しているように）愛とはいかに危険で、最善の計画すら台無しにすることか。そう考えつつも、いま思いついた計画を台無しにしたくなる。彼女が指導者なら、かがみ込んでくるいまが殺すチャンス――短剣がなくても。奴らは射撃はうまいようだが、男相手に格闘はできるか？　たとえ負傷者が相手でも。

「話を聴いてくれるかもしれないと思ったから、あの中からあなたを選んだの」

「俺はもう二度と交尾の日に降りて来させてもらえないこと、わかってるだろ」

「じゃあ帰らないで。ここにいて交尾しましょう」

「君を男装させて山に連れていこうかって何度も思った。場所も選んでおいた」

「ここにいて。全員ここにいてよいと言って、女と同じに暮らさせて」

そんなことには答えられない。そんなこと、考えることもできない。

「でもそうね、あなたは大佐をやる以外何ができるっていうのよね?」

体を洗ってくれたあと、寝具を取り替え、寝具と俺の衣類をドアの外に放り出す。そして弾を取り出す。噛まされた葉っぱで半ば気がおかしくなっているせいで、痛みは鈍る。彼女は包帯を巻き、清潔な毛布をかけてくれ、俺の頬に一瞬唇を当てる。

そして彼女は、少年たちが能力を示そうとするときみたいに、足を開いて立つ。「私たちもうこんなこと我慢できない」とウーナは言う。「もう終わりにしなければならないから、終わらせます。何らかの方法で」

「でも、慣例だ」

「あなたは私たちのスポークスマンになれるわ」

そんな提案をすること自体信じられない。「枕たちの」と俺は言う。「乳首たちの代表か」

母親たちは何をしでかすか、わかったもんじゃない。奴らはいかなる規則も守らない。

「返事がノーなら、もう男の子は産みません。降りてきて好きなだけ交尾するのは勝手だけど、今後男の子はいなくなります。私たちが殺すから」

「そんなことしないだろ。できないだろ。君はできないだろ。ウーナ」

「男の子がだんだん減っていること、気づいてた? もうはじめてる人は多いのよ」

だが、激痛とさっきくれた葉っぱのせいでくらくらして、頭がちゃんと働かない。彼女はそれを見てとる。隣に坐り、俺の手を取る。「いまは休むのよ」と言う。こんな話で頭がいっぱいなのにどうやって寝ろというのだ？　「でも規則が」

「しーっ。女は規則なんか気にしないの。知っているでしょ」

「俺と戻ろう」彼女をこっちへ引きおろす。今度はそうさせてくれる。胸を合わせ、彼女を抱きしめるのはなんとも心地よい。「秘密の場所がある。登りはそうきつくない」

彼女は身を引く。「大佐どの！」

「その呼び方はやめてくれ」

そして俺は口をすべらせ……口にするのはおろか、思考も禁じられていることを言ってしまう。母／子にまつわり、男女間で言ってはならぬことを。「愛している」と。

彼女は上半身をそらし、俺を見る。あごをぬぐってくれる。「そうやって唇をかまないの」

「もうどうでもいい」

「私にはよくない」

「俺が……俺が楽しいのは……」あの言葉をすでに使ったのだから、もう一度使っても同じことだ。「交尾の日を愛好できるのは、君といるときだけだ」

彼女もそう思ってくれているだろうか。思い切って訊ければいいのだが。もしや息子は……ホブは彼女と俺の子か？　そうであれ、と俺はずっと願っていた。彼女はホブに対して何の素振りも見せてない。ほかの少年にくらべてホブのことを特に見ているということすらない。女たちが壁を築いていなければ、今日はあいつのはじめての交尾日になるはずだった。

「休んで」と彼女は言う。「あとで話しましょう」

「俺たちだけか？　それとも敵にも同じことを言っているのか？　この戦争、奴らが楽勝できるじゃないか。そうなったら君たちのせいだ」

「もう考えないで」

「もしもこれきりどっちも少年が増えなかったら、どうなる？」

「どうなるでしょう？」

またあの噛む葉っぱをくれる。苦い。最初は激痛ゆえ気がつかなかった。たちまちさらなる眠気に襲われる。


自分が最後の少年になった夢を見る。残るは俺一人。どこかへ急がねばならないのに、どうにも越えられない高い壁がある。しかも両脚ともない。胴しかない。女たちが見ている。谷底に見渡すかぎり女がいるのに、誰も助けてくれない。倒れたまま、鬨の声を上げるしかない。

叫び声を上げながら目覚めると、ウーナに押さえられている。ホブも傍らで手伝っている。ほかの少年たちは戸口に心配顔で立っている。

すでに毛布と枕を床に投げ捨て、今度はベッドから自分を投げ出そうとしていたらしい。ウーナの頬には長い引っかき傷がある。きっと俺の仕業だ。

「すまん。すまん」

まだ夢のなかにいるみたいだ。ウーナを引きおろす。ぎゅっと抱きしめ、ホブにも手をのばす。かわいそうな醜い息子よ。尋ねてはならないことを尋ねる。「教えてくれ、ホブは俺と君の子か？」

俺がそんなことを訊いたせいでホブは衝撃を受けた様子だ。当たり前だ。ウーナは身を引き、立ち上がる。そして少年の一人であるかのように答える。「大佐殿ともあろう方が、なぜそんなご質問を？」俺が言ったことを投げ返してくる。「慣例に従いませんと」

「すまん。すまん」

「もう、お願いだからそんなにすまながらないで！」

彼女は少年たちを戸口から追い払うが、ホブは追い出さない。二人でベッドを整える。二人で俺のためにスープを作り、自分たちの食事を作る。ホブはここではくつろいでいるようだ。きっとそうだと確信する。俺たちの息子なのだ。

だがこうした物思いや考えは、おそらくウーナに噛まされた葉っぱのせいだろう。いつもの俺ではない。自分に注意を向けないことにする。

でも、もうひとつ問題がある。脚はまだじっくり見ていないが、重傷のようだ。砦まで登ることができなければ、いつまでも帰れない。だがたとえそうでも、そして職務上は失墜していようと、誘いに乗ってここに留まって、交尾者として生きながらえることに甘んじてはならない。最も恥ずべきことだ。ホブを要塞に派遣し、状況報告と救援要請をさせるべきだろう。逃げる途中で見つかった場合、ウーナは彼を見殺しにするだろうか？

命令をささやくため、ホブと二人だけになるチャンスをうかがう。ウーナがトイレに行った隙にやっとチャンスが訪れる。「要塞に戻れ。今晩、壁を越えろ。月は出ない」描いた地図を見せ、女たちが比較的少ないと思われる箇所を教える。気をつけろと言いたいが、そんなことは口にしないのが我々の流儀だ。

朝、部下の中のリーダーたちに来るよう伝えてくれとウーナに言う。体は痛いし、汗をかいているし、ひげのあたりはかゆい。ウーナに体を清潔にしてくれるよう頼む。母親のように世話してくれる。昔、母が世話を焼いてくれたころは母を避けたものだ。寄せつけなかった。とくに抱擁やキスは断固拒否した。兵士になりたかったのだ。母親にまつわることとは無縁でいたかった。

少年たちはみな薄ぎたない。我が軍は身ぎれいであること、毎日のひげそり、ブラシのごとき短髪を誇りとし、敵も同じく身だしなみを整えている。今日、敵が攻勢に出て、この体たらくを見ることがないよう願う。

リーダーたちの中にホブが見当たらず、よかったと思う。

いつもながらの朗らかさを呼び起こすのはむずかしい。「枕、乳首」と言ってはみるが、苦しくて、自分も少年の一人だというふりをして遊んでなんかいられない。

どちらかと言えば俺自身は英気を養いたいが、少年たちはすでにそわそわしている。自分のことを考えてはいられない。壁を襲撃することにしよう。少年たちに地図を見せる。警備が手薄な部分を示してやる。俺はウーナをつかまえる。彼女の両手首をつかむ。「諸君、破壊用の槌がいるぞ」

谷底では木は手に入れにくい。小川沿い以外は砂漠だが、どこの村にも中央広場に木が一本あり、ずっと手入れされている。この村同様、どこでも木のまわりに必ず赤ん坊の墓が作られている。ほかの村ではたいていヒロハハコヤナギだが、ここはオークだ。たいへんな古木で、村より前から生えていたとしてもおかしくない。村はあとからまわりに作られたのだろう。

「木を倒せ。壁を突け」俺は言う。「要塞に戻れ。私のことは待つな。将軍たちに、二度とここへ戻らないよう伝えろ。少年さらいも、交尾にくることも、ならん。わが軍にとって私はもう何の役にも立たないと伝えろ」

木を伐り倒そうとする少年たちを、女たちは撃てない。壁のどこからも死角なのだ。伐採する音を聞いて、女たちは泣き声を上げた。少年たちは手を止めるが、ほんの一瞬だ。いっそう力強く再開する音が聞こえる。

隣でウーナも泣きわめいている。彼女は抗っているが、こちらもしがみつく。

「どうしてそんなことができるの？　あれは死んだ男の子の木よ」

俺は手を放す。

「あそこに埋められた赤ちゃんはみんな男の子なの。あなたの子たちもいるわ」

この新しい情報が俺の考えに影響をおよぼさないようにしなければ。少年たちの無事を考えなくては。「ならば俺たちを解放してくれ」

「止めるよう命じて」

「一本の木のために俺たちを解放するというのか？」

「ええ」

俺は命令を出す。

　女たちは壁の一部からそっくり離れ、はしごまで使わせてくれた。少年たちに行くよう告げる。彼らは俺を運んで帰れないし、俺が自力で再び要塞まで登っていけるはずがない。

　少年たちはたちまち消え、横笛の音、勝ち誇った太鼓の最後の音すら消える……（勝敗のいかんにかかわらず、いつだって勝利を収めたごとく行進して帰るのだ）。立ち去る音を耳にするとどうしても唸り声をもらしてしまうが、今度は痛みのせいではない。母親たちが壁から降りたとたん、再びあの泣きわめく声が聞こえてきた。ウーナが足音を響かせてやってきた。

「今度は何だ？」

「ホブよ。あなたの敵が……あなたの敵があなたたちの丘陵地帯のはじに落としていったわ」

　彼女の顔を見ればわかる。

「死んだのか」

「もちろん死んだわ。あんたたち全員、死んでいるも同然よ」

　ホブのことを俺のせいだと思っているのだ。「俺のせいだな」

「あなたなんか嫌い。あなたたちみんな嫌いよ」

　この先、少年を目にすることはめったにあるまい。できれば軍に注意を促したいし、スポークスマンになってもいいが、もうそんなチャンスは得られまい。

「女たちは俺をどうするだろう？」

「あなたはいつも親切にしてくれたわ。私はそれには報いるつもりよ」

　俺は何の役に立つ？　女たちの父親としてここに留まる以外？　小柄で醜い、黒髪の少女たちが大勢……おそらく全員、血がにじむまで唇を噛むことだろう。

男性倶楽部への報告

Report to the Men's Club

「とまれ、まあ、自由を選ぶのは論外というのを前提としての話ではありますが」

フランツ・カフカ

男性倶楽部の尊敬すべき会員諸兄、みなさんは能うかぎり最高の名誉を与えてくださいましたが、もちろんみなさんから見れば、決して最高の名誉ではありますまい。実はみなさんにとっては当然のことですが、それでもどこか深いレベルでその素晴らしさをつねに認識しておられるからこそ、よりたしかな足どりで歩み、より澄んだまなざしで見、つねに口元にほのかな微笑みを漂わせておられるのです。言うまでもなく、わたくしにとっては手に入れようなど滅相もないことでした……望むべくもない、したがって直接めざすこともかなわないことで、でもその一方で、女子と男子の区別がつくようになって以来、どこかでつねにこれを求めていたとも言えます。

みなさんのグループは独特です。この種のほかのいかなる組織でも、わたくしが完全なる一員として迎えられることはないかもしれませんが（ただしわたくしのような者が準会員としてまったく異なる次元で受け入れられる例はしばしばありました）、みなさんのご厚意でわたくしの研究およびわたくしのために開いてくださった歓迎会に参加して、ついにみなさんの一員に加えていただけるのだと確信いたしました。

正式入会では荘厳な儀式に参加させていただきました――まことに感動的で、たいへん美しく――黄金の杯から飲み、真紅の頭巾をかぶり、みなさん独自の調べに合わせてゆっくり行進しました……が、みなさんの一員となったことを実感したのはあの式のあとではなく、非公式の儀式に加えていただいたときです。失礼なことを申し上げるつもりはまったくございませんが、わたくしにとってあの儀式がもっとも意義深いわけは、難なくご理解いただけると思います。

みなさんがどれほどの辛さに耐えてあの儀式を敢行なさり、青ペンキを一筋あそこに塗られたことか。どれだけ目をそらしたいと願い、実際、この一件自体からどれだけ顔をそむけたいと思われたことか。これは大間違いだった、と心底思われたことでしょうが、それでも最後までおつづけになった。目的を貫かれた。わたくしはみなさんを手伝うべくじっとしていようという気もございましたが、闘うことが慣習だと承知しておりましたので全力で闘い、誇らしいことに、闘ったあとは私もみなさんも、先週の男と闘ったあとのみなさんと同じく全身青まみれでした。いまやその青は消えましたが、記憶は薄れておりませんし、あの愉快な友愛のひとときに対するわたくしの感謝の念も同様です。

我々は狩人たちの息子であって、恋人たちの息子ではありません。（以後、「我々」という言葉を使わせていただけることと信じ、みなさんの中に自分も含めます。）世界中の恋人たちを縦に並べても、宇宙をめぐる壮大な概念のどれかにわずかなへこみすらつけられないのですから、我々は恋人ではありません。我々は身体を脇に置き、その不浄な機能はあまり気に留めません。みなさん、とくに不浄と認めざるを得ないのは、女性の体の機能です。出産自体が不浄で、たいていの男には耐えかねるものです。（経験者として語っております。）そこから弾かれているのが一番であります。わたくしはかつてそうしたもろもろに巻き込まれていたにもかかわらず、みなさんの式典によって、青いペンキによって、たとえ比喩的にすぎないのであれ、いまは清められております。

生まれてこの方、わたくしは人類《マンカインド》の学徒でありました。マンカインドの。男性を観察いたしました。その態度、考え深げにあごをなでる様子、ひじを突き出し、大またで左右の足を離して歩くさまを学びました。見たことを実行してみました。脚を広げて坐り、「ぶっとばすぞ」と伝える視線は送れないにせよ（つまるところ、ぶっとばせません）、わたくしの視線が動じぬ視線だったことは間違いなく、あだっぽさやかわいさとは無縁でした。事実、「かわいかった」ことはなく、それが誇りです。三歳になる前から注意しておりました。たとえ自分で髪を切り落とすことを余儀なくされても、何にもまして、かわいくなることは拒みました。母は気も狂わんばかりでした。わたくしの髪にリボンをつけたかったのです。（リボンはせいぜい数秒しかつけたことがない、と誠心誠意申し上げることができます。）

母は手ごわい人物ではなく、むしろこちらが人生の重大事へと突き進みながら払いのけるべき対象でした。悲しいことですが、真実です。少女だったころ、家族で海辺に出かけた折にそれを悟りました。母は赤ちゃんとともに大きな日傘の下にいて、父は、ほかの父親たちや年長の子どもたちとともに水遊びをしていました。いわば「流れに乗って」おりました。早速わたくしは自分を父親たちのなかに位置づけ、大人になってもぜったいに赤ちゃんと一緒に岸に坐るまいと誓いました（ですが、自分もやってしまったことを白状せねばなりません。しかも一度ならず）。

これまで出会った男性の多くから、わたくしは訓練に足るタイプとみなされてきました。無論父もその一人でして、レズリー（Leslie）という男女両用の名前をつけてくれたことは生涯感謝します。（運よく兄も弟もいませんでしたが、父にとっては残念なことでした。）うしろのポケットに必ず計算機を入れておくことは父から学びました（ただ、うしろにポケットがついている服はほとんどありませんでした）。父は最初からわたくしについて何か見抜いていたのかもしれません――わたくしが志していた不可解なものの一端を。わたくしは父の気を引きたくて狂わんばかりで突飛なことをして見せ、ときには父の注目をなんとか浴びようと木に登り（高所恐怖症でしたが）、てっぺんの枝からわめくこともありました。

しかしみなさんがよくご存じのとおり、男はもっと重要なことで頭がいっぱいでして、小さな女の子がいかに重要になりたいと望めども到底かないません。たとえ木のてっぺんにいる女の子であれ。父の注意を引くことはできましたが、わたくしが望んだ類ではありませんでした。たいていはいかに木から降りてくるかという一点のみに関してでした。母はその点でも助けにはなりませんでした（それは母が劣っていることを示すさらなる証拠でした）。

父はつねづね申しておりました。女の子は、喉ぼとけにさっと一発お見舞したり、あそこを素早く蹴ったりする方法を身につけておくべきだ、と。わたくしは両方練習しました。すでにその頃から、将来を予感していたのかもしれません。

まもなく胸が膨らみだすという当然の問題が生じました。よりにもよって自分の体に何でこんなことが起こるのか？　意志の力さえあれば少なくとも中性的でいられる――この件についてここまで白黒つけなくていいと思っておりました。そこで、少なくともほかの女たちみたいな女にはなるまいと考えるようになりました。男性に対して信義を守ろう。あらゆる問題について彼らの意見を理解しようと思ったのです。うれしいことに、今日までそれを守ってまいりました。

また、わたくしの頭は想像によって乱されていないこと、真実だけを述べ、感情には左右されていないということも喜んで申し上げます。（わが子がいたころですら、もっと大切なことを重視するため、子どもの話題は避けたものです。）さらに、わたくしはしばしば即断いたしますし、手前味噌ではございますが、軍人の名に値する素早さで決断を下します。

ですが、わたくしがエクスタシーの境地を知らずに生きてきたとはお思いになりませんよう。ただしエクスタシーゆえ――じめじめした、色恋の、不浄な、肉体の欲求ゆえ――わたくしはしばし惑わされることになりました。混乱いたしました。エクスタシーの源は、結局、軽蔑と恥辱の源とまったく同じでした。エクスタシーにひたりつつ苦悩しました。苦悩していると知らずに苦悩していたわけですが、いまふり返ってみますと、苦悩していたのだとわかります。わたくしは木々から降り、屋根や高飛び込みの台から降り……あらゆる夢からも降りていました。要するにみなさんの一人を好きになったのです。毎日毎日、自分が捨てた世間であなたはうまくいっているのと尋ね、向こうもしばらくはまあまあ機嫌よく答えてくれていましたが、わたくしがとめどなく探りを入れるのでじきに嫌気が差し、でもうなり声や咳払いしか返ってこなくなってからも、わたくしの目標は依然として「異性の生活の質向上」でした。唯一自分のために望んだことは、彼と子どもたちの優秀性を呼びさますことでした。自分に優秀性を見出そうなんて思ってもいませんでした。

そんな状況に一瞬でも耐えうるのは狂人だけだと思っていらっしゃることでしょう。わたくしも大賛成ですが、わが同性たちはときにエクスタシーゆえにそんな立場に導かれてしまうのです。

さて、みなさんの一員になる準備にわたくしがいつから真剣に取り組んでいたか、不思議にお思いでしょう。もうすぐ十四になるころ、一連の試練に取りかかりました。試練の意義は、自分でもまったく見当がつきませんでした。凍えそうなシャワー。ろうそくに手をかざす。頰にナイフの傷跡をつけるなどです。ご覧のとおり、いまも痕が残っております。(その後少年に扮して過ごしたころの傷は、不思議なことにわずかしか残っていません——でも、先週の通過儀礼以後は杖をつき、このとおり吊り包帯をしております。)

わたくしは自滅的だったのでしょうか。あきらかにそうです。そう言われればきっと抗議するでしょうし、当時そうすべき理由がどんなにたくさん念頭にあったにせよ。あるいは、さらに重要なことですが、わたくしはもっぱら自由を追い求めていたのでしょうか？　嗚呼、みなさんはそう思われたかもしれませんが、そうだとすればそれはこの上ない誤解となります。わたくしは自由を願ったことはございません。それは請け合います。強者のなかに自分の場所がほしかったのです。権力がほしかったとは言っていないことを銘記していただきたい。ただただ、歴史および財力を作る人々に加わりたかったのです。「マンカインド」という言葉が指す人々の一員になりたかったのです。

それまでどおり自分に情けをかけずにいたら、自滅しかねないことをまもなく悟りました。大胆な脱走を企てるしかありませんでした。屋根を伝い、流れを歩いて渡り、植物園の沼に入っていったのです……。

ご想像どおり、生きるべき人生にわたくしを閉じ込めておこうとする看守はあちこちにいました。わたくしが留まることが彼ら一人ひとりのためになるからです。子どもたちは階段にいました（わたくしをつまずかせるためのスケート靴、縄跳びの縄、庭のホース、歯を上向きにして置かれた熊手）。キッチンにはおばあちゃん、裏庭には母。わたくしの自己改善を図る努力について、かつて父は認めてくれていたようだったのに、その頃にはみんなと組み、父みずから玄関の番に就きました。（夫はとうにいなくなっていました。）夜も誰かがつねに起きていて、見張っていました。悪い夢を口実にする子どもでなければ、不眠症の大人が。でも、長男がわたくしと同じ背丈になるまでなんとか待ちまして、長男の服を着て、髪は短く切って、ある快晴の春の午後、看守たち全員の前を楽々とすり抜けたのです。

　持ち出したのは、あのときの衣類だけです。結局、毎日毎日あれだけ働いても一セントの稼ぎもありませんでした。あそこのものは何ひとつ、ポケットに入れたりんご一個さえ、自分のものではない気がしました。去るにあたって、あらゆる願望が新たにかきたてられましたが、そのときですら自分が求めているものを名づけることはできませんでした。みなさんが、それをすべてついに実現してくださったのです——わたくしの悲願を。

　とどのつまり何が我々を……我々男を女と区別するのでしょうか？　それはまぎれもなく、我々が肉体に縛られていないこと、および我々が分泌腺のなすがままに動かされないということ——月が我々に影響を及ぼさないということではないでしょうか。ならば、男性らしいあらゆる価値や美徳と並び、こうしたもろもろを「しない」からこそ、我々は単に「存在すること」と一線を画しているのではないでしょうか？　ご存じのように、まさしくこれらの問いをわたくしは研究の眼目とし、記録しまして、みなさんからご親切にも「際立って詳細」というお言葉を頂戴し、『男《マン》』という題で上梓いたしました……ただ一言『マン』、それで充分なのです——ずっとこれで事足りたのですから。この仕事をささやかな注目に値するとお考えくださったことに感謝申し上げます。

　すっかり長くなってしまいましたし、要点はすでに申し上げましたので、退屈なさらないよう、これ以上経歴は加えません。一時期、家出少年の仲間に加わっていた経緯やら、飢えかけていた私を道端の溝から拾って引きとり、息子として育ててくれた情け深い知識人のことも略します。（当時わたくしは苦労がたたってか、かなり早い閉経を迎え、さらなる子どもはうれしいことに論外でした。）この男性がいなければ、みなさんのなかにこうしていることはできませんでした。彼に特別な感謝をささげたいと思います。

さて、ここから何歩か歩いて——というかびっこを引きひきですね、世にも素晴らしい通過儀礼からまだ完全に回復しておりませんので——この演壇から降りますが、実は降りるのではなく、かえって上がっていくのです。男性《マンカインド》への大きな一段を。父がこの場に立ち会えなかったことが残念でなりません。母は（カフカを引用しているとも知らずに）おそらくこう言うことでしょうが。わざわざ苦労して手に入れるほどではないと。

待っている女

Woman Waiting

シカゴ行きの飛行機が発つ。無事離陸する。喧騒は屋内にはまったく聞こえない。いよいよ飛翔して、エンジンはキーンという音を立てているだろうが、我々には聞こえない。我々にとっては、鳥のように静かだ。

あちらから見て、下界の我々は次第に小さくなっている。だんだん人形みたいになり、まもなくアリみたいになり、すぐに乱れ舞う蚊にすぎなくなり、その後はたぶんバクテリア、やがてカビ。私も単なる微生物。私がラクダ程度の大きさだろうとネズミぐらいだろうと、上空にいる彼らには同じこと。私が発着地のど真ん中に立っていても、彼らにはちっとも見えやしないだろう。

ほら、彼らは飛び、太陽に向かい、ふくれあがっていく。彼らがいられる空間は、もはや空しかない。この発着場はひどく小さく見えることだろう。着陸可能な場所は、どこかの巨大砂漠以外、この惑星のどこにもこれっぽっちもないように見えるだろう。ほら、すでに視界から消えてしまうほどふくらんだ。

あ、今度はローマ便の搭乗がはじまったようだ。これもまもなくほかと同じく飛翔し、巨大な、拡張する鳥として飛行し、はじめは我々と変わらないがだんだん大きくなり、いずれ我々には大きくなりすぎる。分厚いガラスの向こう側でほとんど聞こえないが、ローマ便のエンジンのひとつひとつがキーンという音を立てて拡大する動力を示しはじめている。

あの人たちはみんな、あんなふうに自己拡大できて、どんなに楽しいだろう。下界にいる我々を、どんなに偉そうに見下ろしていることだろう。

私にもチケットはある。

シカゴ、ローマ、マイアミ行きの飛行機に搭乗中でまもなく別人となる人々に、私は似ていなくもない。ここで坐って待っている人々にも、似ていなくはない。実はかなり似ていて、私のとまったく同じ色合いの茶色いコートが三着は視界に入っているし、小さい黒い帽子もほかに二つ見える。婦人トイレで自分の姿が目に留まったが、見ていることをほかの人に気づかれないよう注意した。髪をとくときと口紅をつけるときだけ鏡を見ていいことにしたが、新しい服をまとっている自分をある程度の距離から見れば、どんなにみんなに似ているかはわかった。そのことを心に留めておくことができればいいが。私の場合、自分の見た目を覚えていられるときは、見た目が行動に影響を及ぼすので、スタッフの背後に鏡でもあって自分の姿が映ったら、けっこう落ち着いて彼らのもとへ行けるだろう。でも、もうそんな必要もなくなるわけだ。

ただ、トイレの鏡があまり信用ならないことは知っている。実物以上に見えるようピンク色を帯びていて、私の知ったことじゃないけど、すらりと見せる効果があって、脚の長い理想像に自分は実際以上に近いのだと我々全員に思わせてしまう。私はそれを肝に銘じて用心しなければならない。自分のことを夢想してはならない。鏡が見せてくれる姿と同じではないということを心していなければならない。ある面、鏡に映る姿は地下鉄の窓に似て、暗い壁面に自分の姿がさっと流れ、ずいぶんさっそうとしてかがやくばかりに美しく見えて、人はこう思うものだ。これで赤いイヤリングをつけるか最新モードの帽子さえかぶればかなり目立ち、際立つことすらできるかもしれない、と。

さあローマに行く人々が離陸する。もうすぐ私もあの空の上。そう思うだけで、またもやさっそうとした美女の気分になり、ここに居並ぶ身だしなみのよい人々、つまり自分であることが心地よく、服にも体にもすっかりなじんでいる人々と同じくらい美しい気がしてくる。若やいだ気分になり、ほとんど若すぎるほどの気分で、はじめて一人旅に出た少女のよう（どこかへ出かけるのは久しぶりだから、実際はじめての旅のような心地がしている）。

あのローマ便はのろく見えるが、実際どれだけ速いか私は知っているし、大きければ大きいほどゆったり進んでいるように見えるものだ。すでにどれほど巨大になったか、彼らは気づきだしたことだろう。いったん上がったら、もう二度と降りて来られないかもしれないのだ。彼らは席から窓の外を眺め、永遠に旋回しながら、下界に比べ自分たちが大きいことにめまいを覚え、着陸する危険を冒すことはできないでいる。

私は戻るところだ。（ずっとこっちにいたから、もうあちらを故郷とは呼んでいない。）戻るけれども、いったん飛行機が上がったら、もう何もかもどうでもよくなるだろう。そうすればありのままの世界が見えて、二度と降りないことなぞちっともかまわないだろう。

このガラスの壁の横に席を確保した私のことを、気に留めている人はいないと思う。ここに来てずいぶん時間が経つが、ほかの人々は来ては去る。私がここにどのくらい坐っているかなんて、誰も計っていない。私は自分の体にちらりと目線を落とし、ほかの誰にも負けないくらい普通に見えると改めて思う。どうして批判もしくは賞賛をもって誰かがわざわざ私を気に留めることがあろう？　私の服がすべて新品であることは、ちっとも目立ちやしないと思う。

足元には小さな黒い肩かけカバンを置いている。中身はメガネ、新聞、カンタロープメロン一個、ピーナッツの小袋。カンタロープはたしかに完熟している。ときどき匂ってくる気がする。甘くかぐわしい香りだ。

いましがた一人の女がそばに来たが、すぐに向こうの席に移っていった。なぜかわかる気がする。カンタロープのせい――あの（彼女にとっては）奇妙な、刺激的な甘い香りのせい――かもしれないが、おそらく違うだろう。私は遅れないようやたら急いだため（事実、むだに早く着いた）体も洗わずに新しい服を着たのだ。ひとこと言わせてもらうと、私のアパートでは容易に体を洗えた例《ためし》はないし、ひょっとしてずいぶん長いこと体をちゃんと洗っていないかもしれない。私は太った男のような足をしているも同然、それもかなり太った男の足と言えるだろう。ええと、私の足は太ってはいないが、一面太っているようなところがある。あの女性は私の正体を見破り、だから離れた席にいる。つまり素敵な服の下の私は、実はみんなのようではない。でも、汚いことは罪だろうか？　自分の部屋ではまったく気づかなかったが、こういう場ではそれがよくわかる。ここではたしかに罪、あるいは汚いことはいろいろな点で際立ち、異なる、一風変わった、異常なことで、やはり罪だと思う。まあ、いまとなってはどうしようもないが、服が新しいかどうかにかかわらず、私はすっかり縮こまった気分になる。機内ではどうなるにかかわらず私の隣に坐らざるを得ないだろう。いっぺんに縮んだり拡大したりしたら。だって機内では、誰かが好むと好まざるとにかかわらず私の隣に坐らざるを得ないだろう。あるいはカンタロープが助けになるかもしれない。肩かけカバンを膝に載せておこうか。

上空で私がこの巨大カンタロープを落とせたら、それは高度ゆえふくれあがった状態でどこかの小さなビルに落下し、カンタロープ色の果肉でビルを覆い、何もかもに濃厚な甘い香りを広げ、月ほどのカンタロープが熟して準備を整え、ありあまる甘さとありあまる果汁であらゆるものを押しつぶす。

350便、321便、235便、216便。私の足とカンタロープが一緒になったら、あの声みたいにこの空間じゅうに行きわたることができるだろうか。あるいはすでにそうなっていて、ちっとも自覚できていないのかもしれない。そんな考え事をしていたせいで自分が搭乗する216便を聞き逃すところだった。便名を暗記しては再確認し、再び暗記することを十回以上も繰り返していたにもかかわらず。その声は空港にいる人々全員に向かって震えもせず声質を変えもせずに一様に216便は、と伝え、我々乗客を探しだして我々向けの情報を伝えようとはしない……216便は(ああ、これを見越しておくべきだった)遅延されたという。

まあそんな次第で、それを聞いたばかりのいま、あの声がただ遅延と言ったのか、無期遅延と言ったのかは定かではない。理由および予定時間を問い合わせることに意義はあるだろうか。待つことに意味はあるだろうか。

別の便が離陸するが、今回行き先は気に留めなかった。ほかの人たちの便はすべて発着しているけれど、いくら新しい服を着てチケットを持っているとはいえ、自分が乗る便も出るなんていったいなぜ思ってしまったのだろう。

ばかげていようとなかろうと、遅延と知る前とまったく同じように待つことにするが、ほかの飛行機が上昇するのを見ているうちに、すでに自分の気持ちがさきほどとは違っていることがわかる。私は相当縮んでしまった。彼らが上がっていくにつれ、縮んでいる。新しい衣服には小さくなってきた。やがて服が体からつり下がり、ひどく目立つに違いない。見ものになるだろう。ここからドアまで歩くだけで、見ものだ。みんなが気づくだろう。

でもどうして私は216便のことでがっかりしてしまったんだろう。私は戻りたいかどうかさえ確信が持てなかったのだ。実を言うと戻りたくない、本当は。じゃあ、私は何を求めていたのか？それに三百ドルは？　仮に払い戻してもらえたら、求めていたものが何だったにせよ、その埋め合わせになるだろうか？　本当に払い戻してもらえたらいいんだけどな、足しになるもの。いま試してみるべきか？　でも便は遅延されただけで、欠航となったわけじゃない。

カウンターで何事かを問い合わせているらしい男が見える。あの人はまるきり場違いだ。陸軍用毛布で作った手製のコートを着て、ひげはもつれ、くすんだオリーブ色だ。彼が216便について尋ねているならば、いやきっとそうだと思うが、ならば私は尋ねるべきではないだろう。ああいう人たちとわざわざ同類になるべきではないだろう。同行者で同じ目的地に向かっているとすら思われかねない。でもあのお金は手に入れたい。三十分ほど待ってから尋ねれば、あの男と結びつけられないで済むかもしれない。

そういうわけで、私はここで待っている女。この落胆のひととき、自分にもっと大きな意味があればいいのだが。私が男だったら、待つ人類にだってなることができて、乗る予定の便が無期遅延された全人類にもなれただろうが、私は待っている女だ。女は常に待っている。これじゃいささか陳腐。たいしたことない。待たしておこう。

じっと動かず坐っていると、じわじわすべる感覚がする。ごくわずかな、ヘビ状の、内に引っ込む動きである。両足はかろうじて床をかすっている。また一機離陸し、私の心は揺らぐ。

でも三百ドルが。もう三十分たった？　最初に時計を見ておくのを忘れた。改めて三十分待ってからカウンターに行かなくちゃ。足がゆらゆらする。大人の服を着ている女の子みたいだ。こちらをちらりとでも見る人はみな、あんな大人の服をいったい誰がどうして着せたのかと思うだろう。あの子は自分の服をどこかでなくしちゃったのかな。事故にあったのか？　なんか漏らして服を汚しちゃったのかな？　吐いてしまって、お母さんの大人サイズの服を着ざるを得なくなったのか？　私がこの状態でカウンターに行っても、三百ドルをくれるとは思えない。それにあのお金があってもコーヒーショップで私の注文を受けてくれるだろうか？　これ以上待っていたら、店のスツールによじ登るのも難儀になり、席についてコーヒーとサンドイッチを前にして人前で縮みつづけたら、みんなもかなり間が悪いだろう。私が彼らに似ても似つかないことを誰もが知るだろう。全員が口を揃えるだろう。あの女がやって来て、坐って飛行機を眺めはじめたときから疑っていたとおりです、と。我々はずっとそうじゃないかと疑っていたんですよ。

もう私は女だというつもりすらない。私は待っている小人だ。私はあらゆる小人を象徴しており（そんなに大勢いないだろうけど）、小人たちは小人の人生がまことの人生に変わるのを待っているが、もちろんそれは無期遅延されている。（だんだん彼らは「無期」と発表したという確信がでてきた。）

ごく些細なものとはいえ、このすべるような感覚のせいでむずむずしてくるが、この広大な公共の場では（相当数の飛行機が入る余地がある。ガラスの壁を何枚か取り払い、飛行機を台車に載せて、磨きぬかれた床の上に運び込めばだが）体をかくべきではないだろう。

私の足はもはややぶらさがっていない。落下距離が大きくなりすぎる前に椅子からすべりおりておかなければ。これは服の中で楽々できる。いまや真新しい茶色のコートが置き忘れられていると思われているに違いない。私はストッキングにくるまれて、垂れ下がるコートのかげでしゃがんで過ごし、数分後には肩かけカバンに入れるほど小さくなっていた。中は居心地がよく、暗い。カンタロープと新聞の横で丸くなり、ピーナッツを一粒ちびちびかじる。いままで気づかなかったが、疲れきっている。ストッキングを丸めて枕にして、寄りかかる。小さいということは、大きいこととだいたい同じくらい居心地がよいはずだと思う。それぞれ長所がある。このぬくぬくとした居心地よさは、言ってみれば……やわらかな、暗い、黒い肩かけカバンの中で誰もが味わいうるもので、そんな状態で私はまもなく眠りにつく。

どれくらい眠ったか見当はつかず、数分かもしれないし、時計の針がひとめぐりしたかもしれないが（私の大きさでは時間の感じ方も異なるのかもしれない）、いずれにせよ、目覚めると私はまだ肩かけカバンの中にいてどこかへなめらかに運ばれてゆく最中で、リズミカルな波のような動きにゆられている。持ち手を支える鳩目には中央に穴が開いているので、そのひとつに目を当てる。「遺失物課」という表示が見える。大きな棚を取りつけたこの廊下で、私は同じような大きさおよび色の肩かけカバンやスーツケースと並べられて仕分けられた。ま、私にはカンタロープにピーナッツに新聞がある。でもすでに担当者の男性は、私の棚のそばにくるたびに鼻にしわを寄せている。

今後、誰も私を取りに来ない。それはたしかだ。ここにはどれくらい保管されるだろう？　あの男がまた鼻にしわを寄せているから、そう長くはあるまい。まさか足が、私の小さな足がまだ……？

あれは何の匂いだ、と男は考えている。見つけ出さねば。包みのどれかの中で、何かが腐りつつあるんだな、つい最近持ち込まれた物だぞ。まったく世間の連中は不注意だ。いたみやすいものをスーツケースに入れた挙げ句すっかり忘れて、他人に片づけさせるんだから。むかつくような汚物を。奴らにはどうでもいいんだ。男は思う。このまま捨てちまおうかな、嫌な確認作業は抜きにして。何にしたって、腐った物をほしがる人間はいないだろう。規定の期間を待つものか（それは一週間？　一ヵ月？）。ふん、待つもんか、と男は思う。明日きっと捨ててやる。

最後の最後で私は男に呼びかけて、発見されるかもしれない。

どんな感じだろうか。魅力に乏しい、身長三十センチの全裸女性を遺失物課で見つけるのは？　しかも、もうそれほど若くない。（でも彼だってそれほど若くないし、ほとんど丸ハゲ。）この女は普通の背丈だったころから、控えめに言っても奇妙だった……変わっていた女を見つけるのは、どんなものだろう?

彼は私を見て、頬を染めるだろうか? 肩かけカバンに私を隠してこっそり家に連れて帰るかな? 自分の部屋の居心地のいい一角に私を住まわせて、小箱をベッドにしてくれたり、クッションをマットレスにしてくれたりするかな? むろん私たちにセックスは不可能……。

ああ、ばかばかしい。

嫌だ、嫌だ。私は大声は上げない。決して……絶対に姿は現わさない。ゴミの山に埋もれて非業の死を遂げざるを得ないとしても、絶対に大声は出さない。

悪を見るなかれ、喜ぶなかれ

See No Evil, Feel No Joy

「喜びは輝き出すも、結局は喜びがいかに崩壊するかを明かすのみ」

クッツェー

あかるい晴れた夜だ。ポーチからの眺めから見える雲は、桃色と薄紫に染まってふんわりと紫の山々にかかっている。だがそれは見ない。自制する。豆の莢むきから目を離さない。眺めなぞを楽しむことは我々の誓いにそむく。思うに、鑑賞が禁じられているなら、わざわざ丘の斜面に小屋を作らなくてもよさそうなものだ。そもそもポーチなど作ることもなかったのではないか。小屋の窓はもっと小さくてもよさそうなものだ。

視線を作業や床や地面や靴に落とす。我々のような人間にふさわしい靴だ。ずんぐりしている。泥に足を踏み入れ、泥まみれになったという風情。実際それくらい重い。それが我々を強くしてくれるし、我々には強さが必要なのだ。

美を見るなかれ、醜さを見るなかれ、善も悪も見るなかれ。また聞くなかれ。義務から引き離すものは一切見るなかれ。素朴さについても同様。この涙の谷、喜びの谷を忘れさせるものも然り。喜びから距離を置くこと。さもなければ、何をもってしても満たされない。いかなる幸福においても人は更に多くを欲する。喜びと美に満ち足りることは決してない。

谷を見渡したら、こう思うかもしれない。いま目にしている美しい眺めは充分か？　よりよい眺めを求めて、更なる高みに登るべきか？　家々をそちらへ移すべきだろうか？　そして日々眺めて——毎朝毎晩、何分も無為に過ごすべきか？　嵐さえ楽しむべきか？　向こうの山々に落ちる雷さえ楽しむべきか？　いまここで起きていることに優る何かが起こりうるかのごとく、窓辺に立ちつくすべきか？　いつまでも何もせずに？

我々は黒をまとう。髪はうしろにぎゅっと束ねている。男女ともにそうだ。ゆるいズボンを足首でゆわえている。つねに帽子やボンネットをかぶっている。寝るときは脱いでいると思うが、自分の習慣しかわからない。

初めに言葉ありき、だがその言葉の前に言葉はなかった。

我々は沈黙の誓いを立てた。話す代わりに大食堂のドアに書き置きを残す。私は長いこと口をきいていない。

握手をしたり肩を叩いたりしてはならない。仕事以外に触れてはならない。

パニックに陥った人を二回見たことがある。絶叫と金切り声。手は貸さないで済んだ。男性がいない場合を除いて、それは男の仕事なのだ。緊急事態に際し、男性は接触を許されている。あの女性がどうなったか、そして誰だったのかは知らない。我々には友だちはいない。会話が禁じられていると人と知り合うことができない。互いの名前と性別さえ知らない。

恋をしたらきりがなくなる、つまり、欲望はさらなる欲望しか生みださないから。

我々は恋をすることはまずなさそうだ。つねに帽子を目深にかぶっている。ボンネットは遮眼帯も同然だ。

でも私は折悪しく目線を下げてしまった。人と目が合ってしまった。見たのはそれだけ――見返してくる目。過ちだった。お互い悪気はなかった。お互い素早く目をそらした。あるいはそれほど素早くなかったかもしれない。私たちは見つめ合った。どのくらいかはわからない。彼は水の入った重いバケツを運び込んだところだった。そしてひざまずき、自分が飲む水を汲んでいた。私が下を向き、彼が上を向いた。私たちのせいじゃない。

私は思った。ああ、称えてはならぬ日の出のよう、耳を傾けてはならぬせせらぎのよう、谷向こうに山々が広がる眺めのよう。それ以来、目で頭がいっぱいになった——緑がかった灰色の瞳。彼の瞳孔にごく小さな私が映っていた。

彼が出て行くとき、そっと見た。見えたのはお決まりのだぶだぶの服だけ。色あせた黒。くたびれた部分は白っぽい。考えてはならないことを全部考えた。名前はなんていうのだろう？　どの小屋に住んでいるのだろう。むろん知る術《すべ》はない。

彼はどう思っただろう。二人のあいだで何かが起きた。そう思う。何かはわからない。

この土地の精神に則り、この土地の労働とともに、暮らし、行ない、在るように。従来なされ、我々も行ない、今後も続けていくとおり、暮らし、行ない、在るように。詮索好きなよそ者が決して来ない場所にいるように。

不服従が……あの一度きりの禁じられた視線が……私に鼻歌をうたわせた。それはならぬと思い出させるべく、誰かが私の手首を木のさじで強く打った。打たれて当然だった。

あの視線以来、私は思考においても行動においても従っていない。私は見ている——大きな黒いボンネットのかげから。どれが彼だろう？　私を探しているだろうか？　つば広の帽子のかげから。

セックスをしないセクトの**運命**はよく**知**られている。**我々**はセックスをせねばならないと**定**めた一方、**相手**は**不詳**にしておくことが**最善**とされた。また、**自分**たちを**確実**に**補充**する**頻度**でしか実

施しないことも**定**められている。
いくつかのセクトがしたごとく、**孤児**を**引**きとることはしない。あの子どもたちは**我々**の**手元**に**来**る**以前**に、**我々**から**見**ればすでに**傷**んでいるかもしれない。それによそのセクトもその**方法**で**生**き**延**びることはできなかった。**我々**は**自分**たちの**子**どもを**育**てる。

私が最初になる予定だ。理由はわからない。優生学上なるべく完全な赤ん坊を作るために私と合わせるべき男はリーダーが決めた。明日の晩、私は交尾小屋に行く。彼らは私たちに考える時間を与えたくないのだが、私は考えねばならない。これは自分が求めていることかどうか、確信をもてない。とくにいまは。

我々は**欲望抜**きで**生**きている。**快楽**はなべて**過剰**である。それは**人**を**現世**と**結**びつけてしまうため、**世**を**去**ることは**災難**となる。

私は逃亡した。文明へ降りたのではない。そこでは何もかもが邪悪で危険——人は撃ち合い、戦い、空気は汚染され、騒音に満ち、通りは乞食であふれている——そこではなく、もっと高地の荒野へ——安全で落ち着いた荒野へ向かった。

ここまで来ればだいじょうぶというところまで行くと、私は鼻歌をうたった——好きな音量で。台所仕事をしないでいるのは、なんて素敵だろう。眺めを見渡し、鳥の声に耳を澄ましていられるのはなんて素敵なことだろう。小川のほとりで足を止めて腰をおろし、実際ひたすら耳を澄ます。じっとしていたら鳥が一羽すぐ近くまで寄ってくる。頭の黒い、小さな灰色の鳥だ。我々と同じくらい冴えない。でも元気で快活だ。灰色と黒だって、快活でありうるのだ。

目と手……私たちが見つめ合った瞬間の様子をまざまざと思い出すことができる。彼は片手でバケツのふちを持ち、もう一方にひしゃくを持っていた。両手が疵《きず》だらけで荒れているのは、我々全員に共通する。彼の指関節には黒い短い毛が生えていた。彼はひしゃくをゆっくりと持ち上げた。私が彼に驚愕したのと同じく、彼も私の姿に驚いたかのようだった。垣間見えたのは、やつれた顔、両目尻のカラスの足跡、白い筋の入ったあごひげだ。

その晩は倒木の幹に寄りかかって過ごした。毛布もセーターも持って来ていない。無計画だった。交尾させられるのは明日の晩なのに、私は取る物も取りあえず逃げてしまったのだ。

ふと、食事どきにこっそり戻れることに気づく。誰が知ろう？　我々の生活からすれば、黒いかたまりがひとつ森に眠りに行ったって、誰も気づきやしない。どうしてずっと前に考えつかなかったのだろう？　あの瞳を捜しに戻ろう。男たちの仕事場に行こう。

朝一番、鮮やかな青の羽根を見つけた。吉兆だと思う。ピンでチュニックに留める。戻る前に忘れずに外さなくてはならないが、誰かの目に留まるだろうか？　人目についたらどうなるだろう？

言葉のない人生は平穏だ。意見の相違はない。人のせいで道を誤ることもない。聞き間違いや誤

解もない。言葉は人を幸福にするのと同じくらい不幸にもする。決して口にしてはならない言葉も多い。

自分がまだ話ができることを確認するため、話す練習をする。なぜだろう、いつまでも話し相手はいないかもしれないのに。きっと、あの男と話せると思っているのだ。

あまりにも長いあいだ話さずにいたため、あの人と話せたとしても、いったい何を話題にしていいか、きっとわからないだろう。ずっと長いあいだ言うべきことなど何もなかった……いつからかは、もう思い出せない。

はじめは何も出てこない。やがて突如叫びとなって出てくる。ノー、つづいて、イエス。次いでささやきが出てくる。イエス、イエス、イエス。ついにうまく言えるようになる。こう言ってみる。聴く。見る。観察する。それから童謡を思い出す。ディードル・ディードル・ダンプリング。ヒグルディ・ピグルディ。ひとつ一ペニー、ふたつ一ペニー、三つ一ペニー、四つ。

もしかしたら、私は子どもがほしいのかもしれない。明日、もしかしたらここに留まらないで、交尾小屋に行くかもしれない。彼らが私に選んだ男性は、自分にとって最高の子を作りうる相手に違いない。きっと自分で選ぶいかなる相手にも優るのだ。

戻る道、地図を見るかのように囲い地全体を見下ろす。人々がせわしい黒いアリのように見える。よい隠れ場所がいくつか目につく。

夕食をとりにこっそり戻るとき、青い羽根はチュニックにつけっぱなしにする。

ボタンではなくピンを。ナイフとスプーンはいいが、フォークはいけない。水はいいが、紅茶とコーヒーはいけない。オートミール、とうもろこし……パンはいい、でもバターはいけない。バターは舌の上で至福にすぎるから。

夕食のとき、眺めてみると世界はいかに変わるものかと思う。うつむいた頭だらけ。みんなの手を見る。いくつかには、あの男と同じく黒い毛が生えている。窓の外を眺めると風がやぶをそよがせている。各自、木の大皿にかがみ込んでいる。私の青い羽は無事だ。

今晩、私の相手になる予定だったのは誰だろう？　私は彼を見てはならないのだ。普段と同じく互いに匿名でいる決まりだ。

私がいないと知ったら、彼らはどうするだろう。追ってくるか、あるいは忘れるのか？　忘れるべきことは少ない――静かな黒いかたまりがひとつ減るだけ、誰も寝ない藁ぶとんが一枚あって、木皿がひとつ減るだけ。

夕食後、しかるべきふうに自分の小屋に向かって歩くが、小屋は素通りして先へ進み、わが倒木がある丘に登る。今度は毛布を持参する。

我々一人ひとりに命《ライフ》が与えられている。命があるだけで人生《ライフ》は充分だ。

命を与えるということ。赤ん坊について考える。まだ考えなおす時間はある。下へ戻ることもできるが、私は眠ってしまい、結局降りなかった。

昼間の人生と同様に、我々が欲望も希望も恐怖もなく、夜になれば横たわることができますように。夢が甘くも恐ろしくもありませんように。死を恐れる冷や汗も、逆に、欲望の熱い汗も決してかきませんように。

自分が知るかぎり、私はそんな夢は見ていない。いまでさえ。

鳥たちとともに目覚める。ずいぶん遠くまで来たので、下の雄鶏は聞こえないのだ。この高みの小鳥たちは、〈起きて働け〉とはいわない。〈耳を澄ませて、見てごらん〉という。

ボンネットの縁の向こうを見ることなく延々過ごしていたために天気とはどんなものかをすっかり忘れてしまってたのだろうか、それとも今朝は格別美しいのだろうか。霧だ——霧が眼下に広がり村を覆い隠しているが、この高さまではかかっていない。背後では雪に覆われた頂が朝日を浴び、ピンクに染まっている。この道を私がたどるきっかけが目だったのは、まことにふさわしいわけだ。

私が交尾をしなかった件を彼らはどうやって知るだろう？　会議がいろいろ開かれるのだろうか？　事が起こらなかったとわかるまでどれくらいかかるのだろう？　あとでこっそり戻って様子を見るつもりだが、時間はたっぷりある。

時間は敵だ。思考に結びつく。考えてはならない。

なぜかはわかる。私はさまざまなことを考えており、どれも考えるべきでないことばかりだ。でも自分が何を欲しているのかはわからない。要らないものしかわからない。せねばならないことすべて。あらゆる約束。我々の誓い。あれこれの名にかけて物事を誓うこと。それらを全部合わせても、いかなる欲求にもならない。

下の都市は民主的と呼ばれ、リーダーたちは人民に選出されているが、貧困、ドラッグ、殺人、強盗、貪欲、散財が横行し……散財のための散財に満ちている。そうした一切を棄て、我々のもとへ来るがいい。この際思い切って登り、彼らおよびその自己満悦から離れよ——人権をめぐる自慢から離れよ。

ここで我々と同じように生きるがいい。

私は生きているだろうか？　生きていたのだろうか？　いま、鳥の声に目覚め、眺めるほかにはすることもなく日の出を眺めて……。お腹にあてた手は、チュニックのくたびれた布地の肌ざわりを感じる。このやわらかさ——やわらかいお腹にやわらかいチュニックが重なっている。なぜいままでこのやわらかさに気づかなかったのだろう。いくらそうしないと約束していたとはいえ。なぜ木々のこずえに気づかなかったのだろう。我々が暮らす下界にも同じ小鳥たちが来てはいなかったか？　我々のところにもせせらぎがあるのではないか？

右手を上げてはならない。ニュートラルな姿勢で坐ること。ひざまずくことも寝そべることもならない。義務をまっとうするという単純な約束をせよ。いかなる姿勢で約束しても、約束の重みに変わりはないはず。

我々が少ししか持たないことに感謝せよ、持っているささやかなものに感謝せよ。支えてくれる靴に。あたたかい一枚のセーターに。一枚の毛布に。薪に。何よりも、生まれてきたこと自体、そして地上で過ごすこのひとときに。

時間こそ、私が何よりもたっぷり持っているものだ。昨日までは時間の使い方がわからなかった。いまはベリーを摘む。スペアミントをそっとかじる。それに匂いも！　私が慣れている匂いは、主に台所の匂い。ここは松のような、木の匂いがする。

いつもは大鍋で水浴びし、片時も裸にならぬよう（黒い）水着を身につけている。私は服を脱ぎ、小川で水浴びする。体を見る。私は歳をとりすぎているだろうか？　思慕の念を抱くには。いままであれこれ考えず、初雪のたびに誓いを新たにしてきた。我々の一員になります、山に積む雪のように純粋になりますとたびたび約束したのに、床板に目線をずっと落としていたのに、私はいろいろなことを見てとっていた。木の節。足にさまざまな大きさがあること。足首を見れば男女の区別がつくなどと考えていた。これまでずっと、定められた以上に人生を楽しんでいた。
かつて私はあんなに若かった。いまや……自分の歳もわからない女だ。おそらくまだ妊娠可能な年齢だろう。さもなければ、選ばれなかった。とはいえ、我々みな、妊娠および出産にはいささか歳をとりすぎていそうではある。（まだ月経がある者をなんらかの方法で把握しているのだろうか。多分そうだ）。あるいは、これは最後のチャンスかもしれない。リーダーが急遽決めたことかもしれない。ひょっとして我々の一部が死亡したのか。どうして我々にわかろう？ 我々は喜び同様苦痛からも遠ざけられている。

すすり泣かない愛さない憎まない悲しまない……いまこの瞬間ここにあること。この先、何に傷つくことがあろうか？ 我々は思慕も欲望もなくした。何かをもっと欲したり、持っていないものを望んだりする者はいない。怒りも不安も貪欲も希望もない。

私は貪欲である。再びあの目を見たい。長い指の、傷んだ両手を見たい。見たらもっと見たくなるだろう……そしてさらにもっと。彼らの言うとおり、きりがない。
昼ごはんを食べに再び降り、食後には身を隠して観察する――せわしない様子の黒いかたまりたちを。彼らは目を上げない。身を隠すのは簡単だ。誰にも知られずにあちこちで作業に携わることさえできる。男たちが男の仕事をする場所へ歩いていく。ボンネットをかぶっているから、向こうまで行ったら隠れなくてはならない。どこかで帽子が手に入るだろうか。ライラックの蔭から私は観察する。

男たちは新しい屋外便所を建てている。四室からなる予定だ。男用ふたつ、女用ふたつ。

黒いボンネットをかぶった黒い人影が水を運んでくる。彼らは手を休めて、飲む。帽子を脱ぎ、髪に水をつける。チュニックの背中に水を流す。私は隠れ場所にボンネットを残して忍び出て、帽子をひとつひっつかむ。だが、視線を自分の足元に落としていない男がいた。男は私を見て、うなる。驚きのうなりだ。全員がいっせいに目を上げる。

私が犯した禁止事項をすべて見透かされてしまうだろうか？　彼らは私のむきだしの顔を見て、瞳に恋をしたことを見てとるだろうか？　二日二晩、聴くこと、見ること以外は何もせずにいたことがわかるだろうか？　裸で水浴びをしたことさえ？　しかも私の青い羽根はここにある。真正面に。

男たちは何も言わない。じっと見つめているだけだ。無理はない。あれだけ長い沈黙を経て、誰が話せるか？　だって私でさえ……しかも山で練習したあとでさえ……練習しておいて本当によかった。さもなければ、私も彼らと同じだったろうが、私は話すことができる。今回も声が大きくなりすぎてはしまうが。私は言う。「私は話します。私は願い、望み、憧れました。あなたたちといる資格はありません」

顔を順々に覗き込む。灰色と緑色の瞳を捜す。白髪まじりのひげを捜す。だがそのせいで彼らを当惑させてしまった。男たちは再び目を伏せてしまう。

一瞬とは静かなもの。一瞬とはことごとく平穏だ。時間は留まるであろう。

これは本当だとわかる。呼吸する時間がある。心臓が鼓動する時間がある。一羽の鳥が歌う時間がある。一匹のマルハナバチがぶんぶんという時間がある。葉っぱがそよ風を捉える。

この長い、長い、長い一瞬、思うまま動けそうな気がする。逃げ出せる。誰も見ないだろう。だが、一人の男が見ている。リーダーだろうか? リーダーの一人だろうか? リーダーが何人いるのかさえ想像がつかない。

男は私を記憶に留めようとしている。自分の顔のことを考えてみる。頬に母斑があった気がする。彼にとっては覚えやすいだろう。

この男の目は、緑灰色ではない。

男が向かってくる。ほかは誰も動かない。全員まだ目を伏せている。起こる恐れのあることを目にしたくないのだ。苦痛や思考に結びつくかもしれないから。

食いしばっている歯が見える。私の喉につかみかかりたそうに手をのばしている。

私は一番手近な道具をとる。のこぎりだ。ただ差し出す。荒削りの縁を男に向けて。そこに彼が突っ込んでくる。男のチュニックの両袖がひっかかる。両腕に血がついている。それでも相変わらず向かってくる。その結果、両腕をさらにのこぎりに押し込んでしまう。血が噴き出す。ようやく男は止まる。ほかの者たちは見る。そして辛いことを目にする。ずっと避けようとしてきたのは、まさにこんな事態だ。

互いに守り合うこと。汝らは互いの番人である。害を与えないこと。

害を与えるつもりはなかった。でもあんまり怒って見えたから。

みな、男を助けに行く。私は帽子を拾い、かぶる。大きすぎるが、そのほうがよい。私は駆けだす。

誰も追ってこない。一分後、私はいかにも忙しそうにいつものペースで歩く。透明人間も同然だ。男の様子を見に、ぐるりと戻る。殺していませんようにと願う。私は立っていただけだ。あんなふうに追ってきたのだから、ああなったのはあの男の責任だ。

ほかの男たちが傷に包帯を巻いてやっている。人を殺してはいないのだ。少なくとも。

事故や病人に備えて看護小屋がある（ただし、この未開の地ではインフルエンザも風邪もほとんどない）。私も足首を骨折したときに入ったことがある。四人の男が彼をそこへ運ぶ。ほかの者たちは屋外便所の作業に戻っていく。私は彼らについていくが、距離をじゅうぶんとる。

昼食の鐘が鳴る。

看護小屋の男四人とけが人以外、全員が行く。

その後、看護小屋のドアにメッセージが貼られた。以前述べられたことが書かれている。

人生は危険で致命的だ。不測の事態はつきものだが、いまあるすべてがやがて終わるそのときま

で万事順調と心得ておくこと。すぐ次の瞬間ということもありうるが。

男たちと一緒に仕事に戻る。女の仕事よりずっとおもしろい。目新しいからかもしれない。面倒も見てもらえる。人が水を運んできてくれるし、午後遅くには女たちがおやつを持ってきてくれる。新たに好きになれるものもある。伐ったばかりの木の匂い。

いったん自分に対して認めてしまえば、そう、たしかに私は物事を楽しんでいた。床板。地面と雑草。オートミールのおかゆ。雨の匂い。そんなつもりはなかったのに。折々に楽しめるものは何であれ、人は楽しむ必要があるかのように。

再びあの目を見ることができるかどうかわからないが、私はそれを待っており、幸せである。

集中せよ。いまはこの空《から》の瞬間しかない。この瞬間で足りる。汝にはこれしかない。

なんともたっぷりした瞬間だ。男の汗。私たちはああいう匂いはしない。汗だけで私を見つけ出せるだろう。それに気がつくと私はみんなを眺めている。

仕事を終えた夕暮れどき、男たちは川に水浴びに行く。私は戻り、ライラックの蔭からボンネットを拾い、もっと安全な場所へ移す。帽子とボンネットの両方があれば、いままでにない自由が得られる。

ここでは全員が平等で、等しく中立している。全員、幸せでも不幸せでもない。心は目前のものに注がれる。清廉。調和。有用性。唯一のしかるべき人生だ。

夕食のとき、男たちは見ている。窓の外ではなく、私たちを。この中の誰かの仕業だとわかっているのだ。私は男用の大きすぎる帽子に埋もれ、小柄でとるに足らない男になっている。ボンネットを手元に残しておくべきだった。しかも羽根も結局つけたままだ。輝くばかりの青。きっと灯台同然だ。

でも顔は、あの怒っていた男にしか見られていない。彼が追いかけてきたとき、ほかの男たちは見ていなかった。あの男が自分でやったということを見ていない。事後の血しか見ていない。私があの男にわざとかかっていったと思っているかもしれない。

彼らは話し合うのだろうか。それとも、どうすべきかを察知できるのだろうか？　たとえば、男物の帽子をかぶった女を捜せ、と。

彼が見える。まず両手が見え、目線を上げると、あの目と見つめ合っている。私のことを見ている。彼はわかっているのだ。

愛は、最愛の人を喜ばせたいと思わせる。その人の名前を知りたい、出身を知りたいと思わせる。

我々の村より高い所で、私はビーバーの交尾を見かけた。鳥についても同様。〝愛〟という言葉を考えてはならぬと彼らは言う。誰かにとくに思いを寄せてはならないのだ。それはとくに大切な物があってはならないのと同様で、たとえば、あるさじをほかのさじより愛する理由があろうか、という具合。

人がさじやカップにすら恋をするということは、決して語られはしないが、知られている。靴下の中にだってお気に入りがあるということについても同様である。

でもいま……私の目が一言も言わずに語ることができたら。私が……私の目が話せたら……。

(私と来て。山の上へ。野生の山の子が生まれるでしょう。支え合いましょう。あるいは私と、街の邪悪の中へさえ一緒に降りましょう。どこかに居場所があるはずです。)

彼がこちらを見る。彼の目が伝えているメッセージは、私にはわからない。それを推測できないのと同じく、自分の目が彼に何を伝えているか、見当がつかない。憧れに満ち満ちているに違いない。

彼はうつむき、食べはじめる。それが合図であるかのように、みなもそうする。私を発見したという合図かもしれない。

彼はリーダーか？　私は最悪の相手に恋をしたのか？　それとも最高の相手に？

脱出は可能か？　私は立ち上がってベンチから降り、あわてて周りの人たちを蹴とばしてしまう。男物の帽子をかぶった者は全員立ち上がる。ボンネットをかぶった者は全員坐ったままだが、食事は中断している。

これだけ大勢の男が追いかけてこようとしているのに逃げても意味はない。逃げる代わりに話そう。私はベンチの上に立つ。彼らは驚く。

どうやって勇気を奮い起こせたかはわからない……どうせすべては失われてしまったのだという以外。

傷つけるつもりはなかったということを言いたい、でも……。

言葉は誰にも何事も理解させたことはない。言葉は困惑させる。混乱させる。隠す。もっともらしく聞こえながら口実にすぎないアリバイを作る。

きっと私の理由……アリバイは、妥当に聞こえないだろう……そんなつもりじゃなかったと言っても。誰だってそう言うだろう。言葉を使うなら、別の言葉にしなければ。

「私は愛しているからです」と私は言う。

震えている。声も震えている。

「愛しているからです。窓の外を見て、そよかぜにそよぐやぶを見るからです。羽根を一枚持っているからです。鳥を見るからです。私を解放してください。私はよそで愛します。実はずっと愛していました。それも最初から。骨の小さなさじを愛していました。陶のカップを愛していました。りんご。豆さえも。それでも、従っていました」

みんながじっと見ている。こんな事態は……私みたいな者は、見たことがないのだ。こんな行動は。驚嘆のあまり身動きできないのだ。私が逃げ出していたなら、自分たちがすべきことはわかったはずだ。私は話しているかぎり、安心していられる。いや、たぶん違う。やがてみんなは話に飽きるだろう。

その後、気がつけば私は言い訳をしている。こう言っている。「あの男は両手を差し出して走ってきました。怖くなりました。だからすぐそばにあった物をつかんで差し出しました。私は生き物はぜったい傷つけません。いままでしたことはありません。あの人は私の首を絞めたがっているみたいでした」

こうも言う。「でも言い訳などありえないことは知っています。私があの人の番人だということは知っています」

こうした話はどこからわいてくるのだろう？　まるで何年間もこの機会を待ちわびていたかのようだ。声は一瞬ごとに力強くなっている。私はもう震えてはいない。

私は言う。「見なくてはいけないとわかりました」私は腕をふりまわす。きっと飛ぼうとしているように見えるだろう。「見るべき大切な物があります」

すべての目が私を見ている。

「たとえば、目。見る価値あるでしょう？　お互いをご覧なさい。お互いの目を」

でもそれはしない。ずっと私を見ている。

「では、みなさんがじっと見つめるほど私は見る価値がありますか。これだけの歳月を経て、私しか見ないなんて。窓の外をご覧なさい。最初は雲を見るべきです」

実際雲がある。まるで私が呼び出したみたいだが、みんなは相変わらずこちらを見ている。

あの人も。あの人は相変わらずブリキのカップを両手で持っている。どう見ても音楽家の手だが、ここには音楽は一切ない。

「足と床板はもうたくさんです。私は話します。なぜいけないのですか？　私は見上げます。窓の外を見ます。いまも風に吹かれるライラックが見えます」

我々は楽しむために地上に置かれたのではない。苦痛や喪失を味わうためでもない。あらゆる感情抜きで生きるべく、我々はどちらも放棄する。世界を冷静に眺めるべく、そうした衝動を抑えることを学ぶ。

だが、我々はなぜここにいるのだろう？

私はそれを口にする。「私たちはなぜここにいるのでしょう？」

私は黙って、待つ。彼らも待っている。どうすればいいか、誰もわからない。

以前、誰かが壊れるときは、泣きわめくのだった。そして運び去られた。その後のことは誰も知らない。少なくとも私は知らないが、知っている人はいるに違いない。だが私の場合、事情は異なる。壊れたわけではなく、恋をしただけだ。物事に注意するようになっただけだ。

するとあの男が……あの人が……近づいてくる。ベンチから降りやすいよう、片手を差しのべてくれる。その手をとる。重労働で荒れているが、あたたかい手。私はいま、あの長い指を握っている。彼の力強さが感じられる。

私は床に降りる。彼が適切と思うことなら何でもしよう。

彼は私を連れ去る。狂人を入れる場所へ行くのかもしれない。これで私にもわかるわけだ。

二人きりだ。

「私のこと、見たでしょう。覚えていますか？　あれ以来、私は見るようになりました」

彼は言う。「楽しむために地上に置かれたのではない。苦痛や喪失を味わうためでもない」

「一瞬の快楽がほしい。一瞬でいいから」

「その後には苦痛と喪失しかない」

「大きな喜びという意味ではありません。つまり、私たち、あなたと私が、丘の上でともに谷を見渡す一瞬。それはぜいたくな望みですか？」

「あらゆる快楽は人を現世と結びつけてしまうため、世を去ることは災難となる。我々はここで欲望抜きで生きている」

「あなたの目を見て、あなたはみんなとは違うかもしれないと考えていました」

「考えてはならない」

「でもあなたの顔は……親切そう」

「我々が少ししか持たないことに感謝せよ」

私が怪我を負わせた男のもとへ、連れて行かれる。男の手足に包帯が巻かれている。私を見るまで男は静かに休んでいた。私を見るなり、再び私の首をつかみかかりたそうな表情になる。

私の連れはこう言う。「命があるだけで人生は充分だ」

あの男と私のどちらのことを考えているのだろう。あの男が死にそうにないことはあきらかだ。

「これからどうなるんですか？　私は？　最後の願いはさせてもらえますか？」

彼は私を連れて小道の向こうへと登りはじめる。いったいどこへ向かっているのか？　でも幸せだ。どうして幸せでないことがあろうか。彼の隣にいて、村から遠ざかっているのだ。

彼は私の気持ちを見抜いている。彼は言う。「喜びを避けること。さもなければ、何をもってしても満たされない」

たいへん行きにくい場所へ連れて行かれる。途中、崖沿いに怖い道がある。私を先に行かせ、無事であるよう、ズボンのうしろをつかんでいてくれる。

崖を越えると、よい眺めだ。木の下に坐る。彼の木だ。彼は一直線にそこへ向かった。見渡す。私の木からよりも、こちらの眺めのほうがよい。村全体を一望できる。

「あなたもです。あなたも誓いを守っていません。ここに私を連れてくるべきではありません」

私は羽根を外す。彼にあげたいが、彼の目には警告の色が浮かんでいる。きっと受けとってもらえない。羽根は地面に置く。そして言う。「見る気になれば、もっとたくさんあるのです」

私たちはひたすら坐っている。

「見るってすばらしいわ」と私は言う。

ひたすら坐っている。

私は再び訊ねる。「どうなるんですか？　私は？」

ひたすら坐っている。

「私のような人間が村にいてはいけないことはわかります。思い出したくないことを思い出させてしまうから。それに仲間に怪我をさせたから。罰は何ですか?」

「我々はみな死ぬ」

それは今後起こることを示す手がかり?

「私をこの山に置いていくこともできるでしょう」

彼は向き直って私の目を最初のときみたいにじっと見る。あのときのように私たちはしっかりと見つめ合う。再び、他者の凝視はどうすれば読みとれるのだろうと思う。

「私がするはずだった交尾、相手はあなただったのですか?」

彼はじっと見つめている。

「あなたとだったらかまわなかった」

でも、言いすぎだった。

彼は目を細める。顔をしかめる。突如、私を荒々しく抱き寄せる。キスをする。強く。抱きしめすぎだ。怖い。私は一度も……どうすればいいのかわからない。さっきの「我々はみな死ぬ」が、この数分で私の身に降りかかることだったら、どうする? 私を上に連れて行って始末しろと命じられているなら、どうする? 最後に快楽を与えてやろうと考えていたら、どうしよう?

これが快楽ならばだが。むしろ彼のためになされているようだ。彼は荒っぽく、せわしない。私たちの衣服はかさばり、古くて、弱い。破けてしまう。では、戻るときはどうすればいい? 戻るとしたら? 破れていない服が一人分はあるだろうか?

無帽の彼を見る。黒い髪は白髪交じりだが、ひげほどではない。毛むくじゃらの体を見る。汗びっしょり。力強い。胸毛の大半は白髪だ。

自分が裸で恥ずかしい。どんなふうに見えるかは見当がつかない。彼から見てどうなのか、あるいは自分から見てどうかさえ。

「我々の規則にそむいていませんか？」

私の容姿が彼の目にちゃんとして見えますようにと願う。自分が快楽を与えることができますようにと願う。でも、彼は急《せ》いている。

一瞬休んで、彼はもう一度する。

私は死ぬことになっていて、だからどうでもいいのか？　ただし、二度目のほうがいくらか気持ちはこもっているようだ。

その後、彼の目に新たなものが見出せるだろうか？　よくわからない。

彼は起き上がり、私たちの服からまともな衣装を一着分つくりだそうとする。私にぼろを置いていく。「ここにいなさい」

そして去り際にふり向く。「子をなくした。妻をなくした」

彼にかけられた言葉でもって、私は呼びかける。「我々はみな死ぬ」

信条の一部でないことを彼が言うのははじめてだろうか？　言えるとは思わなかった。

私は至福のひとときを得たのか？　最後の願いがかなったのか？　あれがそうだったのか？

ぼろを着る。大なり小なりまともに見えるよう、結んだりピンで留めたりする。ここには留まらない。さらに登ろう。ただ、お腹が空いて仕方がない。まず、降りて食べに行こう。ボンネットを隠した場所から出せばいい。彼らが捜しているのは、ぶかぶかの男物の帽子をかぶった小柄な女。ボンネットをかぶっていれば、気づかれないだろうし、彼だってあの怖い崖を私が一人で越えるなんて思うまい。

でも、服を運んできてくれるつもりかもしれない。ひょっとすると食料まで。ならば、そう言ってくれるべきだ。ただ、会話を期待してはいけないのだろう。私たちは会話に慣れていないから。怖い一帯を越える。村の、男たちが働いていた場所まで忍び込む。もう遅い。誰もいない。ボンネットを見つけて食べに行く。ぼろ着だが、誰も気に留めない。

村で寝る気はない。彼の木に向かって戻っていく。暗くなってきた。途中の崖は怖くてとても越えられない。でもやみくもに越えることにする……渡りはじめて……一番怖い所の真ん中で止まる。私は居心地よく過ごす資格はない。自分を罰したい。石を枕に、この崖っぷちで寝よう。これだから物事を感じるべきではないのだと考えさせられる。我々全員、崖っぷちにいるのだ。自分に対する教訓としてここで寝よう。

人生は容赦ない。人生は苦痛だ。人生はまったき残酷さである。

いつもそう言われていなかったか？　そのうえ子どもと妻を失えば……。

のこぎりでみんなを切りつけている夢を見る。私が殺さなかった男を殺した夢を見る。夜明け前に目覚める。私は大声を上げている。私は、わめき散らして連れ去られてしまった女たちの一人と化す。でもここでは誰にも聞こえない。叫び切るまで延々と叫ぶ。次いで怖い縁に坐り、両脚をぶらさげる。恐怖は覚えない。崖から落ちようが落ちまいがかまわない。信条のまことの意味を……元来の意味を、生まれてはじめて悟る。死んでいるも同然なのだ。我々はみな。恐れることは何もないのだ。恐れるべきことなどあろうか？

幸福な結末などない。すべての命は同じように終わる。結末を知りつつ生きていたほうがいい。一日一日は、いつか避けがたく訪れることのための準備だ。

ただ……ただ……。

日の出だ。遠くの丘がさまざまな赤になっている。眼下の村はまだ日陰にある。光明が谷底を少しずつ進んでいくのを眺める。

まもなく、小道を私のほうへ向かって這ってくるアリのような黒い人影が見える。彼がここに登ってくるまで一時間はかかるだろう。

岩棚で脚をぶらさげている私を見た彼はびっくりした表情を浮かべている。あるいは私がボンネットをかぶっているから驚いたのかもしれない。服がすべてピンで留められていることにも。彼は横に坐る。もちろん、私たちは話さない。

彼は荷物を運んできた。黒い荷物。日の出に浸ったあとなので、もう黒は飽きあきだ。黒を見なくて済んで、自分も黒ずくめでなくていいなら、何でも、本当に何でもする。

彼は小さな包みを取りだし、持って来た荷物はそばに置く。もっと小さくくるんだ物を開くと、パンとレモネードが出てくる。

私は「ありがとう」と言う。

その「ありがとう」に驚いたかのようにたじろぎながらも、彼は黙っている。

今度は「下に帰ってみました」と言ってみる。彼がボンネットを見て知っていることはわかっているけれど。「夕飯は食べてきました」

答えはない。

「でも夜はここで過ごしました。あれは石の枕」

この人はせめて我らが信条の言葉を少しは口にすべきだ。

動揺させたい。話をさせたくて私は言う。「奥さんとお子さんはどうしたんですか?」

顔をしかめている。

「教えて」

「言葉のない人生は平穏だ。意見の相違はない」次いで「決して口にしてはならない言葉もある」

もちろん彼の言うとおりだが、私は言葉がほしい。

「これからどうなるの? あなたはきっと私を連れて帰るでしょう」

答えはない。

「恋をしたらきりがなくなる」

「幸福な結末などない」

「あなたは終わりが来る前に終わりにしたいのでしょう」

無言。

「終わりを知ることができるように」

頷きさえしない。

「話しなさい！」

彼は我らが谷を見て目を細めている。私は戻ると思っただけで耐えられない。きっととても簡単だ……彼はすぐそこにしゃがんで、手を差しのべて、もっとレモネードをとってくれようとしている。

「私、戻りません」

もちろん答えはない。

彼を押す。崖から落ちていく。声ひとつ上げない。当然だ。崖から見下ろす。下に黒い姿が見える。まだ生きているはずはない。生きていたとして、彼は私をどうするだろう？　連れ戻すだけだ。

私は待つ。動きはないかとずっと見ているが、微動だにしない。でも、動いたとして、私に何ができるだろう。どうやって降りていけばいいかもわからない。

ずっと待ったため、またお腹が空く。彼が持ってきた荷物をほどく。男物の赤いシャツだ。男物の青いズボン。ワンピースだ……本物のワンピース、これも青。小花がついた白いボンネット。いったいどこで手に入れたのだろう？　脱出用にとってあったのか？　すでに脱出準備を進めていたのに、方法もしくは言うべきことがわからなかったのか？

欲望はさらなる欲望しか生みださない。

彼は欲望でいっぱいだったのか？
私は坐る。そして待つ。無感覚で。どのくらい経ったかわからないが太陽が低くなっている。岩棚を渡るなら、いましかない。
ワンピースを着てボンネットをかぶる。岩棚を渡って上へ、さらに上へ登り、雪の中へ入っていく。道はない。夕日が空いっぱいに広がっている。何もかもピンクに見える。何もかも輝いている。私でさえも。

セックスおよび／またはモリソン氏

Sex and/or Mr. Morrison

モリソン氏が階段で立てる足音で私は時計の時刻合わせができる。といっても、ものすごく精確だということではなく、私にはじゅうぶんという意味である。だいたい八時半ごろ。（いずれにせよ、私の時計はよく進む。）毎日彼がどすんどすんと降りてくると、私は時計の針を十分なり、七、八分なり戻す。彼なしでもこれぐらいできるだろうが、あれだけ重い足どりと荒い息とため息にエネルギーを消費して階段を降りるだけなんてもったいないと思うから、この朝のリズムに生活を合わせている。それはしめやかなテンポと言えるが、しめやかなのはモリソン氏が太っていてのろいからにすぎない。実際、男にしてはとてもいい人だ。いつも微笑みかけてくれる。

私は階下で待ち、見上げていることもあれば、目覚まし時計を手にしていることもある。私は微笑み、それが彼の微笑みほど切なくありませんようにと願う。モリソン氏のムーンフェースはどこかモナリザに似ている。秘密をいくつか抱えているに違いない。

「あなたに時計を合わせているのよ、Mさん」

「ヘイ、ヘイ……ほう、ほう」うなり、息をする。「それなら」よいしょとお腹を右側へ。「でしたら、なるべく……」

「あら、私にはじゅうぶん時間どおりよ」

「へ、へ。そう。そうですか」

現に世界の重みが彼にかかっているのか、あるいは百マイル分の空気に押しつぶされてひらべったくなっているのだろうか。一平方インチあたり何キロかかっているのだろう? それを押し戻す内なる力は、彼にはない。筋肉はすべて皮下でゼリーのように広がっている。

「急ぐんで、話す暇がないんです」と彼は言う。(時間があったためしがない。)そして去る。彼のことも、早口で歯切れのいいボストンなまりも好きだが、彼は誇り高いために決して人なつこくなれないこともわかっている。いや、誇り高いというのは言葉が違うが(シャイでもない)、とりあえずそういうことにしておく。

彼はふり向き、口をとがらせつつもそれを和らげるかのように私にウィンクする。あるいはただ顔が引きつっただけか。私のことを少しでも考えているとすれば、こう思っているだろう。話したところで、お互いに何が言える? 俺の知らないことで向こうが知っていそうなことがあるか? だから彼はアヒルのようによろよろとX脚で玄関から出ていくのだ。

こうして一日がはじまる。

私にできることはずいぶんある。私はよく公園で過ごす。ときどき公園でボートを借り、ボートを漕いでアヒルにえさをやる。美術館は大好きだし、入場無料の画廊も多く、ウィンドウショッピングもできるし、しっかり倹約すればたまには昼の公演《マチネー》だってなんとか観にいける。でも、モリソン氏が家に帰ってきたあとは出かけたくない。彼は仕事で留守のあいだ、部屋に鍵をかけているだろうか。

彼は私の真上に住み、あれだけの大男だから静かではありえない。彼がベッドから起き出すと、家は彼とともにうめき、やがて落ち着く。彼の足下で床はきしむ。側壁さえもさらさらと音を立て、壁紙は乾いた漆喰をかたかた言わせる。でも、これを音に対する愚痴とは思わないでいただきたい。私はそれを頼りに彼の動きを辿る。ときには階下のこの部屋で動きをそっくり真似て、ベッドからタンスへ、一歩ごとに、どすん、タンスからクローゼットへ、やがてその逆。扁平足のような歩き方をする彼を思い描く。想像してみて。巨大な両脚がズボンにすべり込むさま、ズボンの神々しい幅（だってただの人があんな脚をしているわけがない）、洞窟みたいなズボンの広大な穴にあの雷神トールのごとき両脚を入れるさま。想像してみて、淡いかすかな小麦色の毛がふわふわ生えた二つの風景が、ウエスト幅のスカート状に仕立てられた茶のウールの中、昨日の湿り気をまだ帯びる中に、盲目的に入っていくさまを。ああ。ううっ。サスペンダーが肩にかけられる。彼の息遣いがここまで聞こえてきそう。

彼が髪を一回とかすあいだに私は髪を三回とかすことができるし、彼が部屋のドアを開けるまでに私は部屋を出て階段の下で待機していられる。

「あなたに時計を合わせているのよ、Mさん」

「時間がない。時間がない。行ってきます。では……」そう言うと、みずからの太った両手を恐れているのではないかと思うほど、実にそっと玄関のドアを閉める。

そうやって、さきほど述べたように、一日がはじまる。

問題は（これが今日の本題かもしれない）彼の正体で、彼が「常人《ノーマルズ》」の一人か「ほかの者」かということだ。かくも太った相手では、たやすく見分けはつくまい。私にそれだけの元気があるだろうか。いずれにせよある程度のことは試みるつもりだし、いまなお敏捷である。あれだけボートを漕ぎ、ほうぼう歩き、つい先日もセントラルパークのやぶの下で体を丸めて一晩過ごしたし、非常階段に這い出て、屋根まで登って戻ってくるのも二度やった（だがあまり多くは見ていないし、「ほかの者」についてはまだ自信があるわけではない）。

クローゼットは鍵穴がないから隠れる場所としてはだめだろうが、クローゼットの扉を少しあけて足を突っ込むことはできるかもしれない。（私の足幅はAより一段狭いダブルAだから、彼は靴に気づかないかもしれない。）あるいはベッドの下にもぐり込む。たしかに私はやせていて小柄でほとんど子供サイズとはいえ、すんなりとはいかないだろう。でも、屋根の上で恋人たちを探すのだってすんなりとはいかなかった。

ときどき、自分がくすんだ緑か黄土色の小さいすばしっこいトカゲだったらと思う。それならば彼が玄関を開けた隙にあのお腹の下を通って部屋に駆け込めるから、足どりのぎこちない分だけ目端はきく彼にだって絶対見られやしないだろう。こっちのほうが素早いから。私は本棚のうしろや机の裏まで駆けていくか、部屋の隅でひたすらじっとしていよう。彼は床はあまり見ないに違いない。部屋の広さは私の部屋と同じくらいだから、彼の存在でいっぱいというか、きっと彼のお腹と巨大な脚でいっぱいだ。彼の目線は天井、壁の絵、ナイトテーブル、机、衣裳ダンスの表面に及ぶだろうが、床およびあらゆる物の下半分は安全だろう。私よりトカゲのほうが室内に入りやすい点を除けば、トカゲじゃないことを悔やむ必要はない。部屋に入るのも彼が戸締まりを怠っていれば問題ないし、もしそうなら一日じゅう隠れる場所を探していられる。おやつも持参したほうがいいだろう。クラッカーもナッツもだめで、チーズやイチジク入りのクッキーのような音の出ないもの。

いま思うに、子どもがケーキの砂糖ごろもをとっておいて最後に食べるように、どうやら私はモリソン氏を最後までとっておいたらしい。だが、私は愚かだったわけだ。モリソン氏は本当に最有力候補の一人だから、最初に取り組むべきだった。

だから今日はまず物資集めと上の階の調査旅行から取り組む。

部屋は散らかっている。本棚はないが、本と雑誌が何百冊とある。山と積まれた本と雑誌の向こう側を調べる。クローゼットも覗いてみると、私がらくらく身を隠せる巨大なスーツの上着がぎっしりさがっている。ほら、普通サイズのハンガーから肩が大幅にはみだしている。私はベッドの下と、机のひざを入れる空間を調べる。ナイトテーブルの下にしゃがむ。汚れたシャツと、隅に放りっぱなしの靴下に埋もれて気持ちよく横たわる。ああ、身を隠す場所がセントラルパークよりもたくさんある。潜める場所は全部使おうと決める。

ここはなんだか楽しいな。私はモリソン氏のことを本当に気に入っている。あの図体の大きさだけで和ませてくれるのは、みんなのお父さんになれるくらい体が大きいからだ。父親サイズの所持品が並ぶ部屋は心安らぐ。ここにいるとすっかりだらけた、若やいだ気分になる。

クローゼットの中で彼の靴の上に坐ってイチジク入りのクッキーをいくつか食べる。彼の靴はやわらかく幅広でへりは総崩れ、どれをとっても形は靴というよりはクッションに近い。次に汚いシャツのなかで昼寝をする。十五枚くらいありそうに見えるが、実際は七枚だけで靴下も少しまじっている。その後、机の膝穴に入って膝を抱えてうずくまり、待っているうちに疑問がわきあがる。あのゆさゆさするお腹は、私のいかなる期待も凌駕することはすでにわかっている。あれが覆い隠せないものなどないのに、外でハトに餌をやれるってときに私はなんだってこんなところにかがんで爪をかちかち机の脚に当てているの？　自分に言い聞かせる。「いますぐここから出ていきなさい。本当に丸一日、ひょっとして夜もここに窮屈に閉じ込められたまま過ごす気なの」、と。でも、最近こんなことをしょっちゅう、しかもいつだって意味もなくやっていたのではなかったか？　もう一度やって何が悪い？　だってモリソン氏が一番有望なのだ。両頬を脂肪に押し上げられているため、彼の目は中国人の目のように見える。鼻はローマ人風であり、普通なら圧倒的な存在感をたたえるだろうが、この顔の中では小さく見える。「助けて」と鼻は叫ぶ。「沈んじゃう」救出を試みてやってもいいが、モリソン氏が帰ってきたら、彼の鼻を救う以上の重大責務が出てくるに違いない。それは責務であって、あらゆる者、本当にあらゆる生き物のためになるのだと私は思う。この件に関して私が偏見を少しでも抱いているなどとお思いにならないように。

実は数週間前、私はマチネーを観に行ったのだ。ロイヤルバレエ団による『春の祭典』を観ながら思ったのだが……だって、衣裳が裸の皮膚に見えるはずのスーツだったら、あなたならどう思います？　私はそれを裸スーツと命名した。会場に居並ぶ、きちんとした身なりの教養のある人々は事態を重々承知しつつも全員拍手を送り、受け容れていた……まるで「裸の王様」の逆だ。考えてみてよ、世の中には二つの性しかなくて、私たちは必ずどちらかで、きっと、というかおそらく、もうひとつの性について何かしら知っている。だが思うに、そもそもそこから私は間違っているのかもしれない。だって、あなたも思うでしょう……私がさきほど考えはじめたように、私たちの中にきっと「ほかの者」がいるはずだと。

ただし私は恐れや嫌悪感から彼らを探しているのではない。私の心は開かれているし、偏見はない。こう言えばご納得いただけるだろうか（でも実に奇妙な話じゃありませんか？）、私は自分の受胎にかかわる器官は、父のも母のも見たことがない。それらが何であり、そのお蔭で自分が何者になるのか、わかるものか。

だから私はここで待ち、つま先をスリッパのなかでとんとんと打ち、ささくれをかみ切っている。机の、ワニスを塗っていない裏面をじっと見る。親指の爪でうねを作る。クッキーをさらに食べ、彼のためにベッドメークをしておくべきかどうか思案し、結局やらないことにする。肱の内側の柔らかい部分を赤くなるまで吸う。時間はまるで学校の時計のようにぎくしゃくと漸進し、私は床を這い、積んである本や雑誌のかげで体をのばす。冒頭の段落だけを何十と読む。私はほこりだらけで、さっきまでシャツと靴下のなかで寝そべっていたのもあいまって独特の匂いと灰色の動物のふわふわした毛のようなものが体にまとわりついたことに安らぎを覚える。まるで自分も本当にこの部屋に属していてあちこち這いまわってもよく、通りすがりにたまにモリソン氏に頭をひとなでしてもらう以外、とくに氏の気に留まることもないかのように。

どすん……間《ま》。かたん……間《ま》。彼の足音は聞き落としようがない。

家が大声で彼の存在を知らせている。床はキーキー鳴きながら目覚め、階段に向かってかしぐ。階段の手すりは彼のつるんとした大きな手から滑り去る。突如、壁紙に虫がいっぱいいるみたい。彼はこう思う（少しでも私のことを考えているとすれば）。おや、今度はあの女が戸口から覗いていないぞ。やれやれ。階段のぼりに専念できる。圧力にさからって両脚を上げる。ああ。ふう。立ち止まって壁にかかっている絵を見るふりをする。

私は机の下に駆けもどる。

奇妙なことに彼はまず机に新聞を置き、両膝を私の鼻先に出して坐ったものだから、両膝はりっぱな壁同然で、膝でできたかまどさながら熱と湿り気を発散し、放つ毒気は微香性、湿ったウールと汗の香り。なんて広々とした丸みを帯びた膝だろう。母さんの乳房が押し当てられているみたい。たぶん同じくらいやわらかい。どうして頬をすり寄せてはいけないの？　彼がじっとしたまま、つまさきをとんとんしたり、腿をリズミカルに力ませたりせずにじっと坐っていられるさまをごらんなさい。たしかに私たちとは違うけれど、こんな男の人に小さなことなんかやれると思う？

状況証拠はどんどん集まるが、発見したことは以上で、そろそろ具体的なことに出会いたい。何かひとつ、事実がひとつだけあればいい。

彼は新聞を読み、股間の部分の布地を少し直して、再び読む。

彼がソーセージとニンニクの匂いの風を吐き出したので、もう夕食どきが過ぎたことを思い出した私は持参したチーズを取り出し、ウサギみたいにちびちびかじり、なるべくゆっくり食べる。小さなかけらを三十分もたせる。

ついに彼は廊下に出てバスルームに行き、私はシャツや靴下にもぐり込んで脚を伸ばす。彼が服を脱ぐとき、母さんみたいにナイトガウンの下で脱いだらどうする？　巨大なダブルベッド大のものに隠れて服を脱ぐとしたら？

でも彼はそんなことはしない。コートを小さなハンガーにかけ、ネクタイを手近な把手にかけている。シャツを受け止めた私は、新たな覗き穴を作らざるを得ない。次に苦労を強いられていた靴も任を解かれ、靴下も取り去られる。巨大なズボンは目を向けられることなくゆっくりと下ろされる（彼は窓の外を見つめている）。彼は黄ばんだパンツに取りかかるが、まずは尻をかき、尻全体に地震が発生する。

あの巨大なパンツ、どこで買ったんだろう？　かつて畳まれて棚に置かれていたのはどこの店だろう？　女たちがミシンに向かい、この世のものでないようなこのアイテムを次々と提供した工場はどこにあるのだろう？　火星？　金星？　土星のほうがあり得そう。あるいはどこか小さな場所か。そこは木星に対する衛星で、皮膚一平方インチにかかる空圧も重力もここより少なく、モリソン氏が階段を三段ずつ上がることも塀を飛び越えることもできて（だって彼はそれほど歳をとっているわけじゃあるまい）同じような体格の女の子たちと一晩じゅう踊れるところ。

彼は天井の照明に向かって東洋風の目を細め、パンツを脱ぎ、床にだらりと落とす。腿と尻からなるアレゲーニー山脈が見える。なんであんな男が全裸で、いくら小さい鏡とはいえ鏡の前に立てるのか？　私は我を忘れ、うっとりしてしまう。彼の肌の色は、青灰色の瞳や海の色を表現することができないのと同様、説明不可能だ。いかに褐色で、ピンクで、オリーブ色で、赤くて、ときには傷ついたような象のような灰色か。きっと彼の目はこのような多彩さを見慣れている。過剰、密集体、自己の豊かさ、度を越した充溢、普遍性、天文学的なことにも慣れているのだろう。

　気づけば私はすっかり手なずけられている。シャツからなる繭の中、震えもせずに横たわっている。両目は、眼前のことを受け入れられない。彼は私の理解を凌駕している。彼から見て、私の手首がいかに細く見えるか、想像できる？　こんなふうに思っているだろう（私のことを少しでも考えているならば）。きっと異界から来た女だ。足首や脚の骨のなんと異質に見えること。目のなんと目立つこと。顔の端っこはなんて緑色に見えること（「人類」の尺度において、私も私なりに彼と同じく端っこにいるかもしれないことは認めざるを得ない）。

　突然、私は歌いたくなる。息が喉でごろごろと鳴り、いかにもモリソン氏が歌いそうなゆったりした聖歌と化す。恋かな？　私は考える。私のはじめての本当の恋だろうか？　これまでだって人に熱烈な関心を持っていたではないか？　というか、気に入った人には。でも、この気分はそれとはぜんぜん違うんじゃない？　この期に及んで本当に恋が訪れたのか？（ラーラーリーラ、すべての恵みが湧き出すのは……）私は目を閉じ、シャツの中に頭を引っ込める。汚れた靴下へ向かってにんまりする。あの人が私を愛撫するところを想像してよ！

彼が天井にぼんやりと向ける視線のはるか下、私は肱と膝で這い、古本のうしろに戻る。愚考をふり払うにはこっちのほうが安全だ。なんといっても、私は（もし一度でも結婚していたら）彼が末っ子でもおかしくない歳だ。だが彼が息子だったら、どんなにか私の理解を超えて育ったことだろう。彼についていくことはできない相談だ（あらゆる息子と同じ）。ネズミが檻を掃除してくれる手を愛するように、私も理解はしないまま、彼のことを愛さなくてはならないわけだ。ここではたぶん彼の一部しか見えていないのだから。もっとありそうな感じがする。より深みのある大きさが伝わってくる。まだ想像のつかない過剰な嵩《かさ》が感じられる。私の眼球に丸みを帯びた残像がのこる。部屋の隅々に謎めく闇が感じられ、彼の影は一方の窓と別の壁の鏡を同時に覆う。なるほど彼は氷山だ、全体の八分の七は水面下にある氷山のよう。

だがいま彼はこっちを向いた。私は本のすきまから覗き見ている。雨が降り出したときのように頭上に雑誌を広げて。隠れるためというよりも、いっぺんにあまりにも大量の彼と向き合わないよう、自分をかばうためだ。

いま、私たちは向き合い、目と目を見合わせている。お互いじっと見つめ、私が彼を把握できないのと同様に彼も私のことを把握できない様子だが、普段はたいてい彼の頭のほうが回転がはやくて、終わっていない言葉を残して飛び去っていく。いま彼の目はまだせつない色さえ浮かべていないし、驚いてもいない。だが彼のへそは……これぞ神の目だ。広漠たる退屈な空に気持ちよく横たわり、宇宙の湾曲に太陽がひとつあって、熱い、恵み深いセクシーなウィンクを送ってくれているみたい。腹部の目は受け容れ、理解してくれる。腹部の目は私を認識し、私が常々望んでいたように見てくれる。（たとひわれ死のかげの谷をあゆむとも。）ああ、あなたが見えました。

だがいま私には彼が見える。皮膚はちょうどその部分でたるんだプラスチック状のひだになり、小さい銅色の円が、一ペニー銅貨で作った二十五セント硬貨のよう。中央に穴があき、その周囲は腐食して緑色だ。きっと「裸スーツ」の一種で、生殖器は何であれ、この熱い人造皮膚の小さな穴とあばたの向こう側にあるのだ。

彼の少女っぽい目を覗き込むと、壮大な無が広がり、眼球全体は白目であるかのようにうつろ……性はまったくないかのようにうつろだ……水を排出する丸い穴があいた男の子の人形（三歳の小さい男児をこわがらせるもの）のごとく造られたかのように。

なんてこと《ゴッド》、と思う。信仰心は篤くないが、私は、ああ神様《マイゴッド》と思いつつ立ち上がり、片足を引きずりながらどうにか走って部屋から逃げ出し、飛ぶように階段を降りる。自分の部屋の玄関をばたんと閉め、ベッドの下に滑り込む。一番ありがちな隠れ場所だが、いったんそこに入ってしまうとどうしても出る気になれない。横たわり、聞き耳を立てて待つ。彼が階段をとどろかせ、彼の歩みが段をこっぱみじんに砕く轟音を、すべてを飲み込む大波のように彼がやってきて片手で手すりをちぎって放る音を待っている。

言うことは決めてある。「私たちは受け容れます。私たちは受け容れます」と言うのだ。「私たちは愛します」（私はすでに愛しているのだ）「あなたが何であろうとも」

耳を澄ませて横たわり、家のまったき沈黙の中でベッドカバーの垂れさがった端を見つめている。こんな奇妙な静けさの中、この家に誰かがいるなんてことはありうる？　自分の存在まで疑わなければならないのだろうか？

「わかるもんですか」と私は言うだろう。「私が『常人《ノーマルズ》』の一人なのかどうかさえ」（何もかも隠されているのに、そんなことどうやってわかれというのだ？・）「彼ら全員に伝えなさい。私たちは受け容れます、裸スーツは醜い、真実は美しい、と伝えなさい。あなたのゆらゆら、しわ、溝、でっぱり、こぶ、私たちはすべて受け容れます。（愛します。）あなたの輪っか、紐、ミミズ、ボタン、イチジク、チェリー、花びら、やわらかい小さいヒキガエル型でいぼがあったり緑色だったりするところ、猫の舌、ネズミの尻尾、脚のあいだにある独眼のオイスター、ガーターヘビ、カタツムリを受け容れます。（いつだって真実のほうが愛すべきものじゃないのか？・）」

だがなんて長い沈黙だろう。彼はどこ？　私が見てしまったもののゆえ追ってくるに違いない（そうでしょう？・）。これだけ隠し、しかもあんな恥部覆いで前を隠さねばならないならば、どうにかして口封じをせざるを得ないだろうし、あるいは私を破壊せざるを得ないかもしれない。でも、どこにいるの？　ひょっとして、私が玄関に鍵をかけてしまったとでも思っているの。でも鍵はかけていない。かけていない。

あの人はどうして来ないの？

ユーコン

Yukon

　彼は竜だ。狼だ。トナカイだ。彼女は彼を喜ばせようとする。邪魔にならないよう注意しながら、彼がいないときや眠っているあいだに彼のためにささやかなことをして自分に気づいてもらおうとする。暖をとるためには彼が必要で、抱き合ってあたためてもらうのだ。それが唯一のぬくもりだから、ここから去るのは怖い。でも留まるのも怖い。これほど北に住みながら、出奔できるものだろうか？　こうした高地にある谷は、決してあたたかくならない。氷河から流れてくる山の水は、あざやかな青緑色《ターコイズ》だ。

　彼はつねに空か地面か水平線を見ていて、彼女のことなど見ていない。けれども彼女はおしゃれするにも赤い毛糸が少しあるだけだし、それにいままで人気者になったこともない。大きな毛皮のブーツと帽子があれば、行動を起こそうか。逃げるのだ。

　谷が山頂に対するようなもの……信号を船から陸へ送っているも同然。こんなふうでいかに暮らすか？　どんなふうに愛する？

彼はガラガラ蛇だが、さしせまった脅威ではない（彼女にはわかる）。彼は気が向いたときに戻ってきて、食料として死骸を持ち帰る。物の考え方は月並み。あら探しをする。言うべきことはすでに言われていると彼は言い、おそらく彼は正しい、もしくはだいたい正しいと彼女は思う。彼にレバー料理を作る。ウサギのシチューを作る。大きなマグに何杯もホットワインを作るが、どうせ午前三時まで帰ってこないかもしれない。寝ずに待つ。そしてつねにエンゲルマントウヒ《スプルース》の木々。樹齢数百年――あるいはそれ以上――だが、まだかぼそい。がりがりだ。彼女はこの木が大好きだが、ほかに愛《め》でるものはあるか？　この辺で唯一の木だ。

彼は巨人だ。小人だ。玉座に登るのを手伝ってやらねばならない。彼女はトウヒの木への愛から、彼の毛むくじゃらの胸に鼻を押しつける。彼を愛するには、馬や蜘蛛や生牡蠣を愛さなくてはと思い、いまに赤ちゃんが生まれるのだとも思いながら寄りそう。彼に知らせるべきだろうか？　だいぶお腹も大きくなってきたのに、彼はまだ気づいていない。言わないことにする。男の子でも女の子でも、名前はエンゲルマンにしようと決める。自分たちがスプルース夫妻であるかのように。

二人の大邸宅は未完成だ。あるものといえば玄関ホール（だが、大邸宅の玄関にしても大きい）と塔（こちらは小さい）だけで、塔からは木々のこずえ越しに山々を見下ろすことができる。玄関ホールも塔も地元の石で造られているため、壁には三葉虫のエッチングがほのかに浮かび、古代の、銀杏のような木の葉の文様が見られる。それらは暖炉の内側では煙によって輪郭が際立ち、くっきり浮かぶ。昔、この一帯は気候温暖で水面下にあった。地面が揺れるたびに陸が移動し、南緯のどこかから遠ざかり、現在も移動しているのだ。北北西へ。垂直に上昇もしている。こんな土地では道に迷いやすい。

　そしていま彼女は少々気がおかしくなりつつある。彼女はひたすら求めている。檻の中に閉じ込められているような様子で、窓辺に立つ。ガラスの内側に断熱のために張られたビニールのせいで、物がぼやけて見える。外の雪が、やわらかく、あたたかそうに見えはじめる。ちょうどよさそうに。だから彼女は家を出る。気がおかしくなったとはいえ、チーズサンドや落花生や干しぶどうやにんじんを持って出るのを忘れるほどではない……そして彼の大きな毛皮のブーツと毛皮の帽子も持ちだし、青年期に見えるが実はもっと年上のすてきなトウヒの木立の中に早くもいる……ほんとうは見た目よりもはるかに多くの歳月を経た木々の中に。彼女は何本かに抱きつく（抱きつき甲斐はそれほどないが）。横を通る際、木々に触れる。木の動じない風情を吸収したい、自分の気持ちを木にわかってもらいたいと思う。彼らは幾多の困難に成長を妨げられているが、その分いっそう彼らを愛しているということをわかってもらいたい。途中、氷河乳を飲むために立ち止まる。最初は、動物たちが餌を食べ歩いた、どこへ向かうでもない跡をたどっている。寒い。彼女はひたすら進む。道に迷いやすい。彼女は思う。私は何年も迷っている……ずっと迷っている……だからいま迷っていても、いままでとちっとも変わりはない。

　一方、彼は家にいる――目覚めたばかりで、彼女が出ていく前におこしていった火のかたわらに坐り、究極の問いというか、究極から二番目の問いについて考えている。たとえば、行動に対する理論の影響はいかに？　〈マイナスの目的〉対〈プラスの手段〉、ならびにその逆はいかに？　彼女が去ったことにはまだ気づかず、ぶかぶかの彼のブーツを履いて外で足を滑らせていることも知らない。彼女は北へ向かうつもりはなかった。さらなる高地と寒さへ向かって登る気などなかった。彼が晩ご飯抜きで眠りについた時分にこっそり引き返してもいいなとしばらくは思っていたが、もうそれには遠く来すぎた。（彼女がいないことに気づく前に、彼はブーツがないことに気づくだろう。）彼女はこう考えていた。南へ、あたたかい下のほう、下へ、低地の谷へ。けれども、一番きついのは登ることだし、自分はずっと一番きついことに挑んできたから、登っているのだ。登るにつれ、トウヒはだんだん古木になり、小さくなり、ついに——突然——なくなる。一方、彼は薪を次々とくべ、玄関ホール全体が炎とともに踊りだすと、重ね着しているセーターを一枚ずつはぎとり、自分の巨大な影が壁面でもだえるのを眺め、椅子に坐ったまま眠り込む。

山々に花が咲いていたなら、彼女は花の名前をひとつ残らず知っていただろう。鳥たちが呼びかけてきたなら、どの鳥かを聞きわけて、口笛で応答しただろう。

彼女は眠られぬ夜を経て朝に出発し（といっても長らく眠れぬ夜がつづいている。ぐっすり眠れたころなんてほとんど思い出せない）……それも早朝に家を出たため、これ以上進めないほど暗くなったころには、もう少しで山頂というところまで到達している。夏の登山者たちが作ったケルンのようなものを発見した。下のほうに滑り込めそうな隙間がある。そこへ滑り込む。眠る。熟睡ではないが、ひさしぶりによく眠る。夢を見る。私のこと、愛している？　愛していない？　彼の心の中で一番は誰（あるいは何！）ですか？　正解は、彼のブーツ。そして彼の帽子がじゅうぶん（もしくはほぼじゅうぶん）あたたかくしてくれたので、朝になると心には（いつもと同じく）彼に対して感謝に満ちた愛情にあふれ、こう思う。どうしてどんなにたいへんでもあの人はあとを追って来ないの？　どうしておいしいあたたかい飲み物をまだ持ってきてくれていないの？　彼はそんな真似はまったくしたことはないが、それでも彼女は考えている。どうしてまだ来ていないいんだろう、たとえば私だけのために夜通し登ってくるとか。

彼女が外に這い出て最初にわかったのは、そこが頂上間近だということだったので、さっそく登る。約五分と見込んだ登りに実際は三十分かかる。頂上で化石に腰を下ろし、見はるかす——喜びもしくは寒さで小刻みにふるえて——レーズンを食べながら、こちらから見る眺めからも慰めと勇気を得ながら。エンゲルマン、エンゲルマン、どこもかしこも眼下にエンゲルマンが生え、最初は風雨にさらされないくぼみにあり、もっと低地ではそればかり。彼女は思う。あの木は比類がない。こんな高みにいるのは最高だ。ここまで来るのはこれまでにないがんばりを要したし、冷たい澄んだ空気に優るものはない。妊娠していることさえ忘れてしまう。

さて、大きな石造りの玄関ホールでは、彼が「ベーコン、ベーコン！」と叫んでいる。そしてわずかしかない隙間をくまなく捜し、うなり、つばをはき、キングサイズのベッドの下の一隅に向かって非難をこめてシーッと言い、自分でブラックコーヒーをいれ、午前中は新しいルールを記す。

一方、彼女は鞍部を歩き、心が高揚するあまり、高い所なのに怖いと思わない。足元の険しいくぼみには氷河の最後のかけらがまだ残っている。その古い、青い氷を見れば、まっさらな白雪が風に吹き飛ばされた箇所はわかる。彼女は尾根を登り、やがて過ぎ、その後下りだすが、勇敢すぎた……いまや自信過剰となった彼女は落下し、むきだしの斜面一帯を滑降するも制止され……膝をうしろにひねった体勢で一本のやせ古木エンゲルマンに救われた。痛い。たぶんどこも折れてはいないが、確信は持てない。その場で待機する。痛いから、木にしがみついて倒れたままだ。枝が形作る、細い、発育の悪い輪の隙間から雲ってきた空を見上げて、思う。木、木、この木と空。脚にスカーフをきつく巻き、しばる。かなり効く。風が強まる。隣の山上には大きな黒雲。下へ降りて、風雨をしのげる場所に行かなくては。ここに留まるわけにはいかない。立ち上がる。木から木へ、木から木へ（彼女は木を頼りにしているのだ）、急な斜面を下る。彼女は思う。しがみつくエンゲルマントウヒがなかったら！……

午後遅く、熊の洞穴を発見、そこにはまだ大きな体のぬくもりが残っている。熊の穴ということは匂いでわかる。雪の上に足跡もある。人間の足跡に似ているが、人間の跡よりも幅が広く、外向きだ。いまはこの風除けとぬくもりが必要だ。これ以上進めない。それに、怖い以上に寒い。しかも雪が降りだした。彼女はもぐり込む。洞穴の広い部分は避け、左手側に沿っている木の根っこに体をねじ込む。そのうち熊が戻ることは承知しつつも、大きな（あるいは小さな）危険物から距離を置く術を自分はすでに心得ていると思っている。彼女は寝入り夢は見ず、その眠りには愛をめぐる答えのない問いも愛の欠如をめぐる答えのない問いも、さほど含まれない。

熊は午前三時に戻ってきた。外でくんくんかぎまわっており、警戒を示す小さなうなり声を出している。しゃっくりもしている。彼女が聞いたことのある、それもよく聞く音ばかり。彼女は半分寝ている。知らないうちに、彼に愛していると言っていた。彼女はそっとささやきかけている。彼はうなり、身をかがめながら洞穴に入ると向こう側へ転がり、彼女に背を向ける（いつもと同じだ、と彼女は思う)。彼は彼女のことはかまわず、いびきをかく。外は嵐。やがて彼女は寄りそう(いつもと同じだ)。彼の背中にぴったりと。

二人は二日二晩こんこんと眠った。少なくとも彼女の感覚ではそれくらいだった。やがて彼が出ていく直前に彼女は目が覚め、チーズサンド、にんじん、落花生を食べられてしまったことを知って、思う。いつもと同じだ。

洞穴の入り口へ急ぎ、彼が姿を消してしまう前に呼びかける。片膝が痛いし、少し熱っぽい。彼女は考えずにしゃべる。普段はそんなふうには話さないが、彼は連れ合いよりもわずかに安全そうだ。これまで接近した中でもっとも大きくもっとも男性的(それに危険)な生き物である。それには疑問の余地はない。でも容姿は気に入った。こぶ、肩、黄褐色の毛……いまは雪につきそうなくらいうなだれつつ、疑り深そうに見つめ返している。彼女はそういう表情はこれまで千回くらい見たことがあるように思う。でも、失うものがあるか? 彼女は怖くてこれまで言えなかったことを口にしてみる。「こんな調子でいったら、どうして愛はつづいていける?」と言う。「そもそもこれじゃどうやって愛がはじまる? どうしてこんなことがいつまでもつづくの。私たち全員、不滅の愛を求めているけど。あなただってそうよ、自分じゃそう思ってないかもしれないけど。それが普通なの。あとねえ」とつづけて、「食べ物は愛なの。愛は食べ物なの。私たちはそうやって生きていくの。私たちはそれで生きているの。それをあなたは全部食べちゃったのよ」

言うまでもないが、横柄な、法律上の亭主にこんなことはむろん一言も言ったことはない。ずっと言いたかったけれど。

彼女が話すあいだ、熊は彼女を見ている。礼儀正しいため、さえぎることも、途中で身じろぎすることもできないかのようだ。小さな丸く輝く黒い目が、何もかも理解していることは、はっきりわかる。どこか鈍そうで、眠そうで、知的な顔つきをしている。彼は彼女の話が終わるまで辛抱強く待ち、やがて粉雪のなかをすたこらと去る。

彼女は洞穴の入り口から氷をとってしゃぶる。膝の副木にできそうな根っこの一部を見つける。次いで根の先でほうきを作り、天井からとった根毛を嚙みながら、洞穴を片づける。きちんときれいに片づけてまた寝る。午前三時ごろ、彼は小さなブラックバスを土産に戻ってくる。彼女の話を真に受けたかのようだ。（彼女の食料をたいらげただけでなく、ほかにもいろいろ）彼がすでに食べたことを承知の上で、彼女は魚を半分やる。彼女が残したうろこを彼はなめ尽くす。彼は頭を食べる（彼女は頰と目を手に入れ、目はかなり苦労してのみこんだ。）食べながら、彼女はいままでしたことのない話し方をする。自分が熊について知っていることをすっかり話し、これからもっともっと知りたいと述べる。その後、彼の首のうしろ、耳のうしろをさすする。頭のてっぺんも。さわり心地がいいし、とても温かい。彼が洞穴に入ってくると、暖炉で火をおこしたみたいだ。彼女は歌い、彼は独自の鼻歌を返し、彼女はそれを覚える。（彼女は彼の声が大好きだ。）二人は再び眠り、どれだけ眠ったか彼女はわからない。次に彼が出かけるとき、二人はキスをし、キスは頰には留まらない。彼はまた魚を一匹持ち帰る。こんな調子で日々は過ぎていくが、しだいにキスは増え、睡眠時間は延び、互いの顔にゆっくりと息をかけ、おしっこにすら行かず、彼はたまにしか彼女に背を向けなくなり、背を向ける前にぎゅっと抱きしめる。それは彼女が知らなかった、まったく新しいリズムだ。悪くない、と彼女は思う。嵐は吹き荒れるにまかせ、すべてを忘れ、ひたすらあたたかくして、ずっと抱きしめられたり抱きしめたりしている。ずっと望んでいたことだ。たまにしか放してくれない腕に抱きしめられていること。小さいころにしてもらえなかったことだから。

二人は地震すら感じなかった。土砂と砂利が多少二人の上にも降ってはきたが。でも彼女はこの地震を夢に見て、夢の中では夫の大きな足が山を揺すってこの揺れとなり、夫は彼女を捕まえに来て抱擁から引き離そうとしている。嵐も夫であるという夢も前にときどき見たことがあり、向こうは彼女を引きずり出そうと洞穴をかきむしっていた。そうした夢に襲われると、熊をさらにぎゅっと抱きしめ、熊は彼女をさらに心地よく抱擁する。すると彼女は安全なのだとわかり、こう思う。真の愛をついに必要なだけ手に入れたし、きっといつまでもつづくのだ、それはちょっと高望みかもしれないけれど。

一方、あの玄関ホールでは地震がちょっとした被害を引き起こしている。壁が何ヵ所か崩れ、屋根の一部が崩落した。でも暖炉はまだ大丈夫だ。暖炉の前にしゃがんで妻を求めてモーと鳴くことはできるし、塔も大方残っているから、月や星や太陽に向かってうなり声をあげることもできる。これからは料理、薪割り、マーモットの皮はぎ同様、残骸の始末も自分でやらなければならない。彼女がこれを知ったら溜飲が下がったり、「だから言ったでしょ」と心の中で思えたかもしれない。ただし、彼女が彼にそんな注意を与えたことは一度もないのだが。

冬のある日の星空のもと、膝は治りつつあるが完治していないころ、彼女は片足を引きひき熊とともに外に踏み出して、とても素敵な夜だったから、彼女が空に向かって雪の玉を投げるあいだ熊は立ち上がってちょっとしたタップダンスを踊った。彼女はまだ片足を引きずっているが、小股でよろよろ木から木へ進むことはできて、木々と彼とにキスをする。二人は知っている歌を全部歌うが、もう彼女は歌詞の大半を忘れてしまっている。もう脚韻と頭韻しかわからないが、撞着語法は覚えている。何しろ〝真夜中の明るさ〟が二人を取り巻いているのだ。刺すような寒さだが、それでも二人とも春の気配を感じる。この晩を境に二人の睡眠時間は短くなり、やがて彼女は出産する。生まれた男児は小さくてやせていて、彼女は産んだことすらほとんど気づかなかったが、ピーピーという鳴き声が聞こえたのだ。熊は赤ちゃんをきれいになめてくれて、次いで胎盤を食べた。もはや命名は問題外だ。彼女はもう名前の役割すら思い出せない。

しだいにあたたかくなり、熊はだんだん留守がちになり、土産は徐々に減る。赤ん坊は小鳥も同然だ。彼女はお乳のほかにミミズや地虫を与えている。赤ん坊にチッチと声をかけ、赤ん坊もチッチと返す。熊の留守が六日つづいたとき、また同じ轍を踏んでしまったんじゃないかと彼女は思う……いつも結んできたような、身を滅ぼしかねない関係だ。彼はもう戻ってこない。彼女のことは忘れるだろう。あるいは帰ってきても、彼女に対して容赦がなくなるだろう。彼女の駒鳥、すずめ、小さなエボシガラとともに彼女を追い出すかもしれない。

その後彼がまったく戻らなくなると、彼女は思う。ええ、ええ、こうなることは百も承知していたし、こうなったら自分も出て行かなくちゃ。一人で行くのだ。次の食事を自分で見つけるのだ。晴れわたった春の日、野生の花が咲きだすなか、肩に赤ちゃんをとまらせ、耳をついばまれていると、下山を開始してまもなく赤ちゃんは飛びたってしまい、呼び戻そうにも名前がない。彼女はカーカーと鳴いて呼び戻そうとする。知っている鳴き声を全部吹いてみるが、どれも効き目がない。数分間、彼は旋回し、そのあいだに彼女は、あなたは飛べない、少なくともまだ飛べないのよと伝える言葉を探す。その言葉は彼をわずかによろめかせるだけだ。ガーガー、と彼女が知るかぎり彼がはじめて出す耳障りな鳴き声を一度あげ、彼は谷向こうへ飛んでいった。その姿が眼下の木々のなかに消えたあとも、彼女にはクークーとかカッコーというやわらかな鳴き声が聞こえる気がする。

それなら一人で降りていくだけだ。南へ。でも家の方向ではなくて、もうひとつの谷のほうへ。今度はきつくないほうの道がいいかもしれない。それでも彼女はいつもと同じく考えている。私がいつまでもともに幸せに暮らせる生き物はどこにいるのか？

すると、登ってくる人影が見える。最初はゆっくり動いている緑がかった茶色い点にすぎないが、やがて緑および茶色の点になる……ツイードとコーデュロイ。細身、小柄、屈強。緑がかった灰色のあごひげ。小さな赤い羽根のついたアルパインハット。近づいてから、黒いボタンのような、熊みたいな目が見えた。初対面だが誰だかわかる。ニッカーボッカー。ハイキング用ブーツ——古風な品々だ。「エンゲルマン」と彼女は言う。「エンゲルマン、エンゲルマン」忘れていない、数少ない言葉のひとつだ……この時点で彼女は言葉がほとんどない状態だが、これは決して忘れない言葉のひとつ。彼女はもう一度はじめからやり直さなくてはならない。わあわあ、べー、ばあ、から。

彼は最後のジグザグを登ってくる。二人は目を見合わせて微笑む。彼はボタン穴にかぐわしいマウンテン・ミザリーをひとふさ差している。彼はそれを抜くと、匂いをかいで、彼女に手渡す。

「おおエンゲルマン」と彼女は言う。「わあわあ」、「べー」、「ばあ」も。

石造りの円形図書館

The Circular Library of Stones

そんな話はありえない、とみんなに言われた。この遺跡に、インディアン時代以前にさかのぼる都市などなかったと……（いまは涸れた）川に橋がかけられていたことはなく、泥を防ぐ壁もなかったと。「図書館やら古銭を探していたなら時間の無駄だよ」と言われた。

置き場がないから、白い小石の一部は植物用のかごに入れて窓辺で天井から吊るしていた。実在しないはずの都市がこの遺跡でいかに実在しえたかについて、人と議論はしない。私はひたすら石を集める。（×印の引っかき傷がある石が二個あって、私が印をつけたのは一方だけ。）ひたすら掘る。土に大小さまざまな石が混入しているが、土はやわらかいし扱いやすい。たいてい湿り気があり、かぐわしい。ここでは木も、ある程度の大きさの植物も、ほとんど乱すことはない。そのうえ石の大半は、大きい物でも独力で扱える程度だ。しかも私があらわにしたいのは、主として石だ。石をあちこち動かしたくはないが、一番重要な小石数個は例外で、一日の発掘を終えると持って帰る。遺跡周辺でぼこぼこになったアルミのなべかまをよく見つける。あるときは古いブーツの片割れ、またあるときは壊れたメガネを見つけた。だがあきらかに現代の産物だから、当然ちっとも大事じゃない。

彼らの書物に接することができたら！　図書館を発見して彼らの文章を読めるようになれたら！　夢にも思わないようなすばらしい物語をそこで発見できたら！　たとえば恋物語で、まったく異質の愛が登場する……我々が思いもしなかったような熱情、我々の単純な愛着よりも持続する愛、我々の単純なセクシュアリティー以上に世界を揺るがすもの。もしくは我々には絵でしかやり方で、同時に二つのものである文学。たとえば身体に見えるのが同時に顔でもあって胸が両目だったり、裸の婦人が二人並んで坐って両腕を掲げているのは、同時に骸骨でもあって、二人の黒髪は眼窩でもあったりするのだ。

ずいぶん前から両脚が痛むため、発掘は一番やりやすい運動で、夜になると背中は痛むが、たいていじきに治まる。朝になれば痛みはほとんど感じない。だから発掘自体が私にとっては楽しい。働く喜びがある。充実した一日を過ごせる。疲れて黙して家に帰る。だが、当然、私にとって一番大切なのは、石が次第に出現することだ。ときには何個も一緒にまとまっているので、ここはきっと暖炉があったに違いないとか、王座だったかもしれないと思う。ときには長い列をなしているので、壁かベンチだったかもしれないと思う。しかも鏡まで発見した。地下六十センチにあり、傷だらけで、映るのは小さな魚型の部分のみ——目がちょろり、唇がちょろり程度——だがこれだけでもずっと残っていたのは奇跡だ。彼らが図書館を持っていたならば、鏡を持つのも理の当然だと確信している。もしくは鏡を持っていたならば、図書館を持っていた可能性も当然出てくる。

鏡は胸ポケットに入れて持ち歩く。（私は男物の古い釣り用ベストを着ているのだ。）ここで何をしているのかと人に訊かれると、なめらかな石数個とともに鏡を見せる。

夜になると、書く。両目をつぶり、左手のなすがままに任せる。たいていいくつかの筋しか残らないが、ときどき言葉も出てくる。一度は何ページもただ no, no, no, no と書き、次に on, on, on, on と書いたが、もっと長い言葉がだんだん増え、次第に何やら意味を持つようになった。たとえば、昨日はこう書いていた。**わたしたちにさせてわたしたちにさせてさせてそしているのではなくさせてあなたもして。**その後、はじめて一節がまるごとすっきり出てきた。**あのなつじゅうすずしくてよるになるととしょかんにもどった。**

石造りの図書館だから、たしかにきっと夏じゅう涼しく、冬じゅう暖かいだろう。ならばこの一節はきっと真実であり、当時の文章に違いない。私が記した唯一のまともな文が図書館自体に言及していることは興味深い。重要なことだ。図書館に所蔵されていた文書を数点再現したい、あるいは妥当な模写を作りたいと私は前から願っていた。ひょっとして、この一節は彼らの書物のどれかの書きだしかもしれない。

我々以外のすべての民族にとって、円は神聖だ。ものが四角だろうと円だろうと楕円だろうと三角だろうとかまわないのは我々だけだ。我々にとって形は何の意味もない。円が楕円だってどうでもいい。こんなことを考えているのは、どうやら巨大な円を発見したらしいからである。地下約三十センチに石の小道らしきものを発見し、終日それに沿って掘り、直進しているつもりだったが、成果を見ようとふり返ると、数メートルしか掘っていないのにあきらかにカーブを描いていた。その日はもう作業を終える予定だったが、私はにわかにふり向き、勢いよく掘ってもう一メートル分の石を発掘した。円があらかた姿を現わすまでたぶんひと月ほどかかると重々承知しつつ掘った。おそらくこの地点こそ、待ちに待った、まさしく図書館の壁が位置していた地点だろう、と思いながら。それが本当なら、石に関する大発見になるだろう（たとえ、発見者が老女でも……役立たずの老女とみんなが思っていようと）。幸せだった……その後幸せと疲れを覚え、家に帰ったのもひどく遅くて、背中もいつにもまして痛かったのに、汚れたまま小さなテーブルの前に坐った。両目をつぶり、左手に好きに書かせた。**わたしたちにあわたしたちにさせてさせておどらせてさせてとしょかんのおどりをすずしいとしょかんのせいいきで。**

その晩も翌日もずっと雨で、私が手がけた穴や小道はすべて泥だらけになってしまっただろうと見当はついた。発掘は大方やり直さざるを得ないが、悲しくはなかった。そんなことはどの人生にもつきものだ。予見すべきことだ。（そして「する」ことは「掘る」ことだ。「掘る」ことは「する」ことだ。「いる」ではなく、「する」。これぞ私の哲学で、彼らも同様らしい。）なお私の最新の発見は、控えめに言っても、きわめて重大だ。誰が予想しただろう。巨大な、白い、中で踊れる、石の円形図書館なんて！

こんな雨の日は、たいていほかの老女たちと同じことをする。編み物や鍋つかみ作り。スープやマフィンをこしらえる。そうやっておばあさんの手仕事をして窓の外を眺めながら、思った。あとたった一個でいいから石を、たとえば○と書かれた石を発見できたら、なんて素敵だろう。私のような捜索者は、小さな、一見ささいな発見で充分だと心得ねばならない。私のような捜索者は、何かが足りないことは決して無意味ではないと理解していなければならない。私が何も発見できなくても落ち込んだためしがないのは、それも重要だったからである——たとえば、図書館や、×印のついたたったひとつの石のように。それに、発見が少ないほど可能性は広がる。いつもそう思って自分を慰めている。

その晩、左手に自由に書かせた。相当時間をかけて筋から×印に至り、**no, no, no** に進んで、ついにこう書いた。**ではわたしたちにいしにいしにいしとしょかんにふさわしいとしょかんどのどあもたいようをむくひとつはひのでひとつはゆうぐれ。おおぜいのじょおうがみた。**（当時は全員女王だったのかもしれない。あるいは私の歳になると女王になったのかもしれない。そう思いたい。）

そんなことを考えながら眠りにつき、一列に並んで踊る女たちの夢を見た。全員私の年代で、つるんとした白い小石の王冠をかぶっていた。目覚めよと私に呼びかけてきた……夢の中へと目覚めよということで、目覚めると私はまだ長靴を履き、釣り用ベストと古びた灰色のズボンを身につけていた。つまり、彼らの一員として何らかの女王となった自分を夢見たのではない。土まみれの自分であって、汚れた両手を差し出していた。やがて彼らは鏡を——私がすでに発見した鏡を——私に与えたようで、夢の中でもぴかぴかの新品ではなく、発見したときと同じく傷があった。そもそも発見した場所に鏡を置くよう指示された。先日同様、私が発見できるようにするためだ——場所は、かつての川床付近だったわずかな高台。老女たちが石を打ち合わせてカチカチという大きな音を響かせる中、夢の中で言われたとおりにした。無論、そのとおりなのだ。私は実際あそこで鏡を発見した。何もかも符合する！

（あの老女たちはみな優美さを欠いていたが、優美さは不要なのかもしれない。）

娘たちは……たぶん本当のことを言ってるとしても、いらぬお世話だ。どういうつもりなんだろう？　なぜあんなことを言っていいと思うんだろう？　私はしゃべりすぎるのか？　この件であれほかの話であれ延々しゃべっているのか？　もうほとんど話していないではないか。いまや私は違う類の意味を求めているのだ。×印のついた石一個、格別つるりとした石一個、あるいは数個並ぶ石に、私の主張は込められている。石の多義性は石をして語らしめる。

娘たちに私のムーンストーンを見せた。納得させたかった。図書館で見つけたの、と私は言った。

「図書館って？」

「あれよ。干上がった川の横の」

「そのムーンストーン、前から持ってたよ。おばあちゃんがくれたでしょ」

「あのね」私は言った。「あそこの泥の中に落ちてたのを見つけたの」（事態を悪化させているだけだということは承知していた。）

「きっと自分で落としたんだよ。それをつけてあそこにいくなんて、何してたの？　もっと気をつけなきゃ」

気をつけるべきだったのだろう。これはいつか娘たちの物になるのだ。

その後あの子たちは私にある場所の話をした（私も見たことはある）。地下に医者の診察室があり、ほかに美術室、鍋つかみ室、テレビ室もあり、廊下じゅう手すりがついている。誰もが杖を持っている。私はそれは見た。娘たちには「ノー」と言った。

十字路、火、貝殻、オークの木および円に特別の意味があるように、石にも意味がある。丘に直立するずんぐりしたいくつかの石は、女性にちなんで名づけられている。最高級の家はどれも石造りだから、図書館も石造りだ。モロイは石をしゃぶって（私もときおりしゃぶった）、気分がさわやかになることを知った。山へ入る石の扉は、一点で釣り合いを取っており、そっとなでるだけで開く。扉として石が立てる音は、砂浜で小石がさらさらいう音に似ていなくもない。私の石みたいに、石に関して議論の余地があることはまことに適切なことである。石自体にみずからの多義性を語らしめることが私は好きだった。発掘地から離れているとき、私は石を思い出したものだ。石を夢見て、カチカチいう音が聞こえると想像した。

娘たちには言っておいた。いつか月夜に私がぎこちなく石と石を打ちつけていたら、それは歳のせいでも感傷癖のためでもなくて、科学的な検査だからね、と。

だがその後、これまでにない種類と色の石を発見した。赤っぽくてずんぐりしている。基本的に九つのでっぱりがある。前にふたつ、うしろにふたつ、頭がひとつ、腕が二本、脚となる柱が二本。

一目でわかった。多産でなおかつ賢い。胸が大きくなおかつ学がある。太っていてなおかつエレガント。物事の成り立ち上、この司書をしかるべき位置に収めたいと思った。栄光の姿に戻したかった。彼女は出産し授乳しただけでなく、あらゆる書物を読破していることは明白だった。

　これを見つけてから、私は狂ったように掘った。歳だから体をもっといたわらなきゃいけないのはわかっていた。規則正しく休養とレクリエーションを取るべきだろうけど、私が信仰しているのは、いるではなく、するだ。する！　だがなぜこんなに懸命にさらに多くを求めねばならないのだろう……つまり、「図書館の母」以上のものを？（娘たちはずんぐりしたピンクの石と呼ぶだろう）

私は決して満足しないのか？

しない！（左手はこう書いている。いしにいしにいしにいしにいしにいし。まるで私がこれらの言葉で図書館を建てているかのようだ。）

　気も狂わんばかりに掘っていると、夕映えに目がくらんだ。何もかもがきらめき、図書館が現に見えたような気がした。図書館は真っ白で、正面に澄みきった大河が流れ、荷揚げ場があり、書物（石の書物）が大きな帆をつけた小船に載って運び込まれる。波のきらめきが目にしみたが、それでも、図書館の聖なる円の前に広がる砂浜で踊る司書たちが見えた。全員高齢だった。私くらいか、もっと上——しわの寄った、よぼよぼの彼女たちも背中が痛いことは見てとれたが、私が発掘をつづけたように、踊りつづけていた。図書館からフルートのようなおだやかな優しい音楽が聞こえ、館内の涼しさも感じられた。というのは私も、西に面した出入り口付近に立っていたから。私たちは互いの姿が見えた。そうだったと確信している。人と目が合い、それも一度や二度ではなかった。

一緒に踊ろうと前へ出たが、転んでしまった――ゆっくりゆっくり転んでいるみたいだった――転ぶとき、もう太陽は目に入らなくなり、いつもの石だらけの地面と干上がった川床が見えた。

立ち上がると、きわめて頭脳明晰な心地がした。まるで氷のように冷たい川水を飲んだみたいに。頭は冴え、幸せな気分――こんな幸せな気分はひさしぶり（ただしここで発掘していたあいだ不幸せだったわけではない。とんでもない。）家に帰って休息などしたくなかった――力がみなぎる気分がした――でも無理に帰った。一日じゅうほとんど食べていなかったし、何より重要なのは、暗闇で発掘しようとしたら、何か見落とすかもしれないことだ。大切な司書みたいな石を放り出してしまい、その正体に気づかないかもしれない。

その晩家に帰ると、何者かが私の石に何かしたことがわかった。全部、すっかりなくなっていた。小さな司書のことがうれしくて、はじめは気づかなかった。ナイトテーブルに彼女を載せにいって（眠っているあいだそばにいてほしくて）、ほかの石がないことに気づいたのだ。ひとつもない。事態はすぐ把握できた。石が私を家から追い出しつつあると娘たちは判断したわけだ。娘たちは――いかい、自分たちが私の立場ならそう思うものだから――こんな暮らしはきっと居心地が悪いと考えている。私が石に囲まれて育ったことを覚えていないのか？　私はかつて晶洞を持っていた。琥珀のかたまりを何個も持っていた。銀の台座にはめ込まれた黒水晶を持っていた。いまもどこかにあるはずだ。いまに私があそこでなくすんじゃないかと娘たちが考えて、安全に保管するために持ち出していなければ。もう私があそこでなくしちゃっているかもしれないけど、そうだとしても、すでにその何倍もの価値を得ている。石を入れたいくつかの吊り花かごすらなく、石はあらゆる平面と棚からもことごとく消えている。一番大事な何個かはベストのポケットに入れて持ち歩いていて、本当によかった。

あれだけたくさんの古い石。母さんもその真価を認めはしなかったろう。働きは認めてくれただろう、細心の注意や努力も——努力は高く評価する人だったから、それは褒めてくれただろう——でも科学に対しても、科学がゆっくりと骨折りしつつ展開していくことに対しても、まったく理解がなかった。細心の注意と目録作りは称えてくれただろうけれど、石のみにまつわる作業である点を考えると、そうでもないかもしれない。あのころも母さんは私の晶洞すら気に入らなかったのだ（とくにまだ開けていないものは）。私の小さな裸の司書を気に入ってくれることなど望むべくもない。母さんはどんなものでも裸を嫌った。一方、私は出産する司書たちの重要性を述べたいし、司書たちの身体の重要性を強調し、ひいては司書たちの老婦人としてのセクシュアリティーをめぐる栄光をすべて力説したい。（地元の図書館で実際に私は目にしたこともあるのだ……女性責任者がテーブルに胸を載せて坐っていた。）

かくして戻ると、石は消えており、小さな司書を手にして私が眠れるはずもなかった。うれしすぎたし、動揺しすぎていた。そこで、眠る代わりに私の新発見を描こうと机に向かった。この道の専門家にいつの日か評価されるならば、研究の科学的正確さを損なうような間違いはひとつも犯したくない。私はあらゆる部分にラベルを貼った。このすきまは、目。こっちのすきまは子宮への開口部。（表情は知的で自立心がある。）

描いた数枚のスケッチは、しまってある靴下の下に隠す。（娘たちが何を無価値と判断するかなんて、誰が知ろう？）司書はベストの一番上の胸ポケットに入れたので、明日は私の胸元で過ごすことになる。ついで一番大切な石をしまってあるほかのポケットをひとつ残らず調べ（ありがたいことに全部揃っている）、ベッドに入った。もう朝が近かった。

それでも翌日依然として非常に頭が冴えた状態で目覚めた。わが遺跡までジョギングしかねなかった。一日じゅう懸命に作業したが何も発見できず、何も見かけなかった。一、二度、フルートの音色が聞こえた気がしたし、太鼓の音もいくらか聞こえたかもしれないが、それは想像および自分の鼓動が聞こえているだけだとわかっていた。暑い日に長時間前かがみで過ごしたり、急に立ち上がったりすると、きまって聞こえるのだ。

家に帰ると、再び異常を察知した。（どうしていつも私が留守にするとわかっている昼間に来るんだろう？　なぜ対峙を恐れる？）今回は変化を見てとれなかったが、人が来たことも物が減っていることもわかった。まずクローゼットを調べると、やはり、ほとんど着ない数枚きりのドレスがなくなっていた。奥の床にいつも置いているスーツケースもなかった。

ウォーキングシューズ一足と、一番しゃれた靴もなくなっていた。白いセーターも。これは娘たちがくれたが、たまに娘たちを喜ばせ、気に入っていると思わせるとき以外は着ないもの。引き出しを覗くと下着が半分消えていて、宝石類もない。たいしたものじゃないけど。（おそらく黒水晶もない。見当たらなかったから。）

すでに私の所持品を荷造りしてどこかに運び去っており、行き先はわかっていた。そこで私に必要とされている物からみて——ドレス、宝石類、ストッキング——見当はついた。晩餐は正装。ポーチの椅子で過ごすこともある。トランプ遊び。テレビを見る。歌う。毎週土曜夜は娯楽。状況を把握できないほど私がおいぼれたとでも思っているのか？　もうすぐ私を迎えにくることもわかったし、いつだろうと考えた。おそらく早朝、私が起きて発掘現場に出かける前だろう。じゃあ、いますぐ戻らざるを得ない。問題は、まだ私の準備が足りていないこと。何も本当に理解していないうちに事を起こさなくてはならなくなった。でも、出がけに腰を下ろし、紅茶を一杯飲んで、左手に少し書かせることにした。伝えてくれることが何かあるのではないかと思ったので。

どうなのどうなのよこたわったらとしょかんのせいいきでどうなのきてすずしくひとばんずっとそらのはまをみたら？

（図書館や、正体を断定できないものや、一目で理解できないものに娘たちは興味を持ったことはない。）

しろいひもながいのもってはかってほるとしょかんのちゅうしんによこたわるばしょをきるとまくらも。

そのとき、ほかにさして用は思いつかなかった。私は待ちはしなかった。言われたとおり、白いひも、キルト一枚、枕をひとつ出した。懐中電灯は持っていかなかった。空は晴れ、星は出ていたが月は出ていなかった。図書館の中心がわかるくらい、視界良好だった。自分にちょうどいい大きさの浅い墓を掘り、仰向けに寝て、白鳥座を見上げた。視線をそちらに向けていた。努力が要ったが、する価値のあることは何だって努力を要する。万事につけやりがいをもたらすのは努力だから、目を見開きずっと白鳥座を見ていた。白鳥は翼を広げており、どのくらい遠いか想像もつかないほどはるかな高みを飛んでいることはわかっていた。私は眠るまいとがんばった。ほどなく白鳥座は動き出し、ぐらついたように見え、やがて空に軌跡を描きはじめた。ああ、星の白鳥が舞うさまほど奇妙で驚嘆すべきものは見たことがない。やがて聞こえてきたのは、最初のうちはごくかすかな――あのカチカチという石の音で、私のまわりに司書たちが勢ぞろいしていることを示していた。姿は見えなかったが、そこにいることはわかった。白鳥座から目を離すのが怖かった。もはや目を離したいとも思わなかった。輪を描き、跳躍し、なめらかに進むのを見るのが楽しかった。すると白鳥が私の頭上をひゅーっと飛んだため、素早い気流を感じた。次いで、太った赤い実物大のビーナスが隣に坐っていた。「聖域《サンクチュアリ》」と彼女は言ったが、それは言わずもがなだった。私にはそれはわかっていた。「ここにいなさい」と言われて、それは死のことだと突然わかった、それはいま死ぬことであり、いままでずっと死のことだったのだ。でも私は思った。私は老婦人ホームの菜園という聖域でも作業はできる。ポーチに坐って過ごすことだってあるかもしれないけど、それでも生きていることにはなる、たとえあとわずかでも……ずっとじゃなくても、ほんの少しは。私は「ノー」と答えた。だが彼女はいつまでもうなずき、私はもう顔をそむけたくてもそむけられず、石のカチカチいう音はうるさく、うんざりするほどで、しかも頭の真上から聞こえてきた。

「どうして先ではいけないの?」

「いまが唯一の機会だから」

自分はこれを求めているのだとわかったものの、ふとあまりにたやすい気がした。いまやカチカチだけではなく、すぐそばの大河の激しい水音やせせらぎも聞こえた。一艘のボートの音すら聞こえた。埠頭に小型ボートが近づいて木に木が当たる音だ。岸に石碑を置くどすんという音もして、それらは女の考えに満ちていることもわかった……女の文章……女の名案。老いた女たちの名案さえも。その後老女たちは花を手に踊りながら寄ってきて、ふと気づくと私はいつもの白いキルトの上に立ち、着古した白いナイトガウンをまとっていたが、ここに来るのにあんなものを私が着てきたわけがない。（あれ一枚で夜中に出歩かないだけの分別はある。）それに一番の掘り出し物をまとめて入れたベストの行方を思い、心配になった。だがビーナスは私の心を読みとっていた。「私たちのことをあきらめるなら」彼女は言った。「あれもあきらめなさい。あなたがしていたことに正気の芽生えがわずかでもあったという証拠は、手放さなくてはなりません」老女たち全員が一人ひとりやってきて私の目を見つめてから微笑みかけてくれた。瞳はすべて青く、一つ残らず青く、しかもまったく同じ青だった。私が彼女たちを求めているのと同じくらい、あるいはもっと、私を求めてくれていることはわかったし、一緒にいればともに語り合うということも、きっと私好みの会話になることもわかった。そうすれば私の左手が、石をめぐるあまたの書物を綴るということもわかった。

「これらはここで発見されます」とビーナスは言った。「五年以内に解読などがなされます」

「さもなければ?」と私は言った。

「さもなければ、何もありません。図書館も本も鏡もビーナスもなし」

「何も持ち出しません」と私が言うと、白鳥座が舞い降りて私を倒した。羽をつかんで倒れながら思った。嘘だったんだ。いま私は瀕死だ。向こうは嘘をついて、どのみち命を奪うつもりだったんだ。

だがそれは死ではなかった。人の声、車の音に目覚めると、娘たちと二人の男がいた。私に何も言わないでいい。連れていかれる先はわかっているし、みずから選んだことだと承知している。黙って、堂々と行こう。女王のように歩こう。打ち込めるものを向こうで見つけようと思う。「する」ことがあるように。「いる」だけなんて嫌だ。

だが、ひとつ奇妙なことがある。私のベストがびりびりになって落ちているので拾った。まるでかっとなって攻撃されたみたい。裂けていない部分は数センチもないほどだ。ポケットの残骸を調べる。彼女たちが言っていたとおり、何もない――なめらかな白い石はひとつ残らず、ほかも一切――そして私は狂女のようにはだしで、ナイトガウン姿でここに立っている（この恰好で外に出なかったことはたしかだと思う）。まわりは羽だらけ……白い羽だ。私が動くとあたり一面に漂う。私が頭をふると、ひらひら舞い落ちる。

ジョーンズ夫人

Mrs. Jones

コーラは朝型だ。妹のジャニスは、午後遅くなるまで頭がはっきりした気がしない。ジャニスは果物やベリーをつまみ、胃の不調を訴える。コーラはじゃがいもにバターやサワークリームをつけて食べる。太っていることも気に入っている。自分は強いという気分になれるし、しわも目立たない。一方ジャニスはほっそりしているおかげで若々しいと自負しているけれど、それでもコーラのほうが——長時間戸外で庭仕事と農作業をしているのに——肌がすべすべに見えることを認めるにやぶさかでない。ジャニスは少しどもる。普段は早口で速記みたいな口調で話し、相手の貴重な時間は決して奪わないよう心がけながら、どもると自分があえて求めるよりも一瞬長く注目を浴びることができる。一方コーラはゆったりした口調で話し、過去にどもることが一度でもあったら、必死で直したことだろう。

コーラは真正キリムじゅうたんを購入した理由として、ジャニスがカウチと椅子の被いに買った悪趣味な花柄チンツを打ち消すことを挙げた。じゅうたんと椅子は同じ部屋にあって見るに耐えないものの、コーラは敷くと言い張った。お返しにジャニスは母さんの銀の枝つき燭台を全部質に入れた。昔からコーラは気に入らない燭台だったけれど、それでも一悶着を起こし、ジャニスのお気に入りの銀のさじをマヨネーズの瓶に入れっぱなしにしたから、ジャニスがどんなに磨こうにもさじの黒ずみはとれなくなった。この件には一切触れないが、濡れた靴下を台所でこれ見よがしに干す。ジャニスは父さんのゴム長の左右両方に穴を開けた。でもコーラはかまわず履いている。

結婚して親の古い農家を出ておけばよかった、と二人とも思っている。子どもがいればよかったと心底思っている——さらに、夫がいればよかったと思っている。娘時代、二人は家事に熱心にとり組んだ。瓶詰め、パン作りとパイ焼き、裁縫……どんな相手が来ても良い妻になれるはずと待っていたが、引きとり手がいなかった。

ジャニスのほうが心配性だ。いまは果樹園の向こう隅に見えた光を気に病んでいる——小さい明滅する光だ。霧雨ごしにかすかに見える。コーラは「ばからしい」と言う。（この種のことにジャニスがきまって先に気づくので怒っている。）家じゅうの窓がしっかり戸締りできているかをジャニスが調べ、再確認するあいだ、コーラは笑っている。仕事を終えたジャニスは、立って雨を眺めているうちに態度が変わる。「外の誰か、きっと寒くて濡れてるよ。お腹も空かせているんじゃない」

「ばからしい」コーラはまた言う。「外の誰かはたぶんそうなって当然なのよ」

あとでコーラは寝室の窓から光を眺めて思う。外でキャンプしている誰かはきっとあたしのりんごを食い散らかしている。コーラはこんな気候でも窓を少しすかして寝るのが好きで、自分の勇気を誇りに思っているけれど、いまは隣の部屋にいるジャニスに聞こえないよう、静かにそろそろと窓を閉め、鍵をかける。

朝、霧は立ちこめているが雨は止んでいる。コーラは外に出て（父さんのステッキを持ち、父さんのゴム長を履き、父さんの使い古しのキャンバス地の帽子をかぶって）、果樹園の向こう隅に行く。何者かが訪れたことは間違いない。そいつは申し分のないりんごの生木の枝を引き下ろし、巣を作ったのだ。そいつのりんごの食べ方も気に入らない。いくつもいくつもひと口ふた口かじり、その後気持ち悪くなって、火のそばで吐いたと見える。コーラは何もかも片づけ、誰も来なかったかのようにしてしまう。この件についてジャニスが少しでも知って満足するなんて嫌だ。

午後、コーラが自家用のピックアップトラックに油を差してもらいに出かけた隙に、ジャニスも検分に行く。やはり父さんのステッキを手にするが、帽子は母さんのピンクのつば広帽をかぶる。黒いしみを見れば焚き火をした場所はわかるし、何者かが木に登ったこともわかる。コーラが見落としたことにも気づく。一本の枝に小さなつめ跡がいくつかついている。巣の付近の木には、歯型のついたりんごが二、三個、ぶらさがったままだ。とがった小枝に革の切れ端のようなものがくっついている。たいそうやわらかくてふかふかで、濡れた犬の匂いがする。大事な手がかりかもしれないので、ジャニスはそれを手にとる。ここに来てコーラよりも多くを発見したという証もほしいのだ。

ジャニスが二階で昼寝をしているときにコーラが帰ってくる。コーラは居間の椅子にかけ、『リーダーズ・ダイジェスト』の、夫のコミュニケーションを助ける方法をめぐる記事を読む。ジャニスが階段を降りてくる足音がすると、コーラは昼寝をしに二階へ行く。コーラが昼寝をするあいだ、ジャニスはぶどう、みかん一個、いちご、かたゆで卵を並べる。早い夕食を摂りながら、コーラが読んだばかりの記事を読む。刺激的な読みものは（名著百冊と合わせて）この程度しかないらしいコーラを哀れむ。片やジャニスは『有名カップルに学ぶ　性生活を満喫する法』を読んでいた。ベッドサイドの戸棚にこの種の本を何冊もしまってある。食後、ジャニスは台所を片づけ、自分がいた痕跡は留めないようにする。

ジャニスが（引き戸をしめて）客間で音楽を聴いていると、コーラが降りてくる。音量をうんと絞っているため、かすかに聞こえる程度だ。ヴィヴァルディだろうか。楽しまれてはいけないので聞かせたくない、とジャニスは思っているみたいだ。少なくとも、コーラはそう解釈する。スパゲッティの缶詰を開ける。デザートには「特別」な木からとったりんごを数個。囲いのついたベランダで、雲を眺めながら食べる。今晩も雨になりそうだ。

八時半ごろ、二人はそれぞれの窓からまたたく光を再び目にする。「なんなのっ」とコーラが声を張り上げ、ふた部屋先にいるジャニスにも聞こえる。その瞬間、ジャニスは小さな光を気に入る。感じのいい光だわ。家庭的ね。奇妙な革の切れ端とつめ跡を見つけたことは、忘れてしまう。相思相愛の若いカップルがいそう。双方の両親から反対され、私の果樹園しか行き場がない二人。それか、家出した子どもだ。ティーンエージャーかもね、寒くてびしょぬれの。ジャニスは外の誰かのことを心配したり、あれこれ考えたりしてなかなか寝つけずにいるけれど、きっちり戸締りしておいてよかったとも思っている。

翌日も前日とほぼ同様にはじまる。まずコーラが果樹園に出かけ、何者かがいた痕跡を片づけ――ようと努め――て、次いでジャニスが残された手がかりを探しに出る。昨日と同じ枝にさらにひっかき傷がつき、今回コーラは反吐（りんごの皮の破片だらけ）を木陰に残したままだ。あるいは見落としたか。りんごで――少なくともこれだけ大量のりんごのせいで――恋人たちは胃がむかついたのか。（種々の手がかりはさておき、ジャニスは恋人たちだと思いたい。）一晩じゅう雨でたいへんだっただろう。かわいそうに、テントなど雨をしのぐものを示す形跡は一切ない。

だが三晩めはついに晴れる。星とごく小さな月が出ている。コーラとジャニスは居間で別々の窓辺に立ち、光が見えていた場所に目を凝らしている。古い78回転レコードがかかっている。フリッツ・クライスラーがバッハのシャコンヌを奏でている。ジャニスは言う。「ねぇ、雨が降ってないんだから、今日こそ見え……」

「いい厄介払い」コーラはそう言いながらも、残念である。あれはひとつの変化だったから。「忘れなさんな」コーラは言う。「州刑務所とは百四十キロしか離れてないのよ」

小さな光の有無にかかわらず、二人は戸締りを確認し、相手が見た箇所を再確認する。少なくともジャニスが調べた箇所をコーラは再確認した。ジャニスはそれを見てとり、それに気づいたコーラは言う。「遺伝子工学でいろいろやってるから、何が出歩いているかわかりゃしない。間違いは起こるし、変なものが逃げる。極秘だから伝わってこないだけ。世間が嫌うから、ニュースにでき

「ないんだね」コーラは五歳のころから妹を怖がらせようと努めてきたが、例によって自分が怖くなってしまう。

だが二人がそろそろあきらめ、寝ようかというころ、光は再び瞬く。ジャニスはいままで息を殺していたかのように「ほっ」と息を吐く。「あそこよ」

「あんた、いろいろ学ばないと」コーラが言う。ジャニスの大きなため息に込められた安堵を聞きとっていた。「とにかく私は寝るよ。あんたも体のことを考えたら早く寝ることね」

「自分の体のことは自分でわかるわ」ジャニスは言う。腹いせのためだけでも夜更かししただろうが、いまは遅くまで起きている内緒の理由が別にあるのだ。『コスモポリタン』誌の「夫をもっと惹きつけるには」という記事を読む。十二時ごろ、一階でもコーラのいびきが聞こえる。ジャニスはキッチンへ行く。キッチンでコマネズミみたいに動きまわる。得意分野だ。母さんのチーク材の茶盆を出し、コーラが秘蔵しているライ麦パンを何枚か抜き、ツナ缶もひと缶もらう。（コーラがきっと気づくことは承知している。なんせコーラは全部数えているのだ。）冷蔵庫のコーラ側から、バターとマヨネーズを出す。ツナサンドを三つこしらえる。母さんの金縁のお皿を一枚出し、サンドイッチのほかに自分のセロリ、ラディッシュ、ぶどうも載せる。腰かけてサンドイッチをひとつ食べる。ツナサンドを食べていいことにしたのは、ひさしぶりだ。とくにマヨネーズとバターとライ麦パンを使ったツナサンドなんて。

ジャニスは果樹園の半ばまで来てから、刑務所をめぐるコーラの発言を思い出し、脱獄囚が来ているかもしれないと思う——強姦犯か人殺しかもしれないのに、自分はバスローブの下はネグリジェでスリッパ履き、父さんのステッキすら持っていない。（ステッキがあったとしても、犯罪者が彼女を襲う格好の道具になっただけだろうけれど。）立ち止まり、お盆を置いて前進する。這い進む術は長年鍛えている。小さい頃からコーラに這い寄っていた。昔は「わっ」と叫んだものだが、近頃は忍び寄って耳もとで不意にささやけば、大きな音なみに驚かすことができる。静かにじりじり進む。何者かがすでに吐瀉した場所は、またがざるを得ない。焚き火の前で何者かがうずくまり、一見すると陸軍用毛布らしき物にくるまっている。なんだ、やっぱり子どもか。かわいそうに。はじめからそう思っていたのよ。だがそれがふいに動き、伸びをし、キーキーという音を出すと、見たことないほど大きなコウモリか、これまで見た中で一番小柄な老人だと判明する。しかも羽がある。コーラの言っていた遺伝子工学ってこういうことだろうか。

　すると生き物は立ち上がり、ジャニスはおののく。あまりに大きいペニスに、かつて飼っていた馬や雄牛を思い起こす。牧羊神《パーン》的なペニスで、ほとんど常時勃起し、腹に押しつけられているが、牧羊神のペニスもそうかどうかはジャニスの知るところではないし、何よりこの生き物が牧羊神の一種でないことはたしかだ。

『コスモポリタン』誌の記事がふと思い浮かび、ベッド脇の戸棚にしまってあるもっとセクシーな本も頭に浮かぶ。コーラに永久に打ち勝つ術が、この状況に何かしら含まれていないか？　最終的にコーラがそれを知るかどうかは別にしても。ジャニスはゆっくりと後ずさり、ふり向き、お盆（銀器が光って在処がわかる）を通り越す。家に戻り、地下室に降りる。

　家にはいつも犬がいた。安全のために大型犬。だが数カ月前、ミスター・ジョーンズ（愛称ジョーンジー）は死に、コーラはいまだに嘆いていた。少なくとも本人はそう述べている。晩年は目が見えなくなり、糖尿病で、失禁もする犬だったから、いなくなってジャニスはほっとしている。もっと小さくて扱いやすい犬を飼おうと以前から決めていたし、テリアの一種が望みだが、いまとなればジョーンジーが大型犬で扱いづらくてよかった気がする。金属製の輪縄式首輪と鎖がまだ地下室にある。ふたつががちゃがちゃ言わないよう布袋にくるみ、引き返し、途中で食べ物を載せたお盆を手にとる。

ジャニスは焚き火に近づきながら、鼻歌をうたいだす。今回は自分が来たことを知らせたい。生き物は、地面に一番近い木の叉に腰かけ、きらめく赤い目でこちらを見ている。ジャニスはお盆を地面に置き、ジョーンジーを落ち着かせようとしているかのようにそっと語りだす。ミスター・ジョーンズとさえ呼びかける。最初は間違えてそう言ったが、その後はわざとそう呼ぶ。彼はじっと見ている。目と大きな耳しか動かさない。腕の脇にだらりと垂れた羽は、見つけた切れ端と同じ濃い黄緑色だが、体の色はもう少し薄い。とくに腹部は。月明かりでもわかる。

さらに近づき、驚きも薄らいだため、具合がひどく悪そうだとわかる。革みたいな羽は片方が裂け、ねじれてしまっている。何もできないのだ。もしくはできないも同然。たぶん痛いのだろう。ジャニスは不意に少しうれしくなる。

ジャニスはツナサンドを少しちぎり、ゆっくりと、やさしく語りかけながら、かぎつめのついた小さな手のほうへ差しだす。彼は同じくゆっくりと手を差しのべて受けとる。サンドイッチ一個をほぼ食べ終えるまでそれを繰り返した。だが生き物は突然木から飛び降り、あちらを向き、吐いた。

ジャニスは敵の弱みを見逃さないタイプだ。生き物が痙攣のはざまでかかとに体重をかけて上体をそらそうとした瞬間、首に輪縄式首輪をかけ、鎖の片端を自分の手首に巻きつけた。

彼は逃亡を二度しか試みなかった。はばたいて舞い上がろうとするが、痛そうである。次に走ろうとする。脚は曲がっていて、足どりはおぼつかない。二度の試みでどうにもならないとわかったらしい。あきらめたことは、目を見ればジャニスにもわかる——どうでもいいくらい、吐き気と疲労に襲われているのだ。ついに捕まり、面倒を見てもらえることをさぞ喜んでいるだろうとジャニスは思う。

家に連れていき、地下室へと案内する。彼女が忍び歩く姿に、彼も静かになる。秘密にされること、命がかかっているらしいことを察知したようだ。生き物は果樹園の端から端まで歩くことに難儀していた。体は飛ぶようにしかできていないらしい。

昔石炭置き場だった部屋は、灯油で暖房するようになって以来、使われていない。ジャニスはまず鎖で彼をパイプにつなぎ、ベッドを作ってやる。毛布、水、フタのついた空バケツを運んでくる。自分のパンツを一枚はかせる。ずり落ちないよう、ウエストのまわりをひもで留めなければならない。彼が食べ物をもどさないようにするには、何を置いてやるべきかと考える。カミツレ茶、バターを塗らないトースト、小さなジャガイモを一個持ってくる。それだけ。大量の反吐は掃除したくない。

そのあいだじゅう彼はたいへんおとなしくしていたので、ジャニスはちっとも怖くなくなる。ジョーンジーであるかのように、頭をなでてやる。すばらしくやわらかい羽をなでる。そして思う。

これを切っちゃえば、長くて硬いつめをした小柄な老人に見える――不恰好だけど、その程度の人たちは世間にいる。服は欠点を隠すものだ。色の濃い羽がなければ、体の色は薄く見える。体そのものはいわゆる「カフェオレ」色だ。見るからに白人らしければもっとよかったけれど、でもまあ、しばらく地下室で過ごせば薄くなるかもしれない。

大きすぎる両耳のあいだを最後にひとなでして石炭部屋に南京錠をかけ、寝室に上がったが、ジャニスは興奮して眠れない。『性生活にご満足?』を一章読む。「彼を獣にする方法」という章だ。(「性別を問わず、足はこの上なく感じるものです」「目に物言わせなさい。でもまず相手が見ているかどうか確かめること」「身をゆだねなさい。リードしていると思うと、男性はあらゆる面で自分は強いという気になるのです」。)主導権は私がとらざるを得ないだろうけれど、ボスだと思わせてあげよう――輪縄式首輪をかけてはいても。

めずらしく、ジャニスはコーラと同じくらい早起きした。しかもコーラよりも早く目が覚め、ベッドに横になったまま策を練る。名案がいろいろ浮かぶ。口笛でヴィヴァルディを吹きながら下へ降りる――例によって調子はずれだが、コーラを怒らせたくてやっているわけではない。本当に吹けないのだ。コーラはコーラで、ジャニスの口笛の吹き方を自分が嫌っていることをジャニスが知っていることは知っている。決して調子を外さない自分と同じくらい、ジャニスだってやる気にさえなれればちゃんと吹けるはずだと思っている。ジャニスの早起きもきっと単なる嫌がらせで、昔、父さんの食事作法が気に入らないときに母さんが浮かべていたような表情を、ジャニスも自分の向かいで浮かべて朝ごはんを台無しにしたいのだろうと思う。しかもオムレツ作りにかかる前から、ツナ缶が一缶なくなっていること、ライ麦パンも何枚か減っていることに気がついた。コーラは冷蔵庫のジャニス側からいちごを一クォート出して、洗いもせずに平らげる。

ジャニスはそれに対して何も言わない。ジョーンジーもいちごを少し食べたかったかもしれないと思うほかは、まったく気にならない。寛大な気分で力がみなぎっている。気分爽快なので、ハーブティーをコーラに勧めさえする。自分はハーブティーを決して口にしないことをジャニスが知っていることを知っているコーラは、それを皮肉として取る。そしてお返しに言う。せっかく二人揃ってこんなに早く起きたんだから、一緒に海岸に行って、庭用にヤナギタデをもう少し採ってくるべきだろうね。

コーラがそう考えたのはツナとパンの埋め合わせをさせたいからにすぎないとジャニスはわかっているが、いまなお寛大な気分だ——世界じゅうに対してやさしい気持ち。それなら春に二度もやったでしょとも言わず、いま必要なのは、冬のあいだ家の土台を囲うための干し草を固めたものでしょとさえ言わない。ただ一言「行かない!」と言う。

互いに対してどんなに怒っていようと、二人はそれまで義務を忌避したことはない。仕事となれば、常にいいチームだった。だが今回ジャニスは頑として譲らない。大事な用がある、と言う。こんなことは言ったことがないし、大事な用があった試しもない。大事な用は常にコーラが済ませてきた。今回、コーラはどんなに説得してもジャニスに翻意させることはできないし、大事な用なんてない——少なくともヤナギタデよりも大事なことなんかない——と説得することもできない。

ついにコーラはあきらめ、一人で出かける。もともと行く気などなかった。ヤナギタデを一人で採りに行ったことはないが、ジャニスに罪悪感を覚えさせたい一心で出かける。何かあることは勘づいている。何かはわからないが、警戒しなくては。

おんぼろのピックアップトラックが砂利の私道をざくざく進む音が聞こえたとたん、ジャニスは地下室に降りていく。持参した物は、父さんの古い西洋かみそり（砥いだばかり）、消毒用アルコール、包帯。そして彼が少しでも楽なよう、シェリー酒も一本。

六時半ごろ、コーラは疲れて、砂まみれで帰る。顔は紅潮し、青い農作業シャツの背中一面と腋の下に大きな汗じみがある。体は魚くさい。すっかり疲れているため、ポーチの階段をよろよろと上がる。家に入る前から、いつもと様子が違うことがわかる。この匂いは……ビーフシチューか何か、たまねぎ、それともミンスパイかな。玄関テーブルにはシェリー酒が一杯、彼女のためにつがれている。少なくとも彼女のためみたいに見える。少なくともシェリーに見える。日中は暑かったが、この時期、秋の夕暮れは涼しく、ジャニスは暖炉に火を熾してあり、出来は悪くない。ジャニスもやる気さえ出せば火を熾せると、コーラには前からわかっていた。シェリーを手にとり、父さんの大きな椅子の足載せ台に腰かける。この椅子にもジャニスが花柄の被いをかけている。ピンクを帯びた青のアジサイらしい。コーラは火を見る。そして思う。万事、何かわけがあるはず。もしくはいたずらと判明するはず。警戒を怠れば、厄介な破目に陥る。でも悪ふざけだとしても、楽しめるあいだは楽しめばいい。シェリーが緊張をほぐしてくれる。二階に上がってシャワーを浴びよう――ジャニスがお湯を残していれば。

数日間、ミスター・ジョーンズは痛がっている。ジャニスはそれがうれしい。野生動物が――いや、さほど野生的でなくても――看病されて健康を恢復するとどれほど感謝するかを知っているから。（それに治り次第、別種の絆で自分に結びつけたいとも思っている。）あのときミスター・ジョーンズがすっかり酔っぱらっていましたように……切断……だか何だかのことは覚えていませんようにと願う。（妙なことに、彼の手には指が三本ずつしかない。はじめは気づかなかった。）

コーラはいまだに怪しんでいるものの、何を怪しんでよいのかがわからない。ずっとごちそうつづきだ。夕食後、ジャニスは手伝ってと言わずに片づけまでする。料理も全部したのに。そして何時間もまとめて姿を消す。昼寝をしに二階へ行く――少なくとも本人はそう言っているが、部屋にいないことはわかっている。晩に皿洗いを終えるとジャニスは裁縫か編み物をする。子どもサイズのセーターを編み、子どもサイズのズボンを縫っていることは難なくわかる。同時に、レースを使った襟あきの大きい白いドレスも作っている。ジャニスの年頃の人には襟あきが大きすぎると思う。だがジャニスの服じゃないかもしれない。何かの知らせを隠しているのかもしれない。実にあの子らしい。誰かが結婚するか、お客さんが来るのだ。あるいは両方か。

ミスター・ジョーンズは恢復しつつある。スープ、ナッツ、種を食し、ようやく何も吐かずに過ごせている。肌の色が少し薄くなったことをジャニスは喜ぶ。小柄なメキシコ人か、まあまあ色の薄いインド人として通るかもしれない。言葉もいくつかわかるようになった。だいたいは犬のジョーンジーにかつて話していたように、ジャニスがどんどん話しかけている。いい子、悪い子、おすわり、ねんね、静かに……はわかる。「愛している」という概念さえわかっているのではないかと思える。彼以外の生き物には言ったことのない言葉だ。子どものころ飼っていた仔馬にだって言わなかった。最近は大いになでてやり、背中をさすり、あごの下や耳のうしろを掻いてやっている。いつも彼女のパンツを履かせウエストのまわりを紐でゆわいてあるし、「このうえなく感じやすい」足はまだなでていないのに、大きいペニスがさらに膨れあがるのが時おり見える。

ある晩、ジャニスは件の「彼を獣にする方法」という章を読み返し、（すでに晩はいっそう冷え込み、まだ暖房をつけていないのに）花柄の夏用ネグリジェをまとう。口紅、アイシャドー、香水をつけ、髪をとかし、肩に垂らす……（白髪はこめかみにすこし出ているだけ。よかった、コーラみたいにほとんど真っ白じゃなくて）シェリー酒を一杯ずつ用意し、地下室へ持っていく。でも、ほどほどにする。酒とセックスについては読んで知っている。

愛していると何度か彼に言い、両頰にキスし、輪縄式首輪のすぐ下あたりにキスをする。最後に口づけをする。彼の唇は薄く、ぎゅっと閉じられ、向こう側の歯が感じとれる。彼女はネグリジェをあごまで巻き上げる。自分はもう若くはないけれど、彼が目に入るものを気に入ってくれればと願う。（とにかくびっくりしているようだ。）だが隣に横たわるやいなや、事は終わっている。本当に済んだの、と彼女はいぶかる。まあたしかに血は出たし、痛かった。でも本に書かれていた流れやあるべき姿とは大違いだ。早漏のことは読んだことがある。きっとそれだ。そのうち彼が言葉をもう少し覚えたら、二人で治療を受けにいけるかもしれない。でも――おっと――もう一回、しかもまたさっきみたいに一瞬だ。その後彼は、眠ってしまう。前戯ばかりか、後戯もなし。彼女は思う。これのどこにロマンスがあるの？

でもまあ、これで一人前の女だ。人生をまるごと味わえなかったわけじゃない。味わえなかったことも多いかもしれないが、全部を味わわなかったなどとは誰にも言わせないし、コーラの場合はそうは言えまい。自分はコーラに対して一本とったんじゃないか。これで一生にわたり一歩先んじたのではないかとジャニスは思う。かわいそうなコーラにはおそらく不可能なやり方で自分は人類の仲間入りをしたのだ。親切でいよう。

ジャニスは車の運転はめったにしない。いつもコーラに任せていた。運転はできるが、下手だ。いまは用事がいくつかある。ピンストライプの素敵な背広がほしいが、少年サイズがあるかしら――父さんが着そうなのがいい。上等のスーツケースもほしい。安物雑貨店のじゃ嫌だ。でこぼこのかぎつめが収まる大きさのぴかぴかの靴もいる。犬のジョーンジーのつめきりを使って、かぎつめはなるべく深く切ってはあるが。ミスター・ジョーンズはいささかメキシコ人っぽいので、国境の南ふうなパナマ帽とサングラスを買ってあげよう。

ほんの数日でジャニスは用事を全部済ませ、次の数日は客用寝室の準備に当てる。換気、カーテン洗い、ベッドを整える（ダブルベッドでよかった）。そのあいだじゅう口笛を吹き、それがコーラの気に障ることすらすっかり忘れている。

コーラは客用寝室の準備を傍観しつつ、質問をして喜ばせるようなことはしない。ジャニスがどうして何も訊いてくれないのと思っていることは歴然としている。一度など何かを言いかけ、鎖骨まで真っ赤になり、黙り込んでいた。

ジャニスはコーラの好きな物でおいしい夕食を作りつづけている。コーラのほうは、悪ふざけの終幕がいつ降りるかとなおも待っているが、もし……いや、終わりが来なかったらそれこそ何かの企みだろう。コーラは警戒をゆるめず、覗きまわった――地下室も覗いたが、石炭部屋は見なかった。屋根裏部屋ではあるものを見つけた。大きな……たいそう大きな干からびた革だったが、端に乾いた血がこびりつき、もろすぎて、広げて正体を調べることはできなかった。見ていて、ぞっとした。なぜか心が痛んだ。両隅にくっついている二つの足のつめもしくはかぎつめのせいかもしれない。この死骸みたいなものをごみに出そうかとも思ったが、かぎつめもついているのを見てからは二度と手を触れることができない。


準備は万端整った。だが、ジョーンジーにはもう少し経験と訓練が要るとジャニスは考えている。デトロイトの空港まで彼を迎えに行くふりをしたい。でもコーラが知ったら、決して一人で行かせてくれまい。でもコーラはそこにいてはならない。理由は多々あるが、何よりも新婚旅行みたいにしたい。真夜中に二人で忍び出て、二、三日か、もっと長くかけて戻ればいい。デトロイト観光を数日楽しむかもしれない。ジョーンジーはいろいろ学べるだろう。

こんな旅に出ようなんていままで思いもしなかったが、ジョーンジーがいれば一人じゃない。自分の姿を思い描く。晴れ着をまといレストランで彼と向き合う姿（彼はピンストライプの背広を着る）、モーテル、映画、それに……自分もそうした行為にふさわしく見えるだろう。ほかのカップルたちと同じように。手をつないで映画を観よう。長いドライブのあと、夜は散歩をしよう。彼、ぶらぶら歩けるかしら？　デトロイトで銀の持ち手のついたステッキを買ってあげよう。父さんの杖よりいいのを。肢体不自由者だとしても、紳士然として見栄えがよければよいほど、コーラは嫉妬を募らせるだろう。

ジャニスはコーラに短い置手紙を残し、デトロイトの空港のことも記す。

はじめのうちは素晴らしい新婚旅行だった。輪縄式首輪をジョーンジーのネクタイとワイシャツの下に隠し、鎖は左袖を通し、手をつないだとき念のため握っていられるようにした。ジャニスはワイシャツのうしろをちょっと引っぱる術も身につけたが、そうした技はほとんど不要だった。だってあんなによろけていて、一体どうやって脱出を図れる？　ピックアップトラックを運転できるようになる以外、方法はないんじゃない？　だが運転できるようになったとしてもちっとも驚かない。デトロイトに着く前から、自分で服を着て、高級レストランで順番を間違えずにフォークを使い、ロブスターだって人並みにきれいに食べていた（あとで吐いてしまうけれど）。

ジャニスは、あたかも二人がコミュニケーションをとっているかのように、ずっと会話をつづける。「ねぇそう思わない？」絶えずそう繰り返し、彼がうなずいてすらいないことに誰も気づきませんようにと願う。そういう夫は大勢いる。父さんだって母さんに返事をせず、いつも物思いにふけってばかりいた。でもミスター・ジョーンズは物思いにふけっているようには見えない。いまではもう、絶望的とも思っていないようだ。大いなる知性をもってあらゆる物を眺めているので、ドクター・ジョーンズと呼ぼうかとジャニスは考えている。

デトロイト（滞在先はルネサンス・センター）でジャニスは当地の市庁舎で結婚すべきだという名案を得る。やってみもしないうちにコーラに電話する。「結婚したの」と告げる。まだ実現していないし、いつか実現しようとしまいとコーラにはわかりようがないのに。「それにおかしいのよ、私はミセス・ジョーンズで、彼のことジョーンジーって呼んでるの。うちのジョーンジーみたいに」

コーラは返事ができない。しどろもどろになるばかりで言葉もない。ジャニスがいなくて、想像を絶するほどさびしかった。あの小さな光が果樹園でまだ明滅していればいいのにとさえ思った。巣をもうひとつ発見できればと果樹園にも出て行った。一部には、一緒に過ごす相手を探しに行ったのだ。戸締りもわざとせず、寝室の窓も開けっぱなしにして出た。でもその後いろいろ考えた。いぶかり、心配し、待ちながら何日も過ごしたわけだし、地下室に降りてみたら、石炭部屋のドアは無造作に開け放たれていた。床に敷かれた藁布団、ほこりまじりの水が入ったボウル、最後の食事の名残（母さんの陶器、ワイングラスがいくつか）、それにジャニスのパンツが三組あり、パンツはかなり汚れていた。乾いた血のこびりついた、畳まれていた革をコーラは思い出し、改めてぞっとした。裏をかかれたことを知り、それも想定外だったが、不意にそんなことはもうどうでもよくなったことに気づく。

コーラは電話口に向かってしどろもどろになり、生まれてはじめて――少なくともジャニスの知るかぎり、はじめて――わっと泣きだす。コーラは隠そうとしているが、わかってしまう。ジャニスは突然コーラを喜ばせることを言いたくなるが、何と言えばいいかわからない。「きっと気に入るよ」と言う。「わかるの。きっと彼のことを好きになるだろうし、彼も姉さんのことを好きになるよ。そうなるってわかるくらい、彼のことはわかってる。きっとそうなるから」

泣いていることは相変わらず悟られまいとしながら、コーラは電話を切ろうとはしない。やっとジャニスと電話でつながったから、いかにかぼそいつながりとはいえ、うれしいのだ。

「デトロイトで何か素敵なお土産を買って帰るね」ジャニスが言う。

コーラは相変わらず黙っているが、ゼーゼーという荒い息が聞こえる。

「すぐ戻るよ」ジャニスも電話を切りたくないが、もう話すことが浮かばない。「じゃあ二日後ね」

四日かかった。ジャニスはバスを乗り継ぎ、タクシーに乗って一人で家に帰る。（二週間後、ピックアップトラックはカナダのサンダー・ベイの北で見つかる。車内には男物の衣類があり、パナマ帽、サングラス、銀の持ち手のステッキもある。ラジオは盗まれている。コーラのものでもジャニスのものでもない地図何枚かと大きな辞書が一冊発見される。）

ジャニスはポーチの階段をよろよろと上がり、コーラは両腕を広げて駆けおりるが、ジャニスはさっと身を引く。結婚指輪と、大きな偽ものくさいダイヤの婚約指輪をはめている。新しいワンピース姿だ。ワンピースはしわだらけで背中に大きな汗じみが広がっているが、高かったことはコーラにもわかる。結いあげた髪はほどけつつあり、今度はジャニスのほうが泣いていないふりをしている。

コーラは、階段をのぼるのを手伝おうとする。ジャニスはつまずいたのに助けは拒むが、リビングルームのほうへ押し込んでもらうことは拒まない。長椅子に倒れ込み、「うろうろしないで」とコーラに言う。これまでコーラはうろついたことなどなかった。それはどちらかと言えばジャニスがしそうなことだ。

コーラが濃いコーヒーを一杯持ってきたあとも、ジャニスはどんなことも一言もしゃべらない。話せば楽になるよとコーラは声をかけるけれど、しゃべらない。疲れて、ふてくされている様子だ。「何でも知りたがるんだから」(だって一本とったままでいる唯一の術は、何も言わないことではないか?……秘密を持つことではないか?)

コーラは「べつに」と言いかけるが、もう昔の自分でいたくはない。ジャニスはこの家に一人きりで何日も過ごしたことがない。いまやジャニスの知らない別の秘密がある。コーラがどこかへ行かないかぎり、ジャニスには一生わからないかもしれない。でも、コーラがどこかへ行く理由などあるか? それにどこへ行く? しかも、一本とったり仕返しをしたりすることは、コーラにはもうどうでもいい。ジャニスが理解しようとしまいとかまわない。ただジャニスの面倒を見たいし、ここにいてもらいたい。しばらくすれば、物事は変わったということをジャニスにわかってもらえるかもしれない。

コーラは台所へ行き、ジャニスが気に入りそうなサラダを作る。ジャニスが喜びそうなやり方で食堂のテーブルをしつらえる。母さんのとっておきの食器を出し、ナイフとフォークを所定の位置に置き、水用のコップとワイングラスの両方を出すが、ジャニスはあとから台所で食べるし、紙皿を使うから、と言う。まずお風呂に入ると言う。

コーラが食べ終え、自分が使った皿の最後の一枚を洗っていると、ネグリジェと母さんのバスローブをまとったジャニスが入ってくる。ジャニスが低い棚から平鍋をとろうとかがんだとき、バスローブがはだける。再び体を起こしたジャニスは、コーラに見つめられていることに気づく。「何じろじろ見てんのよ」フライパンを武器のごとくかかげ、問いただす。

「何も」とコーラは言う。下手なことは言わないほうがいい。見たくないものを見てしまった。ジャニスの首にぐるりと輪縄式首輪の大きな赤い痕がついている。

でも、何か言わなくては。父さんならどうしたろう。父さんならどうするか、たいていわかるし、わざわざ考えるまでもなくそのとおり動ける。でも、父さんがこんな事態に対処する破目になるなんて想像できない。言葉に窮する。動けない。ついに、こう思う。秘密はなし。「あなた《シスター》」と話しかける。そして、それから……でも、どうしても言えない。（父さんなら決して言わないだろう。）びくっとする。再び、もう少しで言えそうになる。「あなたのこと、愛して……」

最初、ジャニスは本当にフライパンで殴りかかってきそうに見えたが、やがてフライパンを取り落とし、ひたすらじっと見つめている。

ジョゼフィーン

Josephine

真っ先にやるべきこと……降っても照っても、昼も夜も、つねに最初の項目は「ジョゼフィーンを見つけること」。彼女が〝お年寄りの家〟に戻ってくるまで、ここでは何もはじまらない。タレントショーを行なう夜は、彼女が最大の呼び物なのだ。彼女抜きではたいしたことはできない。ゆるいワイヤの上で彼女はぐらぐらするが、まだ落ちたことはない。シャンデリアには注意せねばならないが、天井が高いおかげで、ゆるいワイヤの演目をリビングルームで見せることができる。高さは床からせいぜい一メートル半程度。歌うときは、おもちゃの木琴の弾き語りをする。一度などウィンドチャイムを自分の部屋から運んできてリビングルームの送風機の前に置き、それに合わせて歌っていた。

彼女はひどくぐらついているが、みんな見て見ぬふりをする。みんなもっとひどいのだ。何があろうと歌い踊る勇気を持ち合わせているのは、彼女一人だ。あるいは勇気ではなく、天真爛漫なだけかもしれない。

ジョゼフィーンのおかげで、しばしば町の人々が出し物を見に来る。彼女を称えにか、笑いにか……彼女だけでなく我々も笑いに来ているのかはわからないが。

私は司会者であり、舞台監督であり、エンターテインメント委員会である。出演者たちほど重要じゃない。足元がふらふらだと言われもするが、私には多少なりとも平静さが備わっているのだろう。なぜ管理者は私みたいな男をジョゼフィーンを探す係にするのか？　なぜ片足を引きずる者を選ぶのか？

いや、彼女を捜しに行かせる人間として、私こそ適任なのだ。彼女が思いきり笑い者にできる人間だ。おそらく彼女に転ばされ、舗道に倒れた状態で見上げ、あの緑と褐色の瞳と目が合うだろう。ついに見つけたのに、あっという間に走り去り、私が立ち上がって片足を引きずりながら追いかける前にいなくなってしまう。


我々が暮らしている館は立派だが、古びている。かつては億万長者たちの夏の別荘だった。我々年寄りのためにと町に寄附されたのだ。リビングルームとダイニングルームはしばしば閉鎖されている——暖房が効きにくいからだ。

みんなはブレックファーストルームがお気に入りで、そこにいる時間が一番長い。三方が窓になっており、それぞれ窓下腰掛けがついている。テーブルは五卓ある——全員がゆったり坐れる。だが食べるとき以外、私はほとんど行かないし、ジョゼフィーンも同様だ。みんながトランプ遊びとビンゴばかりしているから。

ジョゼフィーンが部屋から出てくるのはごく稀で、食べるときと「何かを見せてお話する会《ショー・アンド・テル》」が催される晩だけだ。（そのときだけリビングルームが開放され、ちゃんと暖房を効かせる。）それか、家出をするときだ。彼女はいつでも行方不明だ。たとえいまはそうでなくても、次の瞬間には。探す役目を負わされるのが自分じゃなければいいのに、と思う。結局、善行をおこなうためにやっているが。

彼女はよくこう言う。「あなたが見つけてくれなけりゃ、わざわざ行方不明になんかならないわ」それは本当だろうと思う。私が見つけると（いや、彼女が見つけさせてくれると、と言うべきか）、彼女の表情は……うむ、ややこしいのだが、見下した感じで、それだけなら私も探さない。安堵も窺えるのだ。それだけでも見つけ甲斐があるだろう、と他人様に思われても不思議はないような表情で、私も関節炎でさえなければそう思えたかもしれない。最近、私は杖をつくようになった（ジョゼフィーンはどんな天気でも行方不明になる。今晩は晴れていて、ありがたい）。

もういいかげん、彼女が徘徊したらご近所が連れ戻してくれてもよさそうだが、そうは問屋がおろさない。近所の人たちは怖がっている。ざんばら髪に興奮した目つきで、相手の鼻を酷評をするから。服装もみなと違う。スカーフを何枚も重ねていて、ドレスを着ているかどうかさえわからない。きっとみんなはそれが怖いのだろう。スカーフの下に実はドレスを着ているのだが、それはドレスというよりむしろスカーフに見える。着るものはどれもそんな風で、色はピンクっぽいか、かぼちゃ色か、ベビー服に使う淡い青。揺れてきらきらする大きなイヤリングをいつもつけている。

私はポーチに出る。いつものように数分間、夜に見とれる。片足を引きずりながら正面階段を降りる。館は広さ数エーカーの敷地と木にかこまれているから、田舎にいる気分になれるが、門から一歩出れば街中だ。

時折、ジョゼフィーンは曲がり角のすぐ向こうに隠れていて、私が捜索するさまを最初から窺っていると思うことがある。どこからとりかかるかな、とおそらく考えているのだ。私のシャツのすそが出ていること、ベルトをまだ締めていないことに大喜びだろう。（ベッドから直行したのだ。）大きなため息をつくのをとりわけ喜んでいるだろう。

口ひげをなでつける。ワックスをつける暇がなかったから、口に入ってくる。体のほかの部分と同じく、薄汚いのが感じられる。

まず階段の両脇のやぶを調べ、そこにかがみこんでいないかどうかを見る。彼女は怯えた子鹿みたいに微動もしないでいられるのだ。

見つけると私は必ずお辞儀をする。高い身分に伴う義務《ノーブレス・オブリージ》ゆえだ。ジョゼフィーンに向かって帽子をあげて挨拶するためだけに古いかんかん帽をかぶっている。彼女がときどき微笑むとすれば（「つかまえたわよ」という微笑みだ）、私のおかげである。

私はびっこを引きひき行く。役立たずが役立たずを探しに。

かわいそうなジョゼフィーン、町のどこかにいて、本当は森にいたいと切望している。しょっちゅうそう言っている。

あるとき、若い人が館の玄関を叩き、ジョゼフィーン大伯母さんに面会を求めた。(ジョゼフィーンと同じく眉毛はそばかすと同じ色で、ないも同然だった)。我らが管理者は嘘をついた。そういうお名前の方はいません、と。書類があります、とその娘は言った。だが彼は、きっと書類の間違いです、ほかの書類で証明できますよと応じた。管理者はジョゼフィーンに恋をしていると私はにらんでいる。

ほかの入居者たちは管理者のことを陰で石頭とか気難し屋と言うが、私が一緒になって言うとは思っていない。私は彼のことを〝管理者〟と呼ぶ。(入居者たちは私のことも陰で石頭やらもっとひどい言い方をしていることだろう。)

左、右、それとも直進? どれでも大差ない。彼女はときどき目印を残しておいてくれる。スカーフの一部の、ほどけつつある、ばら色の切れ端やら、食堂のテーブルから盗んだプラスチックの造花一輪などだが、私がいま見るかぎりここに目印はまったくない。門を出て、道を渡り、丘を下る。何の目的もなく。もっとたくさん星が見えればと思うが、考えてみれば私は都会育ち。こんなの慣れっこだ。

私は口笛を吹いてジョゼフィーンが私の居場所をわかっていられるようにする。

彼女のことを愛していると思う……もしくは、愛しているに違いない。だって何らかの愛情なくして、どうしてほぼ毎日こんなことをする？　毎晩毎晩？　愚痴もほとんど言わずに？（しかもこぼす相手は自分だけ。）彼女も好いてくれていると思う。少なくとも私に慣れていて、私を悩ませたいのだ。それは愛かもしれない。

物心ついたときから、私は恋をしていた。まるで恋と意識が同時に生まれるかのように。つねに恋をし――つねに片思い。自分がどこかおかしいことも、それが人目につくこともわかっているが、たちまち気づかれてしまうようで、なぜそうなるのかは見当がつかない。でも多くの人間はとり澄ました石頭のくせして結婚できるのに、私には友だちすらほとんどいなかった。だが、信念は貫いてきた。不運に見舞われても勇敢だった。災難に遭ったときでさえ。頼りになる男なのだ。ジョゼフィーンは、はなからそれを見抜いていたに違いない。そして、私が女にもてるタイプじゃないのを管理者は重々承知しているのだろう。彼女を追わせるには安全パイというわけだ。ジョゼフィーンと私のあいだには何も起こり得ない。事実、彼女がそう言ったも同然だ。私のことを上品すぎる、と言ったのだ。「えり好み、えり好み、えり好み」と言われ、それも一度じゃない。私がなるべく威厳を保とうとしていることは、認めざるを得ない。

例によって進行方向をちゃんと見ていなかった。もっと星が見たいなあと思って空を見上げているが、もちろん街灯が多すぎる。私は本当に星が見えるところで過ごしたことはほとんどない。この街中では、星は大事じゃないように思えてくる。たとえ月が出ていたとしても、月は大事じゃないように思えるだろう。そんなことを考えていたら、がくっと倒れた。

最初は痛くなかったが、立ち上がろうとしたら別だった。

「ジョゼフィーン。怪我をしたよ」私はささやく。どうして彼女に人助けができる?

もう一度立ち上がろうとする。必ず立ってみせる。

立てない。ベルトがあるぞ。(まだベルトを締めておらず、シャツもはみ出ていることに衝撃を受ける。エレガントではなくとも、私はいつだってなるべく……でも一文なしで、バスルームは自分の部屋にはなくて廊下の向こうにあって鍵もかからないんだから、誰がエレガントでいられよう? いろいろ乱れた姿を人目にさらしてしまう。それでも私はりゅうとしていようといつも心がけてはいるのだ。でも、自分で思う以上にイカれてしまっているに違いない。)ベルトを脚にまきつけてみる。役に立たん。杖はどこに行ったかとあたりを見る。杖として使うべきか、添え木として使うべきか、考える。シャツを脱いで、ねじり、それで脚をぎゅっと縛る。

はじめから寒かったが、もっと寒くなった。この震え方は、ショック症状かもしれん。仰向けに寝る。ちょっと休め、と自分に言い聞かせる。数分後には痛みがやわらぐかもしれない。

もう威厳は保ちようがない。ジョゼフィーンは笑いに来るだろう。私はえり好みするし石頭だが、卑怯者ではない。ジョゼフィーンが導くほうへ、どこでもついていく。一度は川の中までも。すでに彼女を発見していたが、一緒に橋を渡る最中に彼女は私の手をすり抜け、水に飛び込んだ。私も追った。彼女はそうなると読んでいた。私は少ししか泳げないが、彼女はもっと泳げない。下流に八百メートルほど流されてしまったが、どうにか自分も彼女も助け出せた。私は彼女に腕をまわしていた。二つの頭をなんとか水から出そうと奮闘しながらも、思った。ジョゼフィーンに腕をまわしているぞ!

我々は一切他言しなかったが、二人でずぶぬれで戻ったことに管理者が気づかなかったわけがなかろう。我々は廊下一面と裏階段にしみを残してしまったのだ。一番ひどい汚れを私が深夜に精魂こめて落としたことをジョゼフィーンは少しでも気にかけたか? 当然まるっきりかまわず、わずかな水みたいな瑣事に対して私が杓子定規でありすぎると考えている――ただし、あのときは泥もあったのだが。

彼女が見える。そんな気がする。私の頭上で、これからゆるいワイヤの演目をはじめるかのように枝の上で平衡を保っている。上のほうは暗がりで、街灯の光は届かない。だがあれはビニール袋にすぎないかもしれない。ジョゼフィーンはスカーフを何枚も重ね、いつでもビニール袋同然にうすっぺらで、そこにいるような、いないような風情だ。

震えながら待つ。杖は添え木として用いるべきか、杖として使うべきか、まだ考えている。もう一度立ち上がろうとする。立てない。自分をどやしつける。「やれ!」片膝に体を乗せる。「やれえー!」でもできない。

するとジョゼフィーンが耳もとで「やっちゃだめ」とささやき、私の肩に片手を乗せる。感触は予想どおり、しごく軽やかだ。いつもの悪意ある笑みを浮かべてはいるが、すでに添え木を見つけてくれている。何だかわからない、捨てられたへぎ板だ。彼女はスカーフを何枚か外す。一枚私の体に巻いてくれる。きっと絹だ。(絹に決まってる。ジョゼフィーンが絹以外のものを使うわけがない。）たちまちそのぬくもりが伝わってくる。彼女の手もあたたかい。それに効きめがある——いやしの手だ。私の脚からシャツとベルトをとり、スカーフを使って脚を板に縛りつけた。それから私を抱きしめ、体であたためてくれた。「愛しているわ」と言うが、最後に「忠実な太鼓持ちさん」とつけ加える。

私が見つけるたび、必ず私をそう呼ぶか、「おべっかつかい」と言う。ときどき「ねえ、君《マイ・グッドマン》」と呼び、「マイ」を強調する。毎度あのあざけるような笑みを浮かべてこうのたまう（しかもなんたるたわごとか）「ブルーベリーパイを作ってあげる、エスカルゴを半ダースお料理してあげる、マイ・グッドマン」。彼女はガスレンジをはじめいかなる火気にも近づかせてもらえるわけがない。「愛しているわ」と言って、私を苦しめるのと同じく、それは私を苦しめるための言い草にすぎない。私にまわした腕さえも、私の不幸を増すためなのだ。

私のかんかん帽は傍らに転がり（真夜中にこんな帽子をかぶるなんて馬鹿げている）、いつにもましてひしゃげている。前からいささかくたびれていた。（この手の帽子は、たぶん仮装道具店以外ではもう買えない。でもどうせ私には金がない。）いつものように私が彼女を発見していたならば、お辞儀をして帽子をとって胸にあてただろうし、ジョゼフィーンはきっと「いまにつかまえるわよ」という微笑を浮かべたことだろう。おそらくいま私は彼女の思う壺にはまっているのだ。

我々は少し休憩し、私の体はあたたまり、痛みはいくらかやわらいだ。彼女は額をなでてくれる。ひげが口にかからないよう、なでて揃えることまでしてくれる。例によって「つかまえたわよ」というあの微笑みを浮かべてはいるが、今日のは「本当につかまえたわよ」という微笑みで、何か目論見がありそうなずるそうな顔つきだ。彼女がどんな決定を下そうと従わざるを得ないだろう。だが考えてみれば、いつものことだ。

私が立てるよう、彼女が手を貸してくれる。絹で板に縛りつけられ太脚は、ギプスのようにかたい。悪いほうの脚を使わざるを得ない。「遠くには行けん」

「そんなに遠くないわ」

そんなに遠くない？　遠くない場所などあるか？　とくに脚が二本悪い者にとっては。

泥水の細い流れが、すぐ近くで舗道を横切って流れている。ジョゼフィーンは「このかぼそい流れは若さの泉よ」とのたまう。

私は笑いだしてしまう。どこかの蛇口から水が漏れているのだろう。どこかで芝生の散水機の水がしたたって、遠路はるばる芝生がないここまで流れて来たのかもしれん。

「のどが渇いているんでしょ」と彼女は言う。「飲みなさいよ。前にかがんで、飲むの」

のどは渇いているが、これは飲まない。

「いいわよ、もう若い陽気な頃には戻らないっていうんなら、行きましょう」

いつのまにか頭にかんかん帽を載せてくれていた。むろん、斜めに。またからかっているのだ。

私は彼女のスカーフにくるまれてはいるが、シャツも着てないじゃないか。彼女はシャツをまた着るのを手伝ってくれたか？　いや、地面に放りっぱなしだ。私はシャツ大尽じゃない。それは彼女も承知しているはずだ。あの館で隠し事はほとんどできない。襟はひっくり返したものの、いまや両面同じくらいくたびれてしまっている。

彼女が手を貸してくれる。背丈はせいぜい私の肩あたりだが、私をちゃんと支えられるくらい強い。そりゃ当然だ。ダンサー兼ゆるい綱渡り師兼木登りを、強くなくてできようか? 脚がどれほど筋肉質か、私は以前から注目していた。

これぞ彼女の思う壺。目を見ればわかる。口元はむずむずしている。笑いを隠そうにも隠しきれないのだ。

我々はシャツを踏みつけて去る。私はむしろここに残って助けを待ちたい。病院へしょっぴかれたい。普段と大違いで素敵だろう。一人で食事ができる。体をきれいにしてもらえる。ジョゼフィーンは見舞いに来ることもできる。来ないか。いや、来るだろう。私がベッドで寝ている姿を見たいだろうし、その上、脚だって引き上げられているかもしれないのだ。

どこへ向かっているか、行き先は気に留めていなかった。どうやって前に進むかにすっかり気をとられ、どこへ向かっているか気づかなかった。見たことのない横丁に来ている。

せめて痛みが治まるまで待ちたいが、ジョゼフィーンに先へと引っ張られる。「いらっしゃい、私の人、もうちょっとで休めるから」

いままでどおり、どこでも彼女が連れて行くところへ行くが、めまいと吐き気がする。つまり、腰を下ろさないかぎり気絶するってことだ、それもいますぐ。

次に気がつくと、自分のうなり声で目が覚めたところだった。うるさいのは自分だとわかったとたん、静かにする。私はロードスターの後部座席で丸まっている。幌は下りている。私はやせているとはいえ、ジョゼフィーンがどうやって乗せてくれたのか見当がつかない。彼女は路上を無灯火運転中である。街灯をたよりに走っている。どれくらい気絶していたのだろう。片脚はドアの上にのせてある。かんかん帽は床の上。ほこりだらけで虫食いの軍隊用毛布が体にかかっている。

この車はジョゼフィーン並みの年齢のようだ。盗んだのか？　ならばどうしてヘッドライトが点く車を盗まなかった？

意識が薄れ、気がつけばまたうなっている。急にでこぼこ道になったからだ。街灯のないところまで来たのだ。ジョゼフィーンは星をたよりにのろのろ運転している。

いまや道はせいぜい二本のわだちといった風情で、まもなく頭上の木々が星をさえぎる。ジョゼフィーンは勘を頼りに運転している。あるいは、わだちが正しい方向を車に強いるのかもしれない。きっと、これは彼女の森だ。ずっと住みたがっていた森。だがそうならばどうしてずっと前に一人で来なかったのだろう？　それとも太鼓持ちが必要だったのだろうか？　あるいは観察者が？　私が観察していなければ、彼女の全生涯は無意味だとでもいうように？

いつまでも進む。でこぼこの上を走るたびに私はあえいでしまうし、道はこぶだらけときている。荒海で小船に乗っているみたいだ。実際、船酔いしてきた。

夜明けが近い。ジョゼフィーンのもじゃもじゃ頭は風に乱され、そのシルエットが灰色を背景に浮かんでいる。だらりと垂れたイヤリングがきらめく。

私は呼びかける。「吐きそうだ」

彼女は車を停め、横から身を乗り出すのを手伝ってくれる。おでこをおさえてくれる。「マイ・ディア」と呼んでくれるが、しんどすぎてそれどころじゃない。

威厳のことで日々からかわれているが、威厳はもうこれっぽっちも残っていない。吐瀉物と汗まみれだ。

「もう着いたようなもんよ」と彼女は言う。「うちよ」

うちだって！

だが、もうしばらくがたごと走り、夜明けが次第に近づく。何もかもピンクに染まりはじめる。曲がると開拓地があり、にわかにそよ風が吹く。一面が白波——ピンクの波——の湖の付近に停まる。ジョゼフィーンが車を停めると、波がひたひた寄せる音が聞こえてきた。片側にはペンキを塗ったほうがいい羽目板張りの小さな家があり、もう一方にはいつ倒れてもおかしくない小屋がある。正面はおそろしく傾いた、ぐらぐらの船着場だ。

ひどく気分が悪くてくたびれて、動きたくない。降りるのを手伝ってくれようとするが、私は引っ込んでしまう。彼女はあきらめて家に入り、網戸をばたんと閉めて（はじめ、我々が銃撃されているのかと思った）数分後に（またライフルの銃声が一発）熱いお茶を手に出てくる。奇妙な味で、ほこりっぽく古臭いが、たちまち効いてくる。強烈な代物だ。ジョゼフィーン流の秘伝のハーブが入っているに違いない。

その後、手を貸してくれて家の中へ連れて行ってくれる。よろい戸が閉まっているため、中は薄暗い。壁には虫に食われた鹿の頭がひとつ掛けられ、鹿の角《つの》に釣竿が五、六本、横向きに載せてある。鹿の目がわずかな光を受けて輝いている。

ジョゼフィーンは厚いつめものをしてある椅子に私をどんと坐らせる。ほこりが舞い、私はくしゃみをする。彼女は私の悪いほうの脚を足のせ台にぽんと置く。それから別の部屋に行き、白いシャツを手に戻ってくる。新品のようだ。ところが彼女は、私が汚いことに気づく。歩道のほこり、吐瀉物、お茶のしみ……やがて、彼女はぬるま湯の入ったたらい、タオルを数枚、せっけんを運んでくる。上半身をきれいにしてくれる。

「当然ね……」と彼女はつぶやく。

最初、何が当然なんだ、と思う。だが、すぐにわかった。私がやせぎすで胸もすっかり落ちくぼんでいるから、当然なのだ。おべっか使い《トーディ》にすぎないのも当然というわけだ。

「お留守番しててね。食料を買ってくるわ」

「松葉杖を頼む」

その気はないとわかる。あるわけないじゃないか、やっと私を支配下に置けたのだから。

「頼む」

彼女はそっぽをむく。少なくとも嘘はつかない。その点はつねに頼れる。ありがたい。

「大ミミズを買ってくるわ。いますぐ釣りをしたければ、自分で一匹掘って。埠頭の先で釣り糸を垂らせるわ」

なんたるたわごと。いや、どうしてもできないことを提案してからかいたければ、そうでもないか。

「カミツキガメに気をつけて」

まったく。

彼女は出かけた（出がけに手をのばして鹿の頭の首をなでたあと、一度戻ってきて鹿の口に接吻する。かんなくずがちょろちょろ出てくる）。一方私は（すっかり）沈んで椅子に埋もれている。だが体は――少なくとも上半身は――きれいだし、新しいシャツも着ている。

体を起こし、ほこりのせいでまたくしゃみをして、椅子の腕置きで体を支える。両腕と良い／悪い脚を使って、もっと硬い椅子まで自分を支えながら移動する。鹿の目は、正面を向いた肖像画の目よろしく、追いかけてくる。とがめるような目だ。

この硬い椅子を左右に傾ければ進むことができる。ジョゼフィーンの薬草なしでは、きっと痛みが伴ったであろう。時間がかかる。一番近い窓辺にたどり着き、よろい戸を開けると、ジョゼフィーンの車が家に近づいてきた。ロードスターがかつては赤かったことがわかった。

荷物を運び込むのを眺める。普段よりもはるかにきびきびしているようだ。放心したような顔つきも、徘徊していたのも、おそらくゲームだったのだろう。

いったいどこへ行ってきたのやら。いの一番に戸口に風鈴をつるしている。即鳴りだす。さざなみが聞こえたり、木の葉がさらさら音を立てたりしているここでも、あの音抜きでは一瞬たりとも過ごせないのか？

私には一瞥もくれず、台所でせっせと働きだす。水道水まではいかないが、シンク横にポンプがあり、水を使うたびにさかんにぎこぎこ鳴る。私よりも痛い思いをしているみたいな音だ。ジョゼフィーンは歌をうたい、ハミングする。いままでで一番幸せそうな音を出している。ブイヨンを運んできてくれる――市販ブイヨンだ。いつもホームで出るやつ。

「本物はいま火にかけてるの」と彼女は言う。「でも、まだかかるわ」

彼女はあの詰め物の多い椅子にどすんと坐り、さっきは私のために押し寄せてくれた足載せ台に両足を載せる。そして大きなため息をつく。彼女を捜しに行く前に私がいつもついていたため息とそっくりだ。知らぬ間に（たぶん本人も知らぬ間に）寝入っている。たしかにへとへとに見える。夜通し運転したのだから当然だが、あの椅子に自分がずっと坐っていればよかったなあと思う。

網戸をめぐらせたポーチがある。椅子を揺らして出てゆくと、二人がけのラブシートがあり、腕の部分に片脚を載せて横になるのにぴったりだ。私もジョゼフィーンなみの素早さで眠りについた。無気味な夢の中でおべっか使い《トーディ》のみならず本当の蛙《トード》になってしまい、私の体を動けなくする薬草も出てくる。夢の中で麻痺状態から抜けだそうとあがく。目を覚まそうと奮闘し、気づけばラブシートの籐の背もたれと闘い、次いで床に転がって床と闘い、次いで横にジョゼフィーンがいて、彼女と闘っている。

彼女の強烈なビンタを左右に受ける。悪夢から覚ましてくれて、心地よい。どうしてそうすべきだとわかったのだろう？　昔、ナースだったなんてことありうるだろうか？

並んで床に坐り、私を膝に寝かせ、再び「マイ・ディア」と呼んでくれる。

彼女に抱かれて横たわっていると、ポプラはさらさら鳴り、波はさらさらと寄せている……すぐ外で鳥が一羽鳴いている。なにもかもこれまでにないほどはっきりと聞こえる。ジョゼフィーンの思う壺にはまっている気がするが、それは私の望む場所でもある。

やがて、私の頭の下にクッションを差し込んでくれてから彼女は立ち、さっきと同じほこりっぽいお茶を持って戻ってくる。足載せ台がついたふかふかの椅子のところまで手を貸してくれて、ずっとガスレンジにのせていたブイヨンを持ってきてくれる。この数時間で本物の自家製ブイヨンになり、不透明なリボンや小さなかけらが浮かんでいる。その正体はわからない。

もうひと部屋、小さな寝室があり、鉄製のたるんだベッドがある。鉄に塗られた白ペンキがはがれ落ち、かけらがベッドと床に散らばっている。ジョゼフィーンはそれを払い、そこに寝かせてくれる。マットレスはごつごつしてたるんでいるが、たちまち寝入る。睡眠剤を飲まされたような感じだが、それがありがたい。


朝、がんがん、どんどんいう音に次いで、階段の途中まで物が落ちる音で目覚める。屋根裏があり、そこに机用の、キャスターつきの古い椅子がしまってあったのだ。彼女がそれを運んで急な階段を下りていたら、キャスターが外れ、真っ先に転がり落ちたというわけだ。たとえ脚を折っていなくても、私には絶対できないと思う。彼女は椅子をベッド脇まで転がすと、私が乗れるよう手を貸し、台所まで押してくれる。

すでに彼女がよろい戸を全部開けてある。朝日が差し込み、ほこりが舞い上がるさまが見える。我々の足跡すら見てとれる。だがジョゼフィーンは掃除せず、代わりに（なんと、前に言っていたとおり）パイを焼いてくれた。ブルーベリーではなく、マルベリーのパイ。すでに一度出かけて、いろいろ摘んできているのだ。夕飯はゼンマイみたいな渦巻状の若葉のバター焼きとホコリタケのステーキだ。

私は新しい清潔な白いシャツを着て、食べる。シャツはロープにかけてひなたで干した匂いがする。

夕暮れには木々の下を離れて、ぐらつく埠頭まで彼女は私を転がしていってくれて、星を見に行く。ああ、なんともまばゆく、目がくらむような星……いまにも地上から星の中へ落ちてしまいそうな感じだ。彼女は星を全部知っている。カシオペアの椅子。ベテルギウス。アルデバラン。ティーポット。白鳥座……。

翌朝は彼女が平底のボートで漕ぎだすのが見えるよう、ポーチまで押していってくれる。彼女はサンフィッシュとカワカマスを一尾ずつ釣った。

その晩、我々はポーチに坐り、夜に向けて鳥たちが落ち着く様子に耳を澄ます。太陽が湖へ沈むさまを見る。願いをかなえる星がまず出て、さらにもっと出てくる。ポーチは静まり返っているが、外ではざわめきが生じ、さらさらいったりチッチと鳴いたり、アマガエルはピーピー、ウシガエルはげろげろ鳴いている。

かくて日々はすぎる。ほどなく短い散歩ができるくらい回復してきた。

最近、彼女は私のことをからかわなくなってきた。いや、からかいに茶目っ気が出てきた。警告すら笑える。(「熊に気をつけて」「ガラガラヘビに気をつけて」「転びやすい根っこに気をつけて」

「地下のスズメバチの巣に気をつけて」「気をつけて、気をつけて、気をつけて」）そしておんぼろかんかん帽をつねに斜めにかぶせてくれる。「それに野生のいちごを踏まないで」私はこうした暮らしが心底気に入ってきた。ミミズを水に落とすのを私も学びたい。あれがむつかしいわけなどあるか？　スグリを摘みたい。だがまずはたきをかけよう。ジョゼフィーンは絶対やらないから。彼女は気にならないようだ。四六時中くしゃみをしているのは、私のほうだ。

　ゆるいワイヤが見つかったときに備えて、彼女がパラソルを持参していることも知った。あるとき突然、鹿の角の上に釣竿と一緒にパラソルが横たわっていた。それを見て、ジョゼフィーンの演目を見られなくてどんなに残念か、改めて思う。彼女の頭に鳥が止まりに来たり、野生の猫が彼女の呼び声に応えて来たりするのも一興だが、あのバランス技にはかなわない。

　我々にはいろいろしきたりがある。ランプのほやの掃除、ランプの点火、寝る前には紅茶を一杯。そしてジョゼフィーンが鹿の頭の首をなでておやすみのキスをし、その度に鹿からかんなくずが出てくるのだ。

　管理者に発見されたとき、私の脚はさらに回復していた。杖をついて、ほぼ以前どおりに片足を引きずって歩くことができる。掃除も済んだ。釣りもしたし、ベリーも摘んだ。木を割り、薪も集めた。懐中電灯を持って出て、蛙の脚をとるために蛙も捕まえた。

　いまや我々は風の音や水の音、風鈴、キーキーいうポンプにすっかり慣れているため、奴の物音はすぐに、それも遠くにいるときから聞こえた。我々はザリガニとスベリヒユの昼食をはさんで見つめ合った。突如恐怖に襲われた。それは互いの目の中に見てとれた。いたずらの途中で見つかった子どもみたいだ。来たのが管理者だとは最初はもちろん知らなかった。ただ、よいことであるはずがないということがわかった。やがて、木々のあいだから、管理者がいつも運転している大きな黒い車が見えた。

私は「どこへ?」と言う。

彼女は「ついてきて」と言う。

だが私は考え直す。そして「いや、私らは大人だ」と言う。

私はいつもの役割についたわけだ。それこそ私についてジョゼフィーンが一番嫌いな点である。

「あなたはそうかもね」と彼女は言い、姿を消す。

奴は一人で来た。黒い背広、縞のネクタイ他いつもの恰好で――この森に来てまでそうなのだ。ベルトにピストルを差している。いったいなぜだろう。たった二人の(おそらく自分たちが思う以上にぼけている)老人相手だというのに。

私は彼を迎えに出て行く。ばん!と網戸が閉まる。(普段は注意しなきゃいけないと覚えているのだが。)手を差し出すが、無視される。「これはこれは」と奴は言う。「これはこれはこれは」奴はあたりを見まわす。納屋、ペンキがはがれつつあるコテージ、ぐらぐらの埠頭。彼はいつまでも「これは」と言わずにはいられない。

すると歌声が聞こえる――がらがらの、不安定な、老婦人の歌声。見上げると、ジョゼフィーンだ。大人なんてまっぴらってとこか！　踊っている……信じられんが、手にしたピンクのパラソルでバランスをとりながらコテージの屋根を横切る。それから……さらに信じられん。なんと、かつて電気代が払われていたころ家に電気を送り込んでいた電線を歩き出している。悠然としている。方向転換するとスカーフがそれに合わせてねじれ、彼女は行ったり来たりして、ぴょんと飛ぶ。我々は見とれてしまう――彼女がこの出し物を見せるときの常だ。彼女はこれを一、二分つづけたのち、電線を歩み、具合よくまっすぐな枝ぶりの木があれば飛び移り、さらに別の木、次の木へ移っていく。スカーフが一枚舞いおりる。その後は見失ってしまった。

私が奴に連れて行かれたら、ジョゼフィーンはどうなる？　私抜きではここに留まるまい。いずれ進んでホームに戻ることだろう。奴はそれを期待しているのか？

私は推測する……これまで推測しなかった多くの推測を。私はジョゼフィーンなしでは、ホームの暮らしには耐えられん。彼女と私は……よく考えてみると、二人とも昼夜を問わず天気を問わず外にいるのが大好きだ。いままで気づかなかったが、私は彼女を追うのが気に入っていた。それはわずかな自由と冒険を得るための我々の口実だったのだ。私は責任が気に入っており、ジョゼフィーンは不品行が気に入っていた。

管理者が私を見たときの憤怒といったら！　まるで全部私の責任と言いたげだ。なにもかもそうだと言いたげだ。

奴は大声で警告し、彼女の名前をわめき、さらに叫ぶ。「お前はこうしろああしろ。さもなければ、これかあれかそれだぞ」と。次いで空中に発砲する。

私は言う。「彼女を怖がらせることはできないぞ。あの人は怖がらないから」奴は向き直り、ピストルを私に向ける。

「お前なら怖気づかせることができるかもな」

「かもしれん」

奴は再び空中に向けて発砲する。「彼女のところへ連れていけ」

「断る」

どうせできやしない。ジョゼフィーンが自分の森の中にどんな隠れ場所を持っているかなんてわかったものじゃないし、私はひとつも知らない。

奴は雄叫びをあげ、向き直り、正面の窓を撃ちぬいた。中で何かが倒れる音がする。音から判断するに、命中だ。鹿の頭が落ちたのだ。残念とは言いがたい。あの鹿の頭は私のことを決して認めてくれなかった。

奴はピストルを足元に置く。私はピストルを奪ってやろうと思う。きっと走れる……片足を引きずって……あるいは自分が思う以上にはやく走れるかもしれん。湖にピストルを放り込むのだ。だが例によって熟考しすぎた。奴はポケットから手錠を出し、片方を私の手首にかけてあたりを見まわし、手錠でつなぎとめるのにいい、しっかりした場所を探す。どこもない。ついに、井戸水を台所のポンプへ送り込むパイプにつなぐ。

「少なくとも、お前はどこにも行けないからな」

奴はピストルに再び弾を込め、ワイヤをたどろうと出て行くが、まずはもう一発――我々のカケスに向かって撃つ。外れた。(我々がコテージから出るとほぼ毎回ジョゼフィーンの頭にとまっていたカケスだ。)

彼女のことが心配だが、あいつのことも心配だ。

手錠から無理に抜けようとして手首が赤剝けになった。パイプ伝いに手錠を上下に動かしてみる。すると、どすん、屋根から降りたジョゼフィーンがすぐ隣にいる。その微笑といったら! まるで発砲を聞いて、倒れて死んだと思ってたけれど生きていたのねというような微笑み。「おおありがたい、ありがたい、神様、神様、神様、神様!」と言って抱きついてきて、唇にぎゅっとキスをする。今回、皮肉はこもっていない。

戻ってくる必要はなかったのだ。森で行方知れずのままでいればよかったのだ。隠れる場所は何十とあるのだろう。チンパンジーみたいに木の上に巣を作っていたって驚かない。葉っぱをいろいろ食ったって驚かない。我々はイラクサの夕食を摂ったこともある。

彼女は台所からスパナをとってきて、コテージにパイプが入ってきている継ぎ目をねじろうとしている。すっかりさびついていて動かないがパイプが壊れたので、手錠を端まですべらせて抜いてくれて、私は自由の身になる。

彼女は言う。「あいつが来てることは誰も知らないの」またあのずるがしこい表情だ。

「たしかか?」

「じゃなきゃどうして一人でくる？　しかもピストルを持って？　私がほしいのよ。あなたは殺して、死体を湖に投げ込むの」

まさしく私があいつにしてやろうと思っていたことだ。

「私が家出をするようになるまで、あいつ、夜になると私のところに来ていたの」

私は衝撃を受ける。ただ……まあ、ありうるかもしれんが、あの汚らしい若さの泉と同じくらい戯言かもしれない。

「ここ、あいつには最高の場所よ。きっと私をベッドにしばりつけて、週末ごとに来る。私にはオートミール しか食べさせない。そういう奴よ」

オートミール——そこは本当のことだとわかる。ホームの朝飯の定番だ。

「あっちじゃ言えなかったの。すっかりもうろくしてるってみんなに思われてたから。絶対信じてくれないわ」

それも本当だ。私ですら、何を信じていいのかわからない。

間近で発砲音が聞こえる。続いてガーとひと鳴き。我々が食べ物をやっていたカラスの一羽かもしれない。（たかがカラスとわかっているが、憤りを覚える。私は自分が望むほど公平ではいられないかもしれん。）さらにもう一発、つづいてもっとたくさんガーガー鳴く声。仲間を守っているのだ。よっぽど行って加勢しようかという気になる。

ジョゼフィーンは私の顔を見てそれを察したに違いない。「行くのよ」と言う。私は行く。杖以外は丸腰だ。カラスの鳴き声以外、方向感覚もないまま森に入っていく。好むと好まざるとにかかわらず、きっとなってみせる……いやすでに、私は彼女のヒーローなのだ。

アメリカミヤオソウ、野生いちごの苗、きのこ（たぶん毒タケのトードストゥール）を踏みつけ、一本のホコリタケの脇を通りつつ、ここを覚えておかねば、と思う。カラスたちが黙る。私も止まる。耳を澄ます。カラスなしでは、進むべき方向がわからない。

だがそれでも、さらにゆっくりと進む。一歩ごとに耳を澄ませて。すると、葉っぱと枝で作った小屋に行き当たる。床はシダに覆われている。

だがなぜ音がしない？　なぜカラスたちすら音を立てない？　聞こえるのは葉ずれと、左側のどこか遠くから届く、ゆったりとした波音だけ。

ふいに奴が突進してきた。身構えて、杖しか武器がなくてどうすべきかと考えながら待つ。首に杖をひっかけてやるとか、杖でつまずかせるとか……奴のほうがずっと図体がでかいことも思う。それに若い。

奴ではなく一匹の雌鹿が、私の目の前を跳んでいく。雌鹿の後ろから一発の銃声が聞こえる。これは雌鹿じゃないぞ、と私は思う。彼女の連れ合いは壁にとりつけられていたが、いまは床に倒れている。あの鹿の頭はずっと私を大いなる疑いの目で見ていた。こんな考えはどこから浮かんでくるのだろう。本当じゃないことは承知している。だがそのとき金色のきらめきが目に入る。雌鹿は本当にだらりと垂れた長いイヤリングをつけていたのだろうか、それとも木漏れ日のいたずらか？　雌鹿はウィンクをしたか？　というか、そばを駆け抜けながら、私を見て目を細めなかったか？

雌鹿の次に奴が来る。あれをすべきかこれをすべきか、もう迷わない。奴が通り抜けるとき、片脚をひっつかんでやる。二発目は外させる。よくも！　よくもやりやがったな、あの雌鹿がジョゼフィーンじゃないとしても。なぜあんなことができる？　しかも我々の森で！　私は臆せず奴に馬乗りになる。さらにもう一発。最初、外れたぞ！と思った。次に、奴が自分でやったんだ、と思った。

何もかもジョゼフィーンが演出したという気がする。私を送り出し、それから自分の命を賭して……何のために。おそらく、私のためだ。

なんとかコテージに帰り着いた時分にはすでに暗くなっていたが、木がない所に出たとたん、目がくらむほどぴかぴかの暗闇になり、ジョゼフィーンもいる——なんと！——頭上で再び電線に乗り、星座を背景に踊り、スカートとスカーフは風をはらみ、パラソルを手にして……なんともめずらしい。これまで見た中で最高の踊りだった。ホームのみんなはきっと喜んだだろうに。見物人が私しかいないのは、まことに残念。

「愛する人よ」私はついに勇気を奮って口にする。「ただ一人の、永遠の恋人よ」

聞こえたようだ。彼女は言う。「私はあなたの心の望み」

さらなるジョークか、はたまた皮肉か？　だが無論ひたすら真実だ。「そうとも」と私は答える。そうとも。

いまいましい　Abominable

我々は未知なる領域へ向かって何気ない風を装い前進している。肱を張り出して腰に手を当てたり、機会があれば岩に片足をのせたりする。言われたとおり、左手に常に川。右手には常に山。数マイルごとに停まり、本部に電話をいれる。司令官が電話で言うには、目撃が報告されている地帯にすでに入っている。今後探すべきものは、大きさはせいぜい少年の足程度の、独特な優美な足跡だ。「木に登れ」司令官は言う。「覚えた名前をいくつか呼んでみろ」即実行。我々は呼びかけた。アリス、ベティ、エレイン、ジーン、ジョーン、マリリン、メアリ……などアルファベット順に。応答なし。

我ら雄々しい男子七名は海軍の正装に身を固めているが、軍人ではない。前々からこの軍服は彼らを惹きつけると考えられているのである。我々は一見世慣れた（いかなる天候下でも襟もとを開けた）各分野における専門家で、〈錯覚にすぎないアイデンティティを求めて高速飛行する未確認

〈生物委員会〉研究班だ。携帯する銃は火の粉と火花を飛ばし、銃声は大きい。我々が持っているのは数枚のピンボケ写真のみ、その大半は数ヵ月前にちらほら目撃された事例のものだ。一枚は司令官夫人の写真。遠くから撮っている。顔の造作は不明——夫人の毛皮のコートを着用。あれはたぶん妻だ、少なくともたぶん妻のコートだ、と司令官は思ったわけだ。

今日までずっと雪だ。彼らのために我々はいかに耐えていることか！

彼らの体を想像せよ。彼らの可能性を思わせるこの小品を掌にのせて……肥った、十センチのビーナス像だ。大事な要素は欠落している。両目はただの点、顔をほぼ覆う髪型、両手両足はない。乳房の、豊満な腰の、挑戦を受けよ、そして最大の挑戦を……。組み合ったら、我々に勝ち目はあるだろうか。せめて我々の誤った動きを分析されることなく、最後までいけるだろうか。

彼らが実在するしるしとして、これまでに以下の物を発見。（我々の進路に故意に落とされたのではないかと考えたくもなるが、実態を知っているとそうはいかない。彼らはときにはひどく注意散漫になり、とりわけ悩まされたり急《せ》かされたりすると一段とひどくなる。彼らは興奮しやすく、常に悩まされ、急いている。）かくして、我々の進路に落ちていた物は、凍った冷凍アスパラガス一束。インスタントのオニオンスープを使うディップのレシピ。しわくちゃの一ドル札が数枚入った小さな財布。綴じ込み式マッチがひとつ。（彼らが火を用いることはあきらかで、我々はそこに慰めを得る。）

今回、司令官から、川を離れて丘に登れと命じられたが、春の雪解けのため、丘は油断がならない。コンパスは上を指している。彼らはとっくに全員で南下したかもしれないと承知しつつ、終日我々は小石と雪の上で足を滑らせている。彼らは、自分たちは値打ちがない、太っている、愛されていないと感じつつ、部族単位で移動中かもしれない。進み方は無限にあるから、いかなる進路も間違っている恐れがある。つまらない物がひとつでも見つかれば、その方向で間違いないと確信できるのだが。

研究班の中に精神分析医として長年の経験を持つ者がいる。専門はヒステリーとマゾヒズム。彼が言うには、我々が発見したら、彼らはたぶん窒息しかけているような奇声を発するが心配は無用であり、その声はしばしば笑い声と誤解されることがあり、その解釈が一番いいだろうという。一方、向こうから微笑みかけてきたら、その目的はこちらの警戒心を解くことにある。（彼らの微笑む頻度は我々の二倍半とする研究もある。）彼らはときどき神経質にくすくす笑う。それは元来セクシュアルなものだから、我々を見てその笑いが生じたら、よい徴候だそうだ。怒った場合は、憤怒の矛先を彼ら自身に向けぬよう注意が必要だという。

写真にうつっている司令官夫人は名前をグレイスという。もう五十五は過ぎているだろう。ある月夜、司令官が若い女を見遣ったすきにダイナーからこっそり抜け出してしまった。だが、平常どおりに事を進め、司令すべき司令を下すほか、司令官に何ができただろう？　司令官の話では、それまで彼女は自己の限界を受け入れていた、という。去った理由は文化適応が不完全なため、あるいはごく当然のことを理解していなかったせいだというのが司令官の見解だったから、彼女が失踪して一年経つまでは、不思議に思うこともなかったのだ。

彼らに訊いてみたいことが山ほどある。我々はどこから生まれたのか？　なぜ我々と彼らはこんなに異なっているのか？　なぜ我々は正反対の関心を持つに至ったのか？　彼らがこの寒さを生き延びることができるのは、地下深く、オーブンがぬくめる暖かい巨大キッチンで過ごしているからか？　噂どおり、そこには常時ジンジャーブレッドの香りがただよっているのか？　出産可能な年齢層は、とうの昔に亡くなった銀幕のスターたちの凍結精子によって常時妊娠しているのか？　彼らは慣例とは逆に、男の新生児を雪の上に放置し死なせるのか？　女児ではなくて。

だが、初の目撃に伴う静寂が突如おとずれる。彼女は我々のはるか上にいる。巨体で、司令官が持っていた写真同様に正装し、ミンクをまとって大きな帽子をかぶり、両の耳元で何かが光っており、微動だにせず、まっすぐ頭を上げて一本足で立っている。三十分後、我々がその地点に辿りついたとき姿は消えていた。足跡の傍らで精神分析医は彼なりの甘言を用意して一晩待ったが、報われなかった。

隊員の一人は、あれは絶対ただの熊だと言い張っている。逆光だったのである。同隊員の話によれば、その生き物は片足立ちした直後に四つんばいになったというが、彼らだってそれはやるかもしれない。

右の件は司令官に電話で報告された。（司令官は「たぶん愛している、と彼女に伝えてくれ」とのこと。）足跡に沿って雪にバナナを並べることが決まった。向こうがバナナを集めにきたら、隠れ家まで尾行し、暗い秘密の場所までついて行く。彼らは尾行を好む。昔からそうだ。追いつく機会を得る前に、バナナはすべて消えている。次回はあれほどきっちりした直線にバナナを並べない。

彼らはじっと坐っていられない。何ひとつまじめに受け止めない。行動を統率する者がいないから四方八方に駆けまわり、果たすべき仕事から常に気を散らせ、毎回考えなしに結論に飛びつき、根拠のない思い込みをし、何でも当然だと思い込むこともあれば、一方で、何ごとも当然と思わないこともある（たとえば、我々の愛情）。

我々がついにいくつものキッチンに足を踏み入れるときが来たら！　なんと最大の山はすっかりくりぬかれている！　しかもさまざまな匂い！　ざわめき！　彼らのごく平凡な生活。それを目の当たりにしても、我々は信じられないだろう。物事はいまだかつてなく快調、と彼らは言うだろう。そしてこう思っているのだ。自分たちは権力の源には今後近づかなくてよい。権力のない所が好きとすら言い出すかもしれない……権力なしで生きていくのだ、友だちとして、やわらかなシグナルを交わしながら。きっとこう言うだろう。どうせ私たちのことはほとんど意識せず、いなくなったことにもほとんど気づかなかったじゃないか、と。いつだってそっぽを向いていた、と。だが我々は何かを察知し、名状しがたい欠落感は覚えていた。彼らは無給、一文無しであるにもかかわらず、我々が気に留める存在だ。彼らにそう言おう。司令官が彼らの一人をたぶん愛していると思う、と言っていることも。

今回はバナナを拒まれた。我々の貢物は、いつもいささか的外れだ。今日気に入った物も明日になればいらないといわれる。我々は再挑戦する予定である。翡翠に見えるガラス玉、精緻な陶製ポット、自己啓発本『異性に対する恥ずかしさを克服する法』。だが（何よりも）喜んでもらえるよう、我々自身を差し出す。息子、父親、恋人として……彼らのお望み次第。

彼らは意見を持つ権利があると精神分析医は言うが、我々は考えている。どれだけ自由にさせてよいものか？

まあ、もし私が一匹持っていたら、足と背中を流してやろう。思い切って前も流してみよう。彼女の髪をほどこう。たまには時間を割いて、重要な仕事を抱えているときでさえ、こうしたほとんど意味のないささやかなことをしよう。つまらないおしゃべりも聞いてやって、少なくとも、聞いているふりはしよう。

夜更けにキャンプファイアーを囲み、彼らをめぐる昔話を語り合うが、若いころ話していたような怖い話ではない。ヴァギナ内部にかみそりがあって、かみついてくるような話じゃない。彼らが物陰に潜んで聞き耳を立てているかもしれないから、用心して話さなくてはならない。怖いことに、彼らの体の大きさは見当がつかない。司令官の主張によれば、彼らは全員我々よりも小さく、力は確実に弱い。一方で、彼らは我々を下から飲み込んでしまえる、という者もいる。また、彼らこそ、進化の連鎖で欠けている、長年探していた輪で、ピテカントロプス・エレクトゥス（直立猿人）と我々のあいだの中間要素《ミッシング・リンク》という者もいる。彼らのオーガズムは我々と同じく明確なのか、それともさらに散漫だろうかと考えている者もいる。ロマンチックな輩は、彼らは怒ってもかわいらしくて愛らしいと思っている。彼らがめぐらしている自己防衛の戦線と防御を破る最善の手について我々は思い巡らす。主導権を握るパートナーを演じるのは、容易ではなかろう。とはいえ、片づけを専業とする一団がいたらさぞ素敵だろう。

彼らのために、すでに台座が据えられた。

しかし、司令官から気がかりな知らせが入った。大物政治家たちによれば、目撃談は捏造である。写真は修正されていると判明した。一枚は雪山にゴリラ、別の一枚は女装した男を合成していた。すでに数名が捏造を告白した。中にはこの一帯に足を踏み入れたこともない者もいる。いまだ説明のつかない写真は、もはや二枚のみ。捜索隊の中でさえ捏造者がまぎれ込み、バナナを盗み、棒の先に古靴をゆわえて足跡をつけているかもしれない。それに、彼らが実在するとわかった場合どうなるか、考えてみろ。いま抱えている問題に、余計な問題を増やすだけだ。特有部位の癌について、治療法を発見せざるを得なくなる。いりもしない日曜詩人と日曜画家が社会に蔓延する。彼らがそこにいるというだけで、なぜ我々が探しに行かなきゃならんのか？　エヴェレストみたいじゃないか。いずれにせよ、探索資金は尽きた。

　この知らせに一同落胆する。幾人かは、ここに何かがいると確信している。幾人かは、あたかも見えないものがほぼ見える状態になったかのように、視界の隅に色のついたものを一瞬捉えている。我々はこんなことも考えている。後々、ベッドの下から靴下や下着が魔法のように舞い戻り、いつのまにか清潔な状態できちんとたたまれて引き出しに収まっているかもしれないこと。飲みたいと思ったときにコーヒーがどこからともなくすっと現われうること。そして、冷蔵庫のミルクやアイスクリームを決して切らさなくなるかもしれないということを。

　しばし私は単身で捜索をつづけることはできないかと真剣に検討する。一人でひっそり戻り、海軍礼装ではなく周囲になじむ服装で静かに坐っていたらどうだろう。じっとして、誇らしげな素振りもしなければ、彼らは私に慣れ、私の手からバナナを食べさえするかもしれない。いずれ権威像を認識するようになり、簡単な司令をいくつか習得するかもしれない。だが私は命令に従わなければならない。

それでも彼らに向かってもうひとつ身ぶりを示したい。足跡をこっそりたどり、彼らが見落とすはずのない場所に伝言を残す——彼らが確実に理解できることを。ハート型と「あいしている」という言葉。しばし腰をおろし、ため息は聞こえないかと耳を澄ます。何か聞こえた気がする。見えた気がする。きらめく雪のなか、白地に白く。きっとわざと見えないようにしているのだ——本当にそこにいるならば。

それが望みなら、かつてこう言われたように生きるがいい。「男の影で」。いい気味だ。

私は研究班の精神分析医に訊ねる。「結局彼らは何者なんですか?」だがその後質問を変える。「俺たちは何者なんですか?」彼によると、この問いを我々の九十パーセントは何らかの形で発する。残る約十パーセントは自分なりの答えを見つけているらしい。わざわざそう問おうと問うまいと、今後も我々はいまのまま、本質的には変わらないそうである。

母語の神秘

Secrets of the Native Tongue

現代言語学のシンポジウムに参加しないかと招かれた。私は現代言語学については無知もいいところだが、旅費を出してもらえるし、宿は十九世紀風の壮麗なホテルで海辺からたった一ブロック、食事は向こう持ちで晩餐会も込みだという。晩餐会で私は基調講演を行なうことになっている。よりによってなぜ私に招待状が届いたのかといぶかしく思ったとき、名前がふた文字違っていること、ほかにもふた文字の順序が逆になっていることに気づいた。そこで思った。なるほど。これは私とほぼ同姓の誰かに宛てた招待状だ。でも住所は合っているし、私の苗字はむずかしくてしょっちゅうつづりを間違われるから、お受けしますという返事を出した。

長年あれこれ断ってきたので、そろそろ何かを引き受けていい頃合い——手を差しのべるときだろう。とりわけ知識と成功の世界に向けて。自己を豊かにするための大まかな計画において、今後につながる諸段階のはじめの一歩となるかもしれない。

準備期間も数週間はある。該当分野の本を何冊か拾い読みする時間もあるし、人前で話す授業をいくつか受講し、フランス語とスペイン語とドイツ語の一週間集中コースを（順々に）受ける時間もある。少しやせる時間だってある（もしかしたらその日までに優に七キロ）。服はいまより二サイズ小さい新品を買い揃え、いまみたいなだらしない格好（認めよう）はやめて、たくさんアイメークをする時間もある。

実のところ、前々から自己改善の大計画に着手していなかったら、あんなにはやく引き受けなかったかもしれない。少なくとも、今後やるべきこと、やってはいけないことの長いリストはいくつも作ってあった。もっと早起きする、片づける、食べる量を減らす、あまり怒鳴らないようにする、もっと笑う、など。そして、何かに秀でること。たったひとつ、ささいなことでもいい。何でもいいから、能力を示すこと（ならば現代言語学でもいいじゃないかと思った次第）。機会はまれにしかなかった——実際、なかった。自分のせいだ。どこかで読んだことがある。いつだって自分のせい、それはそうだろう。でもひとつ言わせてもらうと、人生はもっと長いと思っていた。時間があると思っていた。物事が起こると思っていた。だがついに何かが起きている。受諾という返信を郵送するとき、かなりいい気分だった。自分をもはや欲望の対象とは見なせないとしても、イエスと答えたことは正しいと思う。

若く見せる試みは、ばかげている。この歳では試みは何だってばかげているのかもしれないが、ここまで来たこと自体お見事、と常に自分に言い聞かせている。長い、さして幸せでも生産的でもない人生を見舞うもろもろの挫折に直面しながら、生きていくだけでも少なくない勇気がいったに違いない……でも実を言えば、私は挫折はしていない。おそらく、失敗するにはまずやってみなくてはいけないのだ。まあ、私もこれからはやる。

勇気！　と自分に言い聞かせる。今後ますます勇気が求められる。学者恐怖症、本の著者恐怖症、専門家恐怖症に立ち向かい、男性全般および女性全般に対する恐怖症にも無論立ち向かわなければならない。

ソシュールによれば、言語学的に見て重要な発声器官は、唇、舌、上の歯（下の歯は言語を生み出すことに直接関係がないことを知る。はやくも学んだ彼らの秘密のひとつだ）、口蓋（前部および後部）、口蓋垂、声門……「口腔は広範囲にわたって可能性を与えてくれる」。後日、折があれば引用できるよう暗記する。今回のシンポジウム出席中に新語を数語作ることだってできるかもしれないし、がんばれば、下の歯が言語学的に重要な新しい音をひとつ発見できるかもしれない。

こうして細心の注意を払い、六週間で自分がこれまでになく一種の知識人に近づけたと思っていたにもかかわらず、ホテルのロビーに足を踏み入れたとたん、ドジを踏んだことを知る。うっかりしていたのだが、学者は茶やグレーのしわくちゃのコーデュロイやツイードを着る傾向がある。たとえエレガンスを追求しても、シンプルなエレガンスを求める――女性もしかり。私の新しい服はどれも間違っている。（残念ながら、彼らではなく自分を感心させようとめかしこんでしまった。）フロントで宿帳に記名しつつ、私は小さくなろうと努めるが、それでも気づかれてしまう。いつもどおり署名する。もうひとつの名前であるふりはしない。彼らは顔を見合わせ、ささやく。「来たよ。あそこに」ロビーじゅうから聞こえてくる。私は誰にも声をかけない。部屋へ直行し、重たい装身具をはずし、青く染めたばかりの白髪をくしでとかし後頭部で束ねる。口紅は落とすが、アイシャドウと新品のすてきな長いまつげは残す。装飾品、ピーコックグリーンや紫色を覆ってくれるものは残念ながら黒いセーター一枚きり（こんなに暑いのに）、靴もこの銀色の一足だけ。あるいは威厳でもって衣服を超越できるかもしれない。あるいは、私はもっともいい意味で不可解な存在になれるかもしれない。曖昧な存在。得体が知れない存在。ともかく、なるべくほの暗い照明（があればその照明）のもとにいるようにして、誇り高く見えるよう心がけつつ同時に——きわめて——誠実に見えるよう心がけよう。

再び下に降りる。開会式が行なわれる大舞踏室に入る。頭のてっぺんに青い髪を載せた姿をロビーで大勢に目撃されてしまったことは忘れようと努める。ほの暗い照明はない。再びさきほどのような声が聞こえてくる。「彼女だ。来るよ」など。衆目を浴びながら、どうやって入っていく？頭を上げて。足どりは軽やかに見えるよう、まずつま先から着地し、両手はほんの少し差し出し、きっちり重心をとり（つまり、このハイヒールを履いた状態でなるべく上手に）、左右にあまり揺れないで（黒いセーターは首までしっかりボタンを留めておく）……まあ——部屋じゅう人だらけ——しかも、ごく自然なことであるかのように二本足で直立している！彼らも私も（バランスをとることに）、もうすっかり慣れている。まるでここに到るまで百万年もかからなかったかのように——実は何百万年もかかったかもしれないけれど。後ろ脚で立って歩行することが完全に正常で、頭の上にひとふさ、それ以外の数カ所に数ふさ以外、毛のないことがごく正常であり、現在する二つの性のいずれかであること（しかもまったく恣意的！）が完全に正常であるかのように。生きていて、不安定な状態にあるということ！　生きていて、動いていて、この瞬間にいるということ！
その驚異にほとんど息もできない。

そして、私もここにいるのだ、直立して、彼らと一緒に！

ある日、目が覚めたらまったく別人としてまったく別の場所にいることが、長いあいだ私の切なる望みだった。私が私だと知ったときから、それはどこか正しい「私」ではなかったのだと思う。いまはじゅうぶんな変化を遂げ、正しい私になっているのかもしれない。ずっとなりたかった自分だ。そして（これも長年の希望だったが）私はどこの誰だかわからない謎の人物として登場した。ついに何もかも実現しつつあるというわけだ。人生は自分で作るものといわれ、私もようやく実行してみたが、やってみると予想していたほどむずかしくない。というのは私はすでに遠方の諸大学から来た研究者数名に囲まれている。絶賛を浴びている。不注意に口を滑らせて、文法上の間違いを犯したりしませんように。

「私たちの小さな集まりについにおいでいただいて光栄です。たくさんのご著書、ありがたく読ませていただいています」

著書！　ああ、ソシュール、フリーズ、トドロフをさんざん苦労して読むんじゃなくて、自分が書いた本について調べようとどうして思いつかなかったんだろう。著書の題すらわからない。でも少なくともいま私に応答として要求されているのは、せいぜい「ありがとうございます」「ご親切に」と言うこと、たくさん微笑むこと、そして「テクスト分析」や「記号はつねに恣意的だ」など暗記した一節を一、二度ささやく程度だ。

でも、気をつけなきゃ。自分の笑い声がうるさくなってきた。（笑い声が耳ざわりだと私は母にいつも言われていた。）たしかにそんな笑いは、私から謎めきも妖しい魅力もことごとく奪い去ってしまうだろう――そのいずれかをこの歳で少しでも持ち合わせているといえればだが。でも多少の妖しい魅力は論外だとは思わないし、さきほど話題にのぼった本が何であれ、そのうち何冊かを私が書いた可能性がまったくないとは思えない。外見というものは――外見という言葉で私は、自分を囲む設定全体を指している。ふさのついたスカーフを揺らし、プラスチックのブレスレットがひとつほかのブレスレットにかちりと当たる――外見というものは、その数ある著作の一冊も私が書いていないというところまで欺きうるのか？　あるいは数ある著作のうち一冊のほんの一部すら書いていないというところまで？　そんなことはあるまい。

「言語をめぐる言葉中心の考え方を棄てなければならない」と私は口幅ったいながらも言う（フリーズから引用）。それは当を得ていたと見え、数名の若い男女の先生が、海辺まで歩きませんかと誘いにくる。どうやら言語学対抗バレーボールの試合を文法素論派《タグミーミックス》とチョムスキー派のあいだで行なっているらしく、私にも参加を要請しているのだ。直ちに断る。年齢とハイヒールを口実にする。当然「はだしで」とか「お歳じゃないですよ」と言ってくれる。私は自分が出せる一番高い声から笑いだし、一番低い声まで落とす。いささか大声になりすぎてしまったが、もっとひどかったこともあるし、おそらくそのうちまたやらかすだろう。彼らは海岸へ行くが、青年が三人残る。（私が行かなかった本当の理由は、つくべき側あるいは応援すべき側がわからなかったからだ。）

「いまは何を研究されているんですか？」

（それまであれこれ小耳にはさんでいたので、いい答えを用意してある。）

「二重母音に関する長い研究をはじめたところです」

「面白そうですねえ」

彼らは私の話に熱心に耳を傾けてくれる。私が次に何を言うだろうと待ちかねている。

「基本的な問題がいくつか解決を待っていまして」

「ご著書を一冊もお持ちにならないなんて、謙虚でいらっしゃる」

私はこんなことを考えている。偉い、学のある男性が私に挨拶してくれて、しかも若い男ばかりじゃないんだから、ほら、年上の男が二人来る。

「音素が形態素に優るとお考えになりたいのでしたら、私はかまいませんよ」私はそれを三人の青年のためというよりも、いま来た年長者たちのために言う。一番の年長者は私と同年代らしく、白髪とは対照的に眉毛は濃く黒々として、黒い目はひどく疑り深い感じがする。こちらを見たとき、私はふと思う。知識人たちがたわむれるときの、とりわけ言語学者たちの、肉欲的快楽はいかに？

「いまのは皮肉でおっしゃっているんですか？・」と彼が尋ねる。

私は片目をつぶり、ずるそうな顔つきをしようとする。（実はどんな意味で言うべきか見当もつかない。）そして、こう言う。「言語学的にナイーヴな人々は理解していないが、音とは言語が役立てるべき物質にすぎない」ソシュールのこの一節を読んで、私もびっくりした。ぴんとこなかったからである。この場でそれも打ち明ける。「そう遠くない昔、私もぴんとこなくて」

誰も返事をしてくれない。もしかしたら打ち明けないほうがよかったんだろうか。

ふと息子のほうのフリーズの適切な引用が思い浮かぶ。「『言語は気まずい沈黙を埋めるために使われる』」と私は言う。「『いったん社会的な接触がもたれたあとは』ってまさしくいまみたいなときですよね」

全員が笑う。当を得た発言だった。彼らの目——彼の目——を見ればわかる。

万事順調。午後も深まったころ、早くも私の将来はわかりきったものとなっている。ものの数時間のうちに私は各地の大学から依頼された講演をいくつか引き受けた。住まいから遠くない有名大学の職は仮に受けた。週に二日出講すればよく、それが四分の三労働と呼ばれている。(学究職がどんなに楽か知らなかった。長期休暇のことは知っていたが。)「光栄です」しとやかに床を——自分の銀色の靴を見ながら言う。この一時間というもの、この台詞をひんぱんに口にし、事実、光栄である。ついに正当に評価されるのだ。私は一語一語を明瞭に発音するようになる(とくに最後の申し出以来)……各音節もくっきり、一流の言語学者たちがするはずの言い方で。こんなに幸せだったことはないと思う。要は、勇気の報酬を得ているのだ。彼ら全員、私から学んでも悪くないだろう。長年、私に必要だったのはごくわずかな称賛だったのだ。ここへほめてもらいにくる勇気を出したおかげで、やっとそれがわかった。ホテルの部屋にはテレビがあり、土曜午後に名画を放映しているに違いないが、観るものか！　あの年長の男性が私の目を見つめているあいだはね。(でも、あの人はどこへ行っちゃったんだろう？)

いまや部屋じゅう人だらけだ。なんとかかきわけても向こうに行けるかというほどだが、突如さわさわという音が——ささやきが聞こえる。人々は押し合いへし合い退き、私一人とり残されている。あたかもまったくの別世界からやってきたかのように。

グラスは脚を持つこと、人差し指と親指だけで。ひと口すること。笑い声は押し殺し、代わりに微笑むこと。自信たっぷりに。部屋の向こう側に本当の私が現われる。なぜかわかった。あれが、、、本当のイザベラ・プレザンパイユ。

彼女はたいそう小柄で茶ずくめ、さまざまな色合いの茶色を着ている。ツイードとコーデュロイをまとう彼らと同じ。髪はひっつめ。せいぜい四十キロ。靴のかかとは低くて、もっと高さを加えてもよさそうなものだ。私はハイヒールなしでも、並んで立てばはるか高くそびえるだろう。彼女の隣に黒い目とげじげじ眉毛のあの男がいる。彼女の耳元でささやいている。それにはぐっとかがみ込まざるを得ない。私は歳かもしれないが、学識者の中から――謎めく学者たちの中から恋人を見つけたいと思っていた（自分も一員になって以来、前ほど謎めいていないけど）。だが彼の目には終始一貫、疑惑の色が浮かんでいた。ならばじろじろ見ていた説明がつく。服を脱がせるつもりかと私が期待していた鋭い視線は、たとえてみれば私から覆いをはぎたかっただけだった。

静けさのあまり、外から波音が聞こえる。いやいや。あれは空調装置。

突然彼女が、つまり本当の私が、くしゃみをしだす。たぶんアレルギーだろう。鼻も赤い。私も同じ問題に悩まされていたが、驚くべきことに、ここに来てから平気だ。名声は私の体によかった。くしゃみを止めてくれた。

次に、私は高らかに笑う。頭を反らし、母から絶対立てるなと言われた笑い方をする。「口腔は広範囲にわたって可能性を与えてくれる」、まさにそのとおり。二重母音の笑い声だ。二重母音に関する知識が私に多少なりともあるとすれば、いまでは少しはあると思うが、これは複母音——というか、数回連続した二重母音だ。二重母音の数え方はわからない。二つずつか三つずつか、それ以外の数え方か。後日調べ、今度の著書に答えを記そう。

「そしてこちらがマダム・プレザンパイユです」

あの人が私たちを引き合わせる。一度だけそう言って、互いに紹介してくれる。二人を一つの名前で。

彼女はくしゃみをする。私は頷き、ハイヒールを履いた高みから彼女を見下ろす。

ここに並ぶ二人は、二つの言語学的視点、つまり共時言語学と通時言語学の生きた見本ではないか？　私は共時的で、いまここにいる。彼女は過去および（ひょっとすると）未来に属する。でも、これは声に出して言わないほうがよいだろう。

アレルギーのせいで彼女はひどいご面相だし、あれだけくしゃみをしていたら、どうして基調講演を行なうつもりでいられよう？

「こちらはどなた？」と私は尋ねる。「お名前を聞きそびれてしまって」

「イザベラ・プレザンパイユさんです」

「明日の晩、講演されるご予定の方？」

私の言わんとしていることはみんなにはっきり伝わる。誰も答えない。当然誰も答えられないのだ。本当の私さえも。彼女の隣にいるハンサムな年配の男性さえも。

彼女に必要なのは、私が持っているようなささやかな名声と財産だろうと私はにらむ。そうすればあのアレルギーは治る。彼女に言おうか？　かがんで、彼にも聞きとれて、私の秘めた優しさがわかる声で？　私の気前よさも伝わるように？

私は古いことわざを思い出す。「ねずみを食らわば尻尾まで」。彼女に言うべきことがあるとは思うが、喉につかえている。

でも、今晩砂浜を散歩するのは私であってもらいたい。あの人と一緒じゃなければ、もっと小柄な男か、はげつつある人か、普通の目の人と。言語学者で異性なら誰でもいい。

ほら。彼女は私の目を見ただけでくしゃみを再発してしまう。ほら。ハンカチを出した。それは私の顔を隠すためでもある気がする……あるいは自分の顔を隠すためか。鼻をぬぐうのはアリバイだ。それが人間のアレルギーの目的かもしれない。人がアレルギーになる理由かもしれない。私もそうだったのかもしれない——くしゃみのかげに隠れ、ハンカチにまぎれて姿を消し、単にくしゃみをしているように見えること。私が太っていた理由もそう……彼女は同じ理由でがりがりなのかもしれない。二人ともなんとか消えたかったのだ。私は肉体に埋もれ、顔はわからなくなり、造作はどれもふにゃふにゃ。でも状況は変わった。私が変えた。人生の支配権を握った。好機がノックしたとき、私は戸口に出たのだ。確信を持って言えるのは、私がほとんどイザベラ・プレザンパイユ本人であるということだ。順番が違ういくつかの文字以外は。しかもこの数週間で自分を何者かに仕立て上げ、ここまで達成したのは偉業である。彼女の喜びはあきらかに孤独な類で、それらは彼女のもの……常に彼女のものだった。私の喜びは今ここの類で、どうせ彼女には対処できないと思われる。私だってあれだけ努力した結果だもの、この喜びをあっさり奪われてなるものか。

なるほど「ねずみを食らわば尻尾まで」だが、私がはじめに思っていた意味とは逆なのかもしれない。この事態、最後まで見届けよう。

「こちらが講演なさるご予定の方ですか？」と私は再び尋ねながら彼女の足を踏み、スカーフのふさを彼女の目に垂らす。

すると彼女はすさまじいくしゃみの発作に襲われ、去らざるを得なくなる。それはたしかだが、私は足を踏んづけて必死に引っ張らないと抜けないようにしてやる。あの人も彼女につきそって去った。私は驚かない。あんな状態で一人にしてはいけないもの。

でもあとで彼と一緒に砂浜にいるのは、私だ。夕食後、偶然会った——彼はランニング用の半ズボンとトレーナー姿。まだ暑いのに、私は黒いセーターのボタンを首までとめていた。（汗をかけば体重を落とせるという話だし、私はまだ何キロか落とす余裕はある。）

「可哀想な人ですよ」と彼は開口一番に言う。「夕日を見に来る気になってもらえなかった」彼は私のことを（射るように）見る。「お二人はぜんぜん違うタイプですね」

「『言語には差異しかない』」と私は再びソシュールを引用する。「人生もそうなのでしょうね」

「複雑な状況ですな」

私はまたしてもソシュールを引く。「『言語は言語であるから、そこに単純なものはありえない』」次にサピアを引用する。「『ほとんど言うまでもないが、AとBという二つの言語は、そっくりの音を持ちながら表音パターンはまったく異なりうる』」もちろん、私たちの名前がどの点からも同じに見えることを私は念頭に置いている。

「あなたはどちらなんですか、AそれともB?」

私は独特の、長い、長い笑い声を響かせる。母さんが生きていたころに比べればこの声に怯えなくなったとはいえ、母さんが正しかったことはわかる。神経質な笑い声だし、間違いなく下層階級の笑い。言語学者たちは誰も、私みたいな笑い声は少しも立てない。

「『口と耳とは異なる器官』」私はミラーをほんの少しだけ誤って引用する。(基本的にずっと引用していれば、しくじりようがないでしょ? 無教養に聞こえることをうっかり口にしたり、悪くすればがさつに聞こえるようなことを言ってしまったりすることは当然あるまい。)

今度は彼が笑っている。学者の論文の中で見つけた真面目な引用なのに、笑っている。

「ジョージ・A・ミラーの言葉です」

日はすでに沈んだ。私がほとんど気づかないうちに。私は、彼と、彼の筋張った脚を見ていたから。星が次々現われる。

「ずっと前にお会いした気がします」と彼は言う。「たしか桟橋の端っこで。私たちは腹ばいになって杭にひたひた寄せる波や、星が映るのを見ていました。そんなこと、覚えていらっしゃいますか? あなただったと思うんです。あなたは……もっとやせていらした……」

「ええと」私は言う。「一番びっくりするのは……つまり、もっと早く自分がわからなかったことに驚いているのですが、それはそれ」(次いでフリーズを引用する)『我々が数字と呼んでいるグラフィックな形は、アルファベット記号ではなく言語記号である』」

「お話をどう解釈すればいいのか、いつもわからない」と彼は言い、また笑う。「だが、思い出したくないというわけなのでしょうね。よろしいでしょう」

「発話に居合わせた場合、我々にできるもっとも単純なことは聴くことだ」（再びミラーより）。でも私は本当に思い出したい。

「ご結婚されなかったのは不思議です」

それは私自身しょっちゅう不思議に思っていた。私ってそんなに醜い？ 人にひどい嫌悪感を抱かせるのに、自覚していないのか？ でも、埠頭で一緒にうつぶせになって波を眺めてくれる人がいたのは、どこか魅力があったということではなかろうか？ とはいえ、結婚のために私は言語学のキャリアを犠牲にしただろうか？ この期に及んで犠牲にできるだろうか？ 遅すぎるということはない。

「そんなに論外でしょうか」と私は言う。「これから結婚する可能性は？ この歳で、キャリアの絶頂で」

「あなたは本当に小さかった。黒い水着だった気がする。髪の毛が乾きはじめて、また巻き毛になりかけていた」

「ずっと覚えていてくださって」

「あれはウィスコンシンのことでした。あのころは会合にいらしていた」

「ええ」

彼は私にキスをしただろうか、口腔と口腔を合わせて？ 私に腕をまわしただろうか？ 私たちは、ひょっとして……私は一目で彼に惹かれたことだろう、この午後と同じく。きっといまと同じだったろう、ただし、いま私たちはうつぶせではなくて仰向け、星は当時のように水面ではなく、頭上にある。

「ちょうどこんな感じでしたね」と私は言う。

波はひたひた、ひたひた、寄せている。あれを誰が忘れられよう？　埠頭の、風雨にさらされた板。まわされた彼の腕……いまではない。あのときのこと。

「変わったお名前ですね。同じ名前の、というかほとんど同姓同名のオペラ歌手がいます。あちらは違うつづり方をしてますがね、二文字。その方のことはご存知で？」

私のことを言語学者じゃないだろうと疑っていることは最初からあきらかだったが、オペラスターかもしれないと思っているとは！……やっとわかった。でも考えてみると、間違ってもちっともおかしくないくらい、私の欠点はどれもプリマのものだ。太っている、うるさい、華やかな服装、笑い声（きっと何オクターブもまたいでいる）、銀色の靴……彼は私をその人として認識したのだ。少しハミングしたほうがいいかな？　音痴だとわからないよう、そっと？

私は横たわっている、オダリスク臥像のように、片肱をつき、星を見上げながら。「オペラがお好きなんですね」と私は言う。

「ええ、それにあの歌手も」

彼女のことが好きなんだ！（太っていても。）

耳元で彼の声がする。静かで、間近で、男らしい。とりわけそれ。これまで私は男らしいものとごくまれにしか関わってこなかった。それにしても、なぜ結婚しなかったのか！　結婚しなかった理由をずっと考えたりしていないで、なぜとっくの昔に結婚しなかったのか？　二十歳のときは、なぜだろうと思っていた。二十五、二十六、三十七、その後もずっと思っている。私のどこがおかしいの？　だが、彼はさっき言った。黒い水着姿の小さい娘で、濡れた髪が巻き毛に戻りかけていた、と。どこもおかしくない。私はある答えを悟る。隠された、単純な答えだ。でも、私はそのためにオペラのキャリアを犠牲にするだろうか？　学者、それも言語学者である以上にわくわくすることだもの。でも、彼は彼女が好きなのだ！　しかもありのままの彼女が。そして向こうでは……はるかな空に全宇宙が広がっている！　知識が私を取り巻いている。知識がうずうずしているのが感じられる。多くの隠された単純な答え。隠された単純なものたち。宇宙を単位に分けよ、だんだん小さな単位に。オン／オフ、1／0。

　私は彼に言う。「上でも言語とまったく同じなんです。対照的な最小限の対しかない」次にフリーズを引用する。『つねに重要な問題は……二つが……似ているか異なるかということ』。ここに坐っている私たちはまさしくそんな対照的な一対ですが、私たちみたいなものから宇宙が成っているのはなんとも奇妙で、でもいったんそうだとわかれば、なんて単純なことでしょう」（口にこそ出さないが、1と0に関しては、私たちのどちらがどちらかはわかると私は考えている。）

　でも彼はまた笑っている。私はかけたかった呪文をなぜか逆に解いてしまったのだ。謎も、そこに含めたかった宇宙の話も。

「お話をどう取ればいいのか、いつもわからない」（まただ）「でも、あなたの態度はすべて善かれと思ってのことなのでしょう。感謝します」

どうして。それに、態度って何のこと？　でも、もし彼が体を寄せてきて「あなたの秘密は知っています」と言ったら、私は「ええ、わかってます」と答えてハミングしよう。オペラのことはほんの少ししか知らないけれど、「闘牛士の歌」ならごまかして歌えそうな気はするが、あまりふさわしくなさそうだ。夜の女王とヴェーヌスベルクというのもなかったっけ？　でも物事はちっともうまく運ばず、彼は立ち上がろうとしている。私は魅惑のひとときを望んでいた。暗闇で彼の声を耳元で聞きたかったのだ、昔のように。私は告白したかったのだ。私は無駄に髪に砂をつけたのか？　ことによると、靴までだめにしちゃった？

「あなたの秘密を知っています」

いまごろ彼が言う。立ち上がり、海を見渡しながら。あきらかにホテルに戻ろうとしている。

「知っています」私は答える。いまは砂の上に四つんばい、立ち上がろうと奮闘中だ。この歳（と図体）になるとこんな低いところから立ち上がるのは簡単ではない。彼がこちらを見ていなくてよかった。

「ええと、私は、私は別の女性と結婚した」

「知っています」と私は言う。たったいままで知らなかったのに。（じゃあ私が結婚しなかった理由はそれだ。なるほどそれなら筋が通る）

ついに私は、助けを借りずに立った。彼はまだ磯波を見ている。彼方には宇宙が広がっているのだから、何が起きてもおかしくないと思っていたが、何も起こらなかった。でもまだ一日あるし、男はほかにもいるし、基調講演もある。私ははやくこの晩を終え、眠り、起床し、さっさと済ませてしまいたい気持ちになっている。「行きましょう」私は言う。

翌朝、またバレーボールをやっている。私もつくべき側はもうわかっている。彼女は外でバレーボールをしているかな？　茶色の長いスカート、黒いオクスフォードシューズで飛びまわり、鼻をぬぐっているかな？　まさか。ならば私がやるべきかもしれない。二人がどんなに違うかを示すのだ。そうしよう。（彼女もやれば、もちろん味方同士になる。文法素論《タグミーミックス》派でアンチ・チョムスキー派）

実際に参加してみるが、うまくいかない。なにせ彼も横にいるので、努めてしとやかにする。彼を感心させたいが、優雅であろうとするたび――左腕をうしろにのばし、指先は上に向け、右手を繊細に浮かす――ボールは素通りする。実際、この試合を通してボールにさわれたのは一度きり、しかも頭が当たる。ボールは跳ねかえって小柄なはげ男へ飛んでいき、彼が得点した。わがチーム唯一の得点だ。無論チョムスキー派が勝つ。週末じゅう、議論（それも激論）していたにもかかわらず、みんなさほど気にかけていない様子だ。敗戦に私が大いに貢献したので、気遣ってくれているのかもしれない。私は銀色の靴をサイドラインに置き、はだしだった。でもショールはかけていた。あちこち小走りして、ショールを前後に揺らそうと目論んでいた。それを実行し――端から端へと走った。そしてつねに邪魔になり、私たちは負けた。昨日はこのチームが勝ったのに。これは言語学的にどういう意味になるのだろうか。そして、自分のことをあまり考えてはいけないと私は思う。今晩はとりわけそうで、考えないようにしつつ行動し、ありのままでいようと思う。見た目がどんなで、優雅であろうとなかろうと。

私は晩餐会に向けて身支度を整えながらそんなことを思う。青みがかった髪は着いたときと同じように頭のてっぺんにあげる。この日のために買った服をまとう。銀色とピンクでプリーツがたっぷりついている。着ると太って見える。そのことにいま気づいたが、これ以上虚偽はなし。真実のままでいないと、試合に負けるわけだし、私はこれまで成したことをすべて失ってしまう恐れがある。ならば——真実のみを——今後は述べる。私が一、二度ボールをネットの向こうに叩き返し、人目なんてかまわなかったらどうなっていただろうか？　私があんなに行ったり来たりしなければ？　試合にちゃんと集中していたら？　いや、銀色の靴が砂と湿気で台無しになってもいい。自分が笑おうと笑うまいとかまわない。本当の自分でいよう（それが何であれ）。

晩餐会で与えられた席は、ほかのテーブルよりも高みにある長いテーブルにあり、横に演壇があった。もう一方に彼が坐っている。本物のイザベラ・プレザンパイユはいまだに茶ずくめで昨日と髪型はまったく同じ、ほかの人たちにほとんど紛れてしまって、下の右手後方にいる。いかにも彼女が選びそうな場所だ。くしゃみが聞こえなかったら、見つけられなかったかもしれない。

本当の自分でいるという決意は断固守る。私は食べまくる——デザートは自分のはもちろん彼の分も食べ、テーブルの向こうから届いたのもひとつ食べる。何オクターブにもわたる笑い声を上げる。音楽にしようと努めなくても笑えば音楽的になる。やがて、そのときが来る。彼が起立し、イザベラ・プレザンパイユを紹介する。いかに懸命に研究に打ち込んでいるか、しかも単独で研究していること、数々の業績を挙げ、現在は二重母音に関する著書に取り組んでいること。二重母音がそれほど研究を要するとはこの方しか思いつかなかっただろう。このような方にしかその意義は理解できなかったであろう、と。この方だけが……そして、きっと、新たな、驚くべき結論がもたらされるだろう、と彼は紹介してくれる。

（私が見つけたかったあの音、下の歯を言語学上重用する音に取り組んでいればよかったかもしれない。そうすればいまここで立ち上がってその音を出すことができたのだ。）

やがて私は本当に立ち上がる。

「拍手の波」という言葉の意味がいまわかった。拍手の波は打ち寄せ、小石はこすれあい、海流は上へ、私のほうへ、向かってくる。私を越えて。私のもの。ずっと私が得てしかるべきだったもの。この瞬間のために私は来たのだ。引き受けたときは知らなかったが、このためであって、彼のためではなかった。仕事をいろいろ依頼されるためでもなく、この瞬間のためだ。

私は何遍も頭を下げる。彼らは起立する。拍手はどうにも鳴りやまず、いつまでもやまないでと私はひそかに願っていたかもしれないが、ついに鳴りやみ、沈黙が訪れる。すべての視線が私に注がれる。

私にとって最高の瞬間だった。

さあ引用だ。用意してきた……百の……千の引用が出番を待っている。そのひとつがふと浮かぶ（ファースから引用）。「人を発話に駆り立てる状況には、宇宙の万物そしてあらゆる出来事が含まれる」。そのとおり。歌についても同じことが言える。宇宙の万物そしてあらゆる出来事は、歌われてしかるべきだ。

私はここに直立し、この図体でありながら、二つの小さな足でバランスをとっている。実際はつまさきと先のとがったヒールだけで。奇跡……何百万年もかけた奇跡だ。「口腔は」、ソシュールが述べたように、「広範囲にわたって可能性を与えてくれる」(私に!)。引用はいらない。私は口を開く。いつもの笑い声を上げ、私は歌いだすのだ……宇宙について。

偏見と自負

Prejudice and Pride

恋人たちがいまだ離ればなれであることにこちらが焦れてしまうほど、性愛を控えるためにあまたの古めかしい手法がとられている。なぜ二人のあいだで扉が閉まるまで黙って待ったりせずに、互いに呼び合わないのか？　なぜ最後の最後にふり向いて、切なる思いを遂げないのか？　なぜ読者のためであるかのようにいつまでも差し控えるのだろう。そのため読者はどんどん先へと読まねばならず、スピードを上げ、何ページも読み飛ばして第二部に進むが、それでも恋人たちは（またもや！）愛を打ち明け合うことはない。彼フィッツウィリアムは彼女の足首を片方ちらっと見たことがあるのに……いやそこまでいかなくたって、彼女の長い白い指がたわむれるさまをじっと見ていたのに。もちろんそれは彼女がかなり上手にピアノを弾いたときのことだ。彼女の指は彼女の体を思わせたけれど、自分がそんなことを考えるなんて彼はほとんど許しがたい。ほかの女の体のことなら考えうるが、彼女の体のことは考えられない。彼女の体を思うなんて、荷が重すぎるのだ。

そして彼女は……彼の目からいろいろ読みとるけれども、その目をまじまじと見ることはできない。もう少しで彼の顔に目が向きそうになるたび、彼の視線のせいで胃がひっくり返ったかのように気分が悪くなる。当然彼の体のことなぞ考えない。いや実は考えている。ただ、そうしていることを自分には教えないようにしている。伏し目を保ちつつ、ちょうどあのあたりを見て、自分で認める以上に多くを見ている。だがとどのつまりは田舎娘だ。家には馬がいる。（馬たちの性器が膝までさがっているのをときどき目にして、子どもの時分は怯えたものだ。）

彼がちらりと見たことがある左足首だってあるわけだし、右の足首もあるわけだ。ついに結婚したら、彼女の白い、細い足を彼は愛撫するだろう。ついに結婚したら、然るべき折に勃起することは約束されている。当人たちは間違いではないと無論承知しているがほとんど間違いであるかのように、ごく軽くほんのかすかに彼の手がそっと彼女の（まだ覆われている）胸に触れるだけで充分だから。

その後、朝食で二人は見つめ合う。もう彼女も思い切って彼を見ることができる。

二人は裕福で、富裕層にふさわしい朝食が召使たちの手で運ばれる。たまご、小魚《スプラット》、ハム、クリームを入れた紅茶、レーズンが入った黄色っぽい甘いパン……だが、二人はほとんど手をつけない。彼は食べる代わりに彼女の十の指先一つひとつにくちづけをして、終わるとまた十の指先を逆にたどる。次いで指関節すべてにくちづけをする。（君の指先に唇が触れるだけで僕の栄養は充分だ、と彼は言うことだろう。）何秒か両の掌にくちづけされ（彼の唇はなんてあたたかいのだろう）、彼女は背筋がぞくぞくする。

これらはすべて、きっと春の朝の庭園での出来事だ。二人は春に結婚したのだ。当然ながら、最初はお互いに気に入らなかった。だが、二人のあいだには常に電気的な興奮が走っている。ありがたいことに、彼女の訪問先に必ず彼が招かれ、その逆も起こり、彼は高慢で謎めき、神秘的で浅黒い、ローマ人風の美男子だが、瞳はピクト人のような明るい、薄い色だ。彼女の叔父が彼について、高慢すぎるのではないかと責める発言をすると、叔母はこう述べる。「なるほど、ちょっと改まったところはありますねえ。でも、それは風采だけのことで、べつに悪いわけじゃないわねえ」

彼には人には言わない不幸がある。妹が危うく強姦されかけ、近年家族の死が重なった。無論それゆえ彼の魅力はいっそう増す。

彼女はエリザベスという。マーガレットでもシャーロットでも、エレノアでもコンスタンスでもよかったのだが。

彼は彼女について、「知りあいの女の人の中でいちばんきれい」と述べているが、それはずいぶんあとの話だ。最初は「まあまあ」だけれど、自分が心を動かされるほど美人じゃないと言ったのだ。

雌ジカに忍び寄る雄ノロジカを見たことがある。グレートデーン犬くらいの大きさで枝角はじゅうぶん発達していた。メスはオスに無頓着な様子で草を食んでいたが、オスは食べ物に興味はなかった。メスから一瞬たりとも目を離さなかった。集中するあまり、我々観光客のことは目に映らないも同然だった。ぎくしゃくと動いていた。一歩進んで、静止。一歩進んで、静止……。原生林で、日光が幾条も斜めに——彼らにも我々にも注いでいた。最初、私たちは彼をシカの像だと思った。そうでなければ、なぜあれほどこわばり、じっとしていられるだろう。だが彼は一歩進み——いや半歩進み、ひづめをかかげてまた像になった。彼女に対する集中力は、いかなる性愛行為にも増して性的だった。

フィッツウィリアムもそのようにエリザベスを見、彼女は心がひっくり返るのを覚える。彼の凝視は雄ノロジカの視線同様、彼女と自分をつなぐ鉄線だ。瞳の色は明るいが……青と黄褐色だが、それでも引きつける……いや、ただただその場に固定する。雄ノロジカは震えてはいなかったが、震えかけてはいた。フィッツウィリアムも震えはしない。

二人がついに（震えながら）床に入るとき、フィッツウィリアムは早くいきすぎて（ほかにどんな展開がありえよう?!）、まだ挿入したかしないかという程度。二人はその件には一切触れない。（胸にわずかに触れただけ、今回胸はナイトガウンでまだ覆われていたが、一度触れただけで充分だった——というか、彼が自制するにはすでに過激すぎた。）だがやがて彼は再挑戦し、今度はうまく事が運ぶであろう——それが彼女のぎくしゃくした初体験となり、痛みも伴う。おそらくシーツは鶏を殺したかのような様相を呈する。いや、あれは、南の国々だけだっけ？　ともかく、ここは鶏いらずだろう。（「おおエリザベス、エリザベス、痛い思いをさせてしまったか？　この広い世界の人々のうち、一番傷つけたくない君なのに?!」）（新婚旅行はおそらくバースかブライトンだったと思われる。）彼女がいくらか癒えるまで、おそらく数日間は睦み合うことはできないだろうから、二晩後、彼が彼女の胸をじかに愛撫し、またしてもただちに射精したことは幸いだった。

　彼女が出産時に死なないことを祈りたい。

　時折、私もあの時代を生きてみたかったと思うが、あのころ生きたとしてもきっと皿洗い女中だっただろう。おそらく（そっけなく）ヒルとかロジャーズとかモーガンなどと呼ばれていただろう。いまの私の外国風の名前とは——旧姓であれ今の姓であれ、きっと無縁だっただろう。

　そして古亭主《あなた》はきっとだんな様の召使だったわね。いや、それが務まる作法も雰囲気もあなたにはない。きっと口汚い、汗みずくの御者だ。ところで、昨夏一緒に見た雄ノロジカが雌ジカを凝視したように、あなたは私のことを見たことはある？　あったかもしれないし、かつてあの視線が一度でもあったなら、それがもはやないのはいまいましいことに私のせいかもしれない。

結局は　After All

今日はなんともぱっとしない日で、雨が降っていて退屈でいろいろ思い出してしまい、自分のまずかった言動や、人から嫌なことを言われたり、侮辱されたり、自分が人を侮辱してしまったり、人からすっかり忘れられていたり、覚えているべき相手を忘れてしまっていた折をことごとく思い出す。口を開けば誤解される日だ。手にとったものはすべて落とす。物を倒す。すべって転ぶ。洟《はな》は出るし、喉は痛い。しかも誕生日。またひとつ歳をとったのだ。この歳じゃ一年違えば大違い。

一人でいるのがせめてものことだ。自分のことで人を邪魔したり、かんしゃく、気まぐれ、狼狽、疑念で人に迷惑をかけないで済むし、ほかの人たちが静かに過ごしたいのにべらべらしゃべって静けさをやぶることもない。

しかも私は声が大きすぎる。何もおかしくなくても声を出して笑ってしまう。

凶事があれこれ起きていたらどうなったかという一連の悪夢を一晩じゅう見たせいだ。（誰も一緒にいなくて何より、いたら夢を逐一語ってしまうだろうから。）私がずっとしゃべっていたら、止めてね。黙っていようと思っても、長々としゃべっちゃう。静かにしていようと思うととくに。なんか話題があるはずなんだけど。あのやたら長い夢の話でも、日差しがおぞましくてどぎつくて、目をちかちかさせる天気の話じゃないことが。

どこかへ出かける潮時だ。どこだって、ここよりはまし。にわか仕立ての旅になる。唯一の目的はここを離れること。荷造りはしていない。計画もない。地図は持たない。私の目は丸くて小さくて何でも疑うから、見知らぬ人々を頼ることはできない。私の微笑は意地悪い。

今晩、私はコテージの窓辺に坐り、砂漠の一部であり、うずらがガーガー鳴いている（タバコ！タバコ！）自分の土地を眺めていた。変わらなきゃいけない人の話を書こうかと考えていたら（一番書き甲斐のあるタイプの人物だ）、ふと、変わらなきゃいけないのは自分だとわかった。ずっと前からそうだったのに、そのときになるまで気がつかなかった。だから旅立つべきなのは私で、これは発見の旅もしくは自己回避の旅になる。

お弁当は作らない。水も持っていかない。もっと身ぎれいにできるのはわかっているけど、そんな気はさらさらない。髪……のことは考えたくもない。

裏の垣根の穴から這い出れば、もう町へつづく道よ。

たぶんあの人たちが「無意味な行き来」と言うから、こう答えるの。「望むところよ」

これまで私は別の種類の無意味な行き来をして生きてきた。コンサート、芝居、そして読むべき本を全部読む——みんなが読んでいる本だから、どうして読まずにいられよう? でも今度の無意味は種類が違う。あの人たちがどう思おうとかまわない。

あの人たちときたら!

どうしてたいていの子どもみたいに、すんなり受け入れてくれないんだろう? わが子に追われる。どうしてそうなるの? 尾行され、見張られる。

たぶん私が精神障害《ノン・コンパス・メンテス》のときに不意をつこうとしているんだ。メントス? この言葉でよかったっけ。メンティス・サノス? この用語を覚えていられたら、それが本当にあてはまるなんてことある? ただ、私は覚えていないけれど。

昼間に出発したら、彼らに見られてしまう。

爪みたいな月が出ている晩だ。冷たい風が吹く晩だ。この天候でこんな時間におばあちゃんが出歩いているなんて、誰が思う? 町へつづく道を逆風に向かって歩いているなんて、誰が思う?

(最後に車の運転をさせてもらえたのは、もうずいぶん前になる)

あ、息子が児手柏の木の陰にいる。真ん中の娘は簡易駐車場《カーポート》の横。(車のないカーポート。) あの子の影が見える。一番上の娘? どこだろう。

「ママ、自分で思うほど若くないのよ」(いや、若い。若いの。自分が思うのとぴったり同じくらい。あるいはもっとかも。)

あれやこれやが襲いかかってくるだろう。夜は放し飼いの、歯をむき出しにした犬たち。ひょっとして、私みたいに歯をむき出しにした人間がほかにもいるかもしれない。強烈な雨あられ。つんとする刺激臭。空には、星が途方もなく過剰投与されている。私がクレオソートブッシュの陰で寝込んでしまったら、いったい何が襲いに来るだろう?

なんであれ神を信じるべきなのだろう。やぶの下に神が一人ずついる。少なくとも、私はそうであってほしい。信仰の離れ業。それなら私にだってできる。

さてこの私がいなくなったのだ。永久に。とりあえず、永久に。蔵書は惜しい。子どもたちは残さなくていい本ばかり、手元に残すだろう。良い本をゴミに出すだろう。私のとっておきのスカーフを——よくあるただの古いスカーフだと思うだろう。私の祖母から贈られたものだとは知らない。話したけれど、あの子たちは忘れているから。

私が子どもたちのためにやったことと言ったら! きりがない! 無論、ずっと昔のことだ。でも、その後、わが芸術のためにしたことと言ったら! あれが芸術ならば。なんと呼べばいいんだろう。余暇と呼んでもよかろう。わが勤勉なる余暇。大方は窓の外を眺めていた。

でも、芸術は私の人生……人生だった。つまり、窓の外を眺めて、それについて考えることが。つねに多くのアイデアが浮かんだ。いや、浮かんだわけじゃない。育っていった——少しずつ、半分ずつ。まず一節の一部が浮かび、次いでそれに合う人物が浮かぶ。人物に次いで、その人が過ごせる小さな一角が浮かぶのだ。

夜明け前に町を抜けられるかな?　あちら側まで十キロある。そうしたら、日課の昼寝ができるかもしれない。道端の溝で休むことができるだろう。

私は変装して出てきた。つば広の大きな帽子、砂色のバスローブ……（スリッパを履いてきてはいけないことを、忘れてた。）どうしたら目立たず、しかも自分じゃないふうになれるかを考えるのはむずかしかった。ずっと目立たないようにしてきたから。どうせふだんからアースカラーを着ているし。

私はもともと隅っこや物陰で過ごしている。もともと人と目を合わせない。もともと背中は曲がっている。いま足を引きずって歩いているのは、スリッパがしょっちゅう脱げてしまうから。

足音がする。立ち止まって耳を澄ませると、向こうも止まる。誰か一人は尾行するだろうと思ってた。どの子だろう?　子どもはふり落とせないものだ。

「あんたのこと、笑ってるんだからね……誰だか知らないけど。ハッハハッ。聞こえた?」

でも、しょっちゅう立ち止まって耳を澄ませて笑ってるわけにはいかない。それじゃいつまでたってもどこにも行けない。何かに間に合うようどこかに着きたければ、前進あるのみ。スリッパが脱げてしまうだけでも始末が悪いんだから。

日記帳を持っていたら、「次の日」か「二日目」と書くところだ。（日付がわからないから、そう記さざるを得ない。春か夏かもわからないほどだが、それはノン・コンポーゼ……だかなんだか……の徴候ではなくて、昔からそういうことに注意が向かなかった。）

私はこう書くだろう。道端で気持ちのいい昼寝をした。長かったか短かったかはわからないが、気持ちよかった。（砂色のバスローブのせいできっと桃色がかった岩か褐色の岩に見えたに違いない。）自分をそろそろ何とかしはじめるべきことについて書くだろう。手はじめとして書くのはいいと言われているから、書くことにしよう。あるいは日記帳を入手したらはじめよう。

お金を持ってきていれば、町で一冊買えたのに。ただ町を抜けたのは夜明けごろで、店はどこも閉まっていた。（腕時計を持ってきていれば、あれが何時だったかわかるのだけど。）

尾行者が誰であれ、かさかさ、ぱちぱちいう音、あるいは足を引きずる音を通してしかそこにいることを教えてくれない。いささか怖いことは認めざるを得ない。

森の開墾地に住んだらすてきかもしれない。きっと山道に住むのもすてきだ。眺めは望ましい。眺めは人を幸せな気分にしてくれる。眺めがあれば、誰が忍び寄ってくるかもわかる。

決めた。私は左折し、道から離れ、まっすぐ登っていく。このスリッパでは難儀だが、私には目的がある。自分の人生を引き受ける。私は何を、いつ、どれくらい、なぜやっているのかをきっちり把握し、時間だってわかっている。いまなのだ。

かわいい……そう言ってよさそうな峠へ、いま私は向かっている。両側の崖壁は湿地を抱きしめている。一部張り出していて、その下で眠れる。古い、凍った雪はかじることができる。高地だが、かなり大きな木が育つ程度に風から守られている。地面は小さい金のかたまりを含んでいるみたいに一面きらめいている。（本当に金だったら、とっくになくなっているはずだけど。）食べものもある。シロアカザやすべりひゆをかじろう。でも、あの高地で育つかしら？　たぶん私はずっと前に東部で過ごしたころを思い出しているのね。ともかくここには野生のローズヒップは生えていて、ものすごく小さくて、こんなもの自分はなんでわざわざ食べたのかと思うけど、きまって食べてしまう。

あの峠よりずいぶん低いここからでさえ、かなり遠くまで見渡せる。風景をじっくり眺める。岩に点々と見えるオレンジ色の苔は、何かを冷蔵庫に入れっぱなしにしていたみたい。空は麻疹にかかっているみたい。

眼下の丘陵に動きを発見。下に何かいるのは確実だ。視界の端にちらちら入る。

わが子に突きとめられるのは避けられないのだ。ほら、あそこ。あの子たちを見たわけじゃないけれど、何かいるのはたしかで、忍び寄ってきている。あの子たち、何の用なの？　私に何をするつもり？　私を捕まえることができれば*だけど*。そりゃあ、たしかに私の誕生日だ――というか、数日前はそうだった。ひょっとして、抜き打ちのパーティーをしたいのか。プレゼント、紙の帽子、ダンスするための音楽をかけるテープレコーダーをごっそり抱えているかも……シャンパンを持ってきてたら、どうだろう？　運ぶものが山とある！　まだ私を捕まえていないのも無理はない。

甘いものを持ってきていれば、私がチョコレートは食べられないことを忘れているだろうな。ブラウスを持ってきていれば、きっと大きすぎるだろう。（母親は子どもよりも大きいことになっているが、いまや私が一番小さいことをあの子たちは忘れている。）紙の帽子なら、ひとつかぶらなくてはなるまい。角笛だったら、ひとつ吹かねばなるまい。

私がどんどん先に進んで距離が開けば、あきらめるかもしれない。私は急ごうとするが、だんだん急勾配になってきた。少なくとも、あれだけ大荷物なら、向こうも難儀しているだろう。一番重いのはシャンパンだろう。きっとプラスチック製の組み立て式シャンパングラスを持っていて、組み立てはおばあちゃんにぴったりの作業と考えていることだろう。私はやらない。あの子たち、無理強いはできないよ。

本当に日記帳を持っていて、本当に何か書いたら、ほかのあらゆる話同様、誤解されるだろうから、まずこう書くべきだろう（一ページ目、一月一日）。「私が言いたいことはぜんぜん違う」でもそれより、両足がどんなに痛むか、そして雨が降り出しそうだということを書きたい。

いったんあそこまで登ったら、永遠に留まらざるを得ないかもしれない。下山はできないかもしれない。昔、私がまだすばしこかったころ、死に場所を探してまったく同じ場所に行って、結局死ななかった。さんざん待ったのに、いつものめまいの発作以外、何も起こらなかった。発作が治まるまで待たねばならず、その後また降りねばならなかった。このことを誰にも話さないでおいてよかった。

今回は何が最高の死に方だろうと思いをめぐらせていない（この歳なのに！）。考えるべきだとはわかっているが、昔、大好きな山道のてっぺんで死ねなかったとき以来、そんなことを考えるのは貴重な時間の無駄遣いと思えた。私は芸術についてじっくり考えていた。それが大切なことに思われた。

だが今後、人生（および芸術）に何を求めればいいのだろう？　それとも終わってしまったのは、芸術の部分だろうか？　いまでも私は待ち望んでいる……大いに……何かを……何だかわからないまま待ち望むあまり、息もつけないでいる。

石を枕にして横たわる。長いあいだ休む。目覚めて考える。これは二日目、三日目、四日目？たとえ日記帳があっても、すでに混乱していただろう。だがいまや、姿を消すには我が家の屋根裏こそ最高の場所じゃないかと思えてきた。好きなときにキッチンに降りていける。清潔な下着も手に入る。「どこへ行こうがわが家にまさる場所はない」という言いまわしもあることだし。

来た道を戻りはじめる。スリッパがしょっちゅう脱げないから、下りのほうが楽なはず。

横を何かがさっと通り抜けた。空一面が照らされる。昼なのに目がくらみそうになり、まばゆい。（目の前を斑点がちらつくなんてもんじゃない！）まあ、なんてきれいなの。私の誕生日にひとつすてきなことが起こりつつあるわけだ。（まだ私の誕生日ならば。）

地面が揺れる。丸石が跳ねるようにして落ちてくる……山腹がいくつも丸ごと……。

こんなこと誰が思っただろう、まるで私だけのためであるかのような世界の終わり。しかも、スリッパをすっかり履きつぶさないうちに、実によい間合いで。みんな一緒に、全世界と私で逝くのだ。なんてすてき！　私が最後に居合わせることができて、何より。私がいなくなったあとで世界が長くつづいた場合に起こりうる面白いことを見逃さないで済むんだもの。要するに、それほど悪くない誕生日というわけだ、結局は。

ウィスコン・スピーチ

WisCon Speech

これは二〇〇三年の戦没者記念日にウィスコン（世界で唯一のフェミニストSF大会）で行なったスピーチである。私は恐れおののきつつも、主賓として招かれたことが嬉しくてたまらなかった。一番好きな大会ゆえ、喜びもひとしおだった。私の知るかぎり、これほど面白くて「ふざけた」会合はない（たいていは自分たちを笑いの種にしていた）。オークションではついに競売人が噛んでいたガムまで競売にかけていた……。

私はこの大会が一番好きです。これに並ぶものはほかにありません。それに、一番笑わせてくれる大会です。

近頃、政治的なスピーチをしなくては、と思います。あるいは環境保護に関して話すべきでしょうけれど、私にはできません。もしかしたらチャイナ・ミエヴィルがそういう話をしてくださるかもしれませんね。私の話は主に自分のことで、書くことについても少しお話しします。

（以上はアドリブ的）

今回、三、四人の方のスピーチを聴かせていただきました。きっちりと覚えていませんが、スピーチをなさったみなさんは優等生だったようですね。これから劣等生の話をします。私はずっと出来が悪かったのです。とりわけ書くことが嫌いでした。書くのは難しすぎたのです。

どうしてそれほどの劣等生になったかというと、ひとつには、子どものころアメリカとフランスを行ったり来たりしていたのです。一時は一年おきに引っ越しました。八歳のときはフランス、九歳と十歳はアメリカ、十一歳はフランス、十二歳でまたこちら……というふうに。

八歳のときに放り込まれた田舎の学校は教室が二部屋しかなくて、英語を話すのは私と弟だけでした。フランス語は知らぬ間《ま》に学んでいました。まわりの人に自分の話が通じていないということは気づいていませんでした。たぶん、何も考えずにしゃべっているうちに、それがだんだんフランス語になっていったのでしょう。（私の娘が十一歳の子どもをペルーに連れていって同じことを目にしています。お隣に同い歳の男の子がいて、片やスペイン語、片や英語をしゃべって一緒に遊んでいました。同じ言語を話していないということには気づいていない様子だったそうです。）

そうやって行ったり来たりしていたので、学校ではどうしようもなく混乱していました。いままでも綴りはめちゃくちゃです。綴りは覚えられないと思うきっかけ（やがてあきらめるきっかけ）となった単語はいまもはっきり覚えています。address/adresse と syrup/sirop です。“address”

をそんなふうに綴るなら自分には覚えられるわけがないから努力しても仕方ないと思ったわけです。だからやめました。十一歳のときだったと思います。そこで緞帳がさっと下りたようになり、それ以降は努力しませんでした。不可も少しもらいながら可をつけてもらって、なんとか進級しました。大学一年のときは英文学を落としてしまいました。再履修する破目になった上、再び単位を落としかけました。(父はミシガン大学で言語学の教授だったことはお話ししましたっけ?)

いまでは勉強と調べ物が大好きです。一番好きなのは、書くことです。みなさんの中にもそういう方は大勢いらっしゃるのではありませんか。

いまは一番難しいからこそ、書くことが一番好きです。そして筋《プロット》や物語《ストーリー》が大好きです。すべてをまとめる腕がいりますから。内緒ですが、私は詩よりも短篇を書くほうが難しい、ソネットよりもなお難しいと思います。

私と弟はフランスに行くたびに、だいたい一年ずつ向こうで暮らし、住まいはたいてい変わりましたが、毎回同じフランス人女性と暮らしていました。両親と下の弟たちは最初イギリスのオックスフォードに住み、のちにドイツのフライベルクに移りました。私と弟は二人きりだったわけですが、一緒に暮らしたフランス人女性は、母よりもずっといいお母さんでした。母はときどきやってきてはその人が活動するさまを観察して、どうしたらいいお母さんになれるかを学んだのです。

ある年、弟と暮らした大邸宅《シャトー》には、家の中に屋外便所がありました。穴が二つあり、階下にあるのです。でも毎朝、ブルターニュ出身のメイドが寝室用便器を空けてくれたので、問題はありませんでした。リビングルームは広く、大理石の像がたくさんありましたが、冬は暖房しきれないので使えませんでした。暖房されていたのは、小さい食堂（大きい食堂もあったのです）、弟と私が使う小さな遊戯室、キッチンだけでした。家の人たちは部屋から部屋へメイドが運んでくれる、小さなストーブを使っていました。

またあるとき暮らした別の場所では（これは小さな家でした）、外の堤防に上がって、穴に向かっておしっこをしました。その穴が大きな桶につながっていて、桶がいっぱいになったら運び出して、畑に撒布《さんぷ》するのです。

私は学校では注意散漫でしたが、本はたくさん読みました。『ターザン』『火星の巨人ジョーグ』、ほかにはとくにゼイン・グレイとウィル・ジェイムズの作品です。週末になると両親と弟たちは出かけましたが、私は家に残って本を読んでいました。少女物は一切読みませんでした。弟が三人いる私は、ずっと男の子になりたかったのです。（どちらの性が重要かという問題に関して、我が家では疑問の余地はありませんでした。）

私は女の子としてではなく、男の子の欠陥品として育てられました。ですから、身を落として『若草物語』を読もうなんて思いもしませんでした。（子どものころの話です。いまは違います。私は変わったのです。）

でも私はどうでもいい存在だったおかげで、弟たちに較べて自由でした。男の子には三つの選択肢がありました。弁護士か医者か大学教授になれるのです（ミュージシャンになった弟は、はみ出し者というわけです）。でも、私は何をしてもよかったのです。

西部小説『ルドイト』を書くプロセスはいろいろな意味で楽しいものでした。昔に戻ってカウボーイになれるし、男になれます（『ボヴァリー夫人』についてフローベールが述べたように、「ルドロワは私だ」というわけです）。（小説に出てくるルドイト姓の兄弟はフランス系アメリカ人で、祖父の姓 Ledroit がアメリカ化されて Ledoyt となったという。）それに、さし絵として高校の頃に描いていたような絵だって描けるのです。

私は書くことをめぐる一切が嫌でたまりませんでしたが（大学一年の英文学〔と単語の綴り〕に恐れをなしたのです）、夫エド・エムシュを通してSF関係者と出会って変わりました。SF作家の話を聞いていたら、書くことはどうやら学べるらしく、凡人にもできそうでした。私はエドを通してSF界を知り（大好きになり）、そこに加わりたくなりました。やがて、短篇小説を書いてお金をもらうようになりました。手始めはひどく安っぽい大衆雑誌でした。のちにニュースクールでアナトール・ブロイヤードやケイ・ボイルに教わりましたが、一番多くを学んだのは、詩人ケネス・コッチの授業でした。

書けなくなってしまったのは、たくさん学んだときだけです。ケネス・コッチの授業を受けたあと、半年は書けませんでした。あまりにも多くを学んだので、消化する時間が必要だったのです。それなのに、学んだことを人に伝えることはできませんでした。授業が終わったばかりのときにやってみましたが、無理でした。学んだことは秘密なのです。体験してはじめて身につくことなのです。

ミルフォードのさまざまなSFワークショップでも多くを学びました。とりわけデーモン・ナイトから。

最近、私は戦争をテーマとする短篇小説をたくさん書いています。この件に関する自分の資格を示しておきたいと思います。私が大学に入ったころ、徴兵がはじまりました。私たちは新聞を毎日見て、どの先生が第二次世界大戦に召集されたかを調べたものです。まもなく男性はあらかたいなくなりました。（カナダに行ったか、兵役不適格者か、良心的兵役拒否により収監されているか、出征中でした。夫と弟たちは出征しましたが、夫は後にヴェトナム反戦デモに参加しました。）昔もいまも私は平和主義者ですが、あのころは、何が起きているのかこの目で見たかったのです。同世代が体験していることを体験したくて、赤十字に入りました。

私はフランス語ができるというので、イタリアに派遣されました。コーヒーとドーナツを配り、クラブを運営し、ダンスに女の子を集めて……その上ペーパーバックの図書館を管理しました。（本が盗まれても気にしないきまりでした。）（ちょうどそのころペーパーバックが刊行されるようになったのです。）

軍隊輸送船で私がナポリに乗り入れたのは、終戦直後でした。惨害は相当目にしましたが、戦争自体は一度も見ませんでした。最初の配属地は、カプリ島のＲ＆Ｒ（休息とリラックス）施設でした。そこで働いた覚えはありません。兵士とピノクルをしたり、ハイキングの引率者として崖まで出かけたりしました。次に、ユーゴスラビア国境付近のタルチェントに配属されました。いずれの配属地でも、赤十字の制服は着ませんでした。そして、一部のアメリカ人（大勢ではありません）

がどれほど無礼になりうるかについて、いい勉強をしました。私をイタリア人だと思った同胞に罵られ、唾をかけられたのです。聞いたことのない言葉で罵倒されました。その言葉はあれ以来、耳にしたことはありません。カプリではアメリカ人が四、五人集まって、面白いからというだけで家のまわりにたっている分厚い泥の塀を倒していました。私はタルチェントではちゃんと仕事をしました。トラックの運転手だったのです。あの仕事は気に入っていました。

というわけで、私はまず音楽学校へ行き、戦争へ行き、それから美術学校へ行き、エド・エムシュにめぐりあいました。裸の女性の真ん前で――モデルを写生する授業だったのです。結婚後、一年間フランスへ行き、ボーザール（フランス国立高等美術専門学校）で勉強しました。夏はオートバイでヨーロッパじゅうをツーリングしました。

帰国後、エドはSFイラストレイターとして活動を開始し、やがて表現主義の抽象画を描くようになり、実験映画を作りはじめました。お互いに影響を与え合いました。私は前よりも実験的な作品を書くようになり、いわゆるSFの〝新しい波《ニューウェーブ》〟の一人と見なされました。昔の話です。いまでは私はそれを〝古い波〟と呼んでいます。

一番好きな作家はカフカです。彼の短篇小説はたいてい大好きで、長篇よりも好きです。（でもすべての短篇が好きなわけではありません。一番気に入っているのは「断食芸人」「歌姫ジョゼフィーネ、あるいは二十日鼠族」「ある学会報告」です。「ある学会報告」は私の短篇集『男性倶楽部への報告』のいくつかの作品で真似ました）。カフカの物語は、物語を越えて反響するところが好きです。物語の意義はこれと言いきれないところも好きです。むしろ行間に多くがこめられている感じがします。先日ある作家がラジオでこんなことを言っていました。短篇小説とは氷山の一角のように大方は水面下にあるべきだ、と。

まったく反響しない短篇も、これまで私はずいぶんたくさん書きました（初期作品は全部そうです）。でもそういう作品にあまり思い入れはありません。

私のSF作品に最高に素敵な言葉をかけてくださったのは、ジム・ガンです。私のSF短篇小説は「日常を異化する」と書いてくださったのです。これは、私がSFを一番気に入っている点です。日常を奇異なものとして示せる。普通の物事を新たな目で見ることができる。時には異星人の目で見ることができる。「いま、ここ」について書いているのに、読者から変な人たちだと思ってもらえるのです。たしかに我々は変です。

この講演で何を話そうかと考えるようになってから、物を書く自分をいつになくじっくり眺めるようになりました。私はそもそも「日常を異化する」ために短篇小説に取り組んでいることが多いのです。（書きだしてはみたけれど、「物語」しか語っていなくてこれ以上書いても仕方ないから放置している話がいくつもあります。）それがSFの一番の存在理由だとも思います。ほかのジャンルも好きです。大好きなものもありますが、SFほどではありません。

最近書くようになった戦争物を通してわかったことがあります。SF作品では、物語を宙に浮かせているからこそできるようなやり方で反戦について語れるということです。「貯蔵所」"Repository"という短篇（〈ファンタジー&サイエンス・フィクション〉誌二〇〇三年七月号）は、兵士全員の記憶が消えるというSF的前提がなければ、成り立ちませんでした。自分がどちら側で戦っているのか、兵士たちはわからなくなっているのです。

特定の戦争、場所、時代を取りあげるのは、好きではありません。普遍化するほうが好きです。物語を宙に浮かせて、あらゆる戦争を象徴させる。SFはそれにぴったりなのです。

多くのSFファンは、仕掛け、発明、奇天烈な装置、多種多様な異星人が好きだからSFを好みます。そういう要素はたしかに面白いし、豊かな想像力も必要としますが、私はSF的要素が少ない物語が好みです。

そんなふうに――つまりSF要素は最小限にするよう――デーモン・ナイトに洗脳されてしまったのかもしれません。そのルールは守っているのですが、彼のもうひとつのルールは守っていません。それは、SF以外の方法で語れるならそちらをとれ、というルールです。SF／ファンタジー作家を志す人なら、何でもその鋳型にはめてしまうことをデーモン・ナイトは忘れていたのでしょう。

デーモンの第二ルールを私はいつも破っていますから、みなさんは両方破りたければ破ってもいいと思います。

私がどうかと思うのは、突拍子もないことが前触れもなくどんどん起こる類の物語です。いつでも何でもありなら、サスペンスはどこにあるのでしょう? デーモン・ナイトが述べているように、それは、もう片方の靴が落ちてくるのを待つという語り古されたジョークに似ています。(ある人が寝る前に靴を片方ぬいで、床に落としてしまいました。大きな音を立てたせいで階下の住人に迷惑をかけてしまったことにその人は思い当たり、もう片方の靴は床にそっと置きました。まもなく、真下の住人が玄関のドアをノックし、こう言います。「頼むから、もう片方の靴もいいかげん床に落としてくれ」) 授業で私は必ず言います。最初の靴をちゃんと落とすのよ、もう片方落ちてくるのを読者が待ち構えるようにしておくのよ、と。あとの靴と同じくらい、最初の靴は大切です。ものを書くということは、最初の靴をたくさん落とすこと、というのが私の持論です。

エドの死後、私の作品は一変しました。書く理由も変わりました。子どもたちはあちこちに離れて住んでいて、夫は亡くなった……私には家族が必要でした。そこで、子どもやティーンエージャーや、共に暮らす夫を創造しました。『ルドイト』と『リーピング・マン・ヒル』という西部小説を書いているあいだ、私はそういう意味では初めて作品の中で暮らしました。当時、あの登場人物たちは私にとって、現実の友だち以上にリアルでした。どこにも出かけず、ひたすら書いていました。

もうひとつ、あのころ生活が大きく変わったことは、『ルドイト』、『リーピング・マン・ヒル』、『ザ・マウント』に関係があります。エドが亡くなってまもなく、娘の一人が大事なことを言ってくれました。やったことのないことをしてらっしゃい、と。娘は一緒には行けませんでしたが、私を牧場に送り込んでくれました。

最初のうちは娘に、もう馬は好きじゃないのに、とばかり言っていました。向こうに着いてからは、私はここに代々伝わる知識は好きらしいの、と言うようになりました。牧場労働者たちはものすごくいろいろなことを知っているのです。出かけるときは船みたいに、何でも修理できるよう、ありとあらゆるものを鞍にゆわえていきます。農場／牧場で暮らすのは、はじめてでした。私はまったく無知だったのです。いまでは、私は馬が好きなんだと言える気がします。

長篇『ルドイト』の中で私はいろいろな方面で十二歳に戻っていました。中学のころにノートに描いたような絵をこの小説のために描きました。調べたことが面白くて、作品に入れずにはいられなくなりました……だからレシピや当時の医療情報などが含まれています。私にとって初の本物の長篇小説でした。昔書いた『カルメン・ドッグ』はいわば連作短篇集ですが、連続活劇の『ポーリン』みたいに、一編ごとに主人公はさらなる苦境に陥るのです。本物の長篇小説はどう書けばいいのか、見当がつきませんでした。『ルドイト』のときは、場面や部分を床にずらっと並べて、どういう順にするか悩んだことを覚えています。でも、『ルドイト』のあとの『リーピング・マン・ヒル』はすいすい進みました。（『ルドイト』の混沌のほうを好む人もいますね。）

その後カリフォルニアの夏の家に滞在しているときに、被食者心理学に関する授業をいくつか受講してみたのですが、それはあらゆる生き物の心理にかかわることでした。私たちは捕食者で、まわりにも猫や犬といった捕食者が常にいますから、捕食者のことはわかるけれど餌動物には疎い、ということに関する授業だったのです。

そこで学んだことは『ルドイト』にも使いましたが、それをとくに活かせたのは、長篇小説『ザ・マウント』でした。とくに餌動物と捕食者の違いを使いました。捕食者の上に餌動物が乗っている設定にするほうが、逆よりも面白いだろうと思いました。私たち、つまり嗅覚も聴力もさしてない、前方しか見えない者の上に、四方八方が見えて、聴力も嗅覚も私たちより優れている生き物が乗るのです。

この授業が愉快だった理由はほかに、受講者がみな牧場の人たちで、馬をたくさん持っていて、大きな帽子をずっとかぶったままだったことです。

私は結婚しなければ、書くことはなかったでしょう。実家は大家族で、元気いっぱいでにぎやかでした。笑いが絶えず、常に話し、論じ合っていました（父は、論ずることは愛すること、という信念の持ち主でした）。新婚で二人きりだったころはさびしくて仕方ありませんでした。何をしたらいいのかわかりませんでした。しばらくはアートを続けましたが、エドを通じてSF関係者に出会って以来、仲間に入りたいと思いはじめました。

子どものころは夢見がちでしたが、そうじゃない子がいるでしょうか？　両親は好きにさせてくれました。成績が悪いことや宿題をちゃんとやったかどうかなんて気にしませんでした。放っておいてくれました。女の子だからではありません。男の子たちのことも心配していませんでした。子どもたちはいつか目を覚ますはず、とずっと信じていて、実際、全員目を覚ましたのですが――私の場合、相当時間がかかったのです。

私が創作をはじめたのは三十を過ぎてからで、すでに一児の母でした（子どもが三人いるので、書く時間を作るのが一苦労でした。たいていは窒息しかけている気分でした）。夫がカルアーツ（Cal Arts）で教えるためにカリフォルニアに引っ越すまで、ちゃんと書く時間はとれませんでした。その後九年ほど、東海岸と西海岸で別居して仕事をしました。そのほうが二人とも仕事がはかどりました。

この大会にはお母さんが大勢来ているのでしょう？　昔の私と同じような苦労をなさっている方もいるかもしれませんね。書こう書こうとたえずあがいている母親を持って、子どもたちはどう思っていたのだろうと思いましたので、訊いてみました。

娘の一人はこんな返事をくれました。「家の中で創作するお母さんとお父さんがいる暮らしを通して、創作は普通《ノーマル》で、カジュアルで、人生になくてはならないものになりました。そのおかげで私たちも創作をはじめたのです」

もう一人の娘が書いてきた返事です。「夜、寝かしつけられて、タイプライターを叩く音が聞こえて、お母さんがすぐそばにいるとわかって安心でした」（よその子よりも早く寝かされていたことを、私たちはずっとあとになって知ったのよ、とのことです。）

息子はこんな返事をくれました。「母を誇りに思い、母に触発されたことを覚えている……母がいなければ、僕はものを書こうなんて思わなかっただろう」息子の手紙には、エドは雑事にわずらわされずに創作に打ち込めたのに、私が一分でも得るにもあがかなくてはならなかったのはなんて不公平なんだろうと綴られていました。息子はこの場にすんなり溶け込むでしょうね。

私がベビーサークルの中で作品を書いていたという件について、この場できっちりさせましょう。この話はちゃんと伝わっていませんし……正確に説明されたこともありませんので。まず、自分の机を部屋の隅に置きます。次にベビーサークルの一角を切り離し、全体を広げます。床は外します。端を机の両脇の壁に取りつけます。これで通常の約三倍の広さになるはずです。子どもたちは締め出されていますから、原稿にはさわれません。私の子どもたちは、たいてい外から中へ身を乗り出して、話しかけてきました。これまで伝えられていたのと違って、ベビーサークルの外でわめいたり怒り狂ったりしたことなどありません。何といっても私は、世話をしてくれたフランス人女性から、いかにして母親になるかを学んだのですから。あの女性には及びませんが、いい線を行っていたのです。子どもが最優先でした。子どもたちは満足していました。満足していなかったのは私です。中で窒息していました。でもいまは、好きなだけ書く時間があります。

スピーチを書かなきゃいけないとき以外は、ですけれど。

訳者あとがき

一九二一年生まれのキャロル・エムシュウィラーは五十年以上にわたって執筆活動をつづけ、現在までにSFやファンタジーを中心に五冊の短篇集と長篇五作を発表している。独特の切れ味ととぼけた味わいをバランスよく配し、「信用できない語り手」を多用しつつ緻密な構成を通して動物、人間、エイリアンの言動、交流、妄想を描く。叙情性も備え、読後に不可思議と共におかしみや温もりも残すことがある。若いころはどちらかと言えば寡作だったが、一九八八年に長篇第一作『カルメン・ドッグ』*Carmen Dog* を発表したころから旺盛な創作活動を見せ、七十代になってから文学賞をいくつも受賞するようになったというめずらしい作家である。近年もケリー・リンク編 *Trampoline*（2003）や、*The James Tiptree Award Anthology 1*（2005）といったアンソロジーに作品が収録されている。

エムシュウィラーの第一短篇集『私たちの大義に喜びを』*Joy in Our Cause* は一九七四年に刊行された。表紙の袖の文章が、これは妻であり母である女性作家の作品集だと念を押しつつ、この作家は従来の「フェミニン」ではくくれないのだとも強調していて、当時のアメリカ社会とフェミニズム運動の一端がうかがえる。表紙のもう一方の袖には、エムシュウィラーの写真（夫が撮影）の下に「自筆略歴」と題された一文がある。内容は以下のとおり。


なぜか私は三十近くなるまでものを書かなかった。

最初にアートと音楽を試した。

三人弟がいることで、もろもろの説明はつくだろう。

自分が妻と母になるべきか、作家になるべきかわからなかった。

断筆しようと三、四回試みたが、やめられなかった。

私は現代詩人が好きだ。

いつも思っているのだが、ほかの作家は自分で洗濯をするのだろうか？　皿を洗うのか？　壁のペンキ塗りを自分でするのだろうか？　たとえばサミュエル・ベケットは？　ケイ・ボイルは？　アン・ウォルドマンは？　アナイス・ニンは？

書くようになってまもなく最初の子が生まれたので、書き手としてはつねに戦ったり、すねたり、叫んだり、わめいたり（ときにはいい子であろうとしたり）して、書く時間がないことに相対してきた。

本書に収録した作品はすべて食卓か寝室で書いた。

これまで私は自分の部屋を持ったことはない。

当時、エムシュウィラーは四十代前半だった。三人の子どもがいたが、この略歴では出身や家族をめぐる情報は省かれ、ぶっきらぼうな箇条書きを通して作家のつぶやきが聞こえてくる仕掛けだ。最後の行で「自分の部屋」とした部分の原文は"a room of my own"で、ヴァージニア・ウルフの女性論『自分だけの部屋』(*A Room of One's Own*, 1929)を踏まえている。エムシュウィラーの長篇『カルメン・ドッグ』の主人公(犬人間である)も、自分の部屋がないことについて考えている。

この第一短篇集を読んで一九七五年五月に「ファンレター」という形でエムシュウィラーに賛辞を送った人の中にSF作家のジェイムズ・ティプトリー・ジュニアがいた。時間を奪いたくないので返事は無用と述べた上で、あなたの作品がこうしてまとまった形で出ることに意義がある、収録作品はどれも見事でお気に入りは選べないと褒め、最後にもう一度、返事はいらない、という旨のことを明快な言葉と素晴らしいテンポで書いた素敵な手紙だ。ここでティプトリーがエムシュウィラー作品の重要な一面として挙げているのは、その「意外さ」"unexpectedness"である。

エムシュウィラーの長篇のうち『ルドイト』*Ledoyt*(1995)と続篇『リーピング・マン・ヒル』*Leaping Man Hill*(1999)はカリフォルニアを舞台とした一種のカウボーイ小説で、SFではない。いずれの作品でも周囲から浮いている十代の女性の目を通して、ある一家の暮らしと歴史が浮かび上がる。二〇〇一年のインタビューによれば、インディアンが登場せず、銃も少ししか出てこないウェスタン小説を書きたかったのだという。そして「夫の死によって私の作品はいかに変わったか」（二〇〇二年）というエッセイでは、『ルドイト』を執筆したときはSF作品を書くときよりも人物造型にのめりこみ、登場人物と共に過ごすことで寂しさをまぎらわせることができた、と述べている。SFイラストレイターで映像作家だった夫エドは一九九〇年七月に亡くなった。作家キャロル・エムシュウィラーが長篇を含む作品を盛んに発表するようになったのは、夫が亡くなった前後、ということになる。

一九九七年にアーシュラ・K・ル＝グウィンは『ルドイト』を真のラブ・ストーリーと称える書評の中でエムシュウィラーのことを「SF作家と分類することはできないが、SFのテーマと見事に戯れる術《すべ》を知っている人」と紹介している。そして短篇「ユーコン」を例に、作品を読むたびにその印象が変わる点をエムシュウィラーらしさとして挙げ、読者が幸福な結末を望めば多くの作品の結末がそのように解釈しうるのは、作家としての優しさの表われと見る。別のインタビューでもル＝グウィンは自分と同じ志向を持つ作家としてエムシュウィラーを挙げ、「新しい試みに挑戦し続けている」人だとして、「彼女のような作家が存在する限り、私は孤独を感じることはありません」と述べている（山本麻里耶訳「ジャンルを越えて、頂に立つ」、『ユリイカ』二〇〇六年八月臨時増刊号）。書評でもインタビューでもエムシュウィラーは、アメリカでも一般読者にはあまり知られていない、知る人ぞ知る優れた作家とされている。

これまで日本でもエムシュウィラーの作品は個別にSF雑誌やアンソロジーに紹介されてきた。〈SFマガジン〉一九六二年九月号に掲載された神谷（小尾）芙佐訳「順応性」では女性の語り手の言葉が「です・ます調」の情緒ある言葉に訳され、伊藤典夫氏や浅倉久志氏に訳文も含めて高く評価されている。だがその後エムシュウィラーが日本で積極的に紹介されることはなく、まとまった作品集が出るのは今回が初めてとなる。

本書『すべての終わりの始まり』はエムシュウィラーの第三短篇集と題名は同じだが、収録作品は異なり、日本オリジナル編集となる。本書では五冊の短篇集から作品を収めることとし、後年の作品を多くした。第一短篇集 *Joy in our Cause*（1974）からは「セックスおよび／またはモリソン氏」一篇（この作品は第三短篇集にも再録されている）、第二短篇集 *Verging on the Pertinent*（1989）から「ユーコン」、「母語の神秘」の二篇、第三短篇集 *The Start of the End of It All*（1990）から表題作ほか四篇（「モリソン氏」を含めれば五篇）、第四短篇集 *Report to the Men's Club*（2002）から表題作を含む八篇、第五短篇集 *I Live with You*（2005）から「ウィスコン・スピーチ」を含む五篇を収録した。（*Report to the Men's Club* の版元は、ケリー・リンク夫妻が主催しているスモール・ビア・プレスだ。）

本書の最後に収めた「ウィスコン・スピーチ」（二〇〇三年）も一種の「自筆略歴」と言えるだろう。これは毎年五月にアメリカのウィスコンシン州マディソン市で開催される女性SF文学者の大会（コンファレンス）に向けて行なわれたスピーチだ。第一短篇集の刊行から約三十年を経て、生い立ち、創作に取り組むきっかけ、好きな作家、家族についてエムシュウィラーが語る。書く時間も場所もなかった若いころの話は、やはり苦味はあるけれど、スピーチでは笑いも取れるエピソードに集約されている。

ジェイン・オースティンの作品について語り合う読書会を描いた小説に「キャロル・エムシュウィラー」という名前が一度登場する。二〇〇四年にカレン・ジョイ・ファウラーが発表した『ジェイン・オースティンの読書会』（矢倉尚子訳、白水社）第六章の一節である。六人の会員のうち唯一の男性は四十代のSF愛読者という設定で、SFを読んだことがない年上の女性に彼はまずSFの古典としてル＝グウィンの作品を二冊贈る。しばらくの後、彼が好ましく思うこの女性にさらに薦めるSF作家がジョアンナ・ラスとエムシュウィラーだ。作者ファウラーは別のところで「SF界においてもっとも創造性に富む頭脳」とエムシュウィラーを称えているけれど、エムシュウィラーはSF的な道具立てを控えめに使うのでSF初心者も手にとりやすい作家の一人と言えるのだろう。遠く隔たって見えるオースティンとエムシュウィラーの作品は、どちらも友情、恋愛、女性／男性、家族、結婚に関心を持って小さな集団を注視しているのだから、人間界を異なる角度から精察しているだけだと言うこともできるかもしれない。二人の作家のつなぎ目のひとつとして、本書にはオースティン作品を題材にした「偏見と自負」を収録した。

エムシュウィラー作品の語り手の多くは、自分とは異なる体や言語や価値観を持つ生き物と束の間ともに生きることになる。よくわからない相手に個（一人、一羽、一匹）として向き合い、ときには同志や夫婦や親子のようなものになる。たとえば、猫と暮らす語り手の家に猫嫌いのエイリアンたちが大挙して来る。空を飛べない者を見下していた鳥人間は、下界に落ちてしまう。奇妙な生き物を育てる役に任命された「育ての母」は、人里離れた場所で奮闘しながら、その生き物とともに過ごせる時間を幸せなひとときだと認識している。

一人称の語りが多いためか、エムシュウィラー作品には「あなたと私ともう一人〔一匹〕」と呼べそうな展開や関係がたびたび現われる。この三者には人間、動植物、エイリアンおよびこれらの子孫のあらゆる組み合わせが入りうる。「私はあなたと暮らしているけれど、あなたはそれを知らない」はその典型で、独り暮らしの「あなた」の家にしのび込んだ語り手はそこに男を一人連れてこようと画策する。「すべての終わりの始まり」の語り手はエイリアンと友好的な関係を作る途中で愛猫たちの処分を迫られる。「ボーイズ」の語り手は男同士の戦いに打ち込むことを義務と心得る軍人だが、息子かもしれない部下が気になって、愛する女性と自分の子ではないかと夢想する。三人称で語られる作品でも同様である。「ユーコン」では夫と二人暮らしの女がまず木に恋焦がれ、次に家を出て熊と暮らし、不思議な赤ちゃんを産むから、いくつもの三者関係ができあがる。「ジョーンズ夫人」では二人姉妹が暮らす敷地に侵入者が出没して、姉妹の関係は変化していく。

エムシュウィラーの長篇でもさまざまな生き物同士の接触を通して支配関係や絆が描出され、「個」を通してシステムが垣間見える。『カルメン・ドッグ』の真面目な主人公は犬から人間の女性に変わりつつあり、飼い主に対する忠誠心と人間になる喜びのはざまで人間と動物について考える。『ザ・マウント』*The Mount*（2002）に登場する人間たちは馬に似た役割を担わされ、頭はよいが体力のない生き物を運んでいる。語り手の少年は「未来のリーダー」を乗せる担当で、歳の近い二人には主従関係と同時に一種の友情も見られる。二〇〇七年四月に刊行された最新長篇『秘密都市』*The Secret City* の主な登場人物は地球にやってきたエイリアンの二世たちだ。彼らは山上の秘密都市で出会うもののはぐれてしまい、一部の者は人間を手伝って馬に乗り、牛を追う。この作品ではエイリアン二世は人間の言葉をしゃべり、動物は口を利かない。そして常に黙って人間のそばにいる動物たちの存在が、読後の複雑な余韻をいっそう増していると思われる。

家出、飛翔、山登り、異種恋愛など、モチーフを繰り返し用いる傾向のあるエムシュウィラーが繰り返し対比しているものに言葉と沈黙がある。「ユーコン」の女性はだんだん言葉を捨てるか失くすかしているようだし、「悪を見るなかれ、喜ぶなかれ」の人々は話すことを禁じられている。だがエムシュウィラーの沈黙はコミュニケーションを遮断するばかりでなく、言葉の無力をあらわにして、言葉に頼らない絆を導き出す場合もある。長篇『リーピング・マン・ヒル』では口を利かない少年が大人たちの支えであり、物語の要にいる。エムシュウィラーの文章自体が、省略や沈黙を通して多くを語っている。エムシュウィラーは大きなテーマや物語の意味を設定することよりも、要素をうまく「リンク」させて緻密な作品に仕上げることを重視する。だが、伏線を張る重要性を説く一方で書き込みすぎは避け、物語の組み立てに読者が参加できるよう、余白を残す。エムシュウィラーの作品は人が読み、想像したり考えたりすることによってはじめて完成する。いや、そこからようやくはじまると言えるかもしれない。だからこそ幾通りにも読める可能性を含み、いつまでも読み終えることのない魅力を持つ作家の一人なのではないだろうか。

以下は補足メモである。

「すべての終わりの始まり」の最後で語り手がクリンプに教える「ラブ・カナル」はニューヨーク州ナイアガラフォールズ市の地名で、長年にわたりダイオキシンを含む有害化学物質を廃棄する場として用いられたのちに住宅地となり、住民に健康被害が出て問題となったことで知られている。「育ての母」でバラディーンの抜けた歯を語り手がお菓子に換えるのは、英米では歯の妖精が抜けた乳歯をお金に換えてくれるとされていることの応用版。

「男性倶楽部への報告」の冒頭および最後で引用されている作品はフランツ・カフカ「ある学会報告」である。いずれも引用箇所は池内紀訳『カフカ寓話集』（岩波文庫）を使わせていただいた。

「待っている女」で、待っているのが男だったら人類の象徴になれるという箇所はサミュエル・ベケット『ゴドーを待ちながら』の一節と重なる。ベケットへの言及はモロイという名前が一瞬登場する「石造りの円形図書館」にも見られる。

「悪を見るなかれ、喜ぶなかれ」の冒頭のJ・M・クッツェーの一節は『ペテルブルグの文豪』第七章より引用されている。童謡に関しては河野一郎編訳『対訳　英米童謡集』（岩波文庫）を参考にさせていただいた。

「セックスおよび／またはモリソン氏」に出てくる旧約聖書の一節は、「詩篇」第二十三篇四節。「ジョーンズ夫人」の題名の「ジョーンズ」は作中にあるとおり飼い犬の名に由来するほか、英語のクリーシェ“keeping up with the Joneses”とも関係がありそうだ。『英語クリーシェ辞典』（ベティ・カークパトリック、研究社）によれば、このクリーシェには「生活スタイルや消費・所有のレベルを隣人や知人と同程度に保とうとすること」という意味がある。

「いまいましい」の原題“Abominable”は「雪男」を意味する“abominable snowman”を連想させる良い題だが、訳者の力が足りず、訳題には反映できなかった。

「母語の神秘」で語り手が引用する学者の一人に「フリーズ」がいる。エムシュウィラーの父親チャールズ・カーペンター・フリーズ（Charles Carpenter Fries／一八八七〜一九六七）は言語学者だった。一九四一年から五八年までミシガン大学英語研究所の初期所長を務め、仕事で来日したこともある。
「偏見と自負」のオースティンの作品からの三つの引用箇所にはそれぞれ中野好夫訳『自負と偏見』（新潮文庫）、富田彬訳『高慢と偏見』（岩波文庫、下巻）、中野康司訳『高慢と偏見』（ちくま文庫、上巻）を使わせていただいた。

最後になってしまったが、エムシュウィラーという不思議な作家に出会わせてくださった国書刊行会編集部の樽本周馬さん、翻訳する途中で浮かんだ数々の疑問について一緒に考えてくださった方々に深く感謝する。どうもありがとうございました。

二〇〇七年五月

畔柳和代

●収録作品初出／収録単行本一覧

私はあなたと暮らしているけれど、あなたはそれを知らない　The Magazine of Fantasy and Science Fiction［F&SF］（2005.3）／*I Live with You*（2005）

すべての終わりの始まり　テリー・カー編 *Universe* 11（1981）／*The Start of the End of It All*（1990）

見下ろせば　Omni（1980.1）／*The Start of the End of It All*（1990）

おばあちゃん　F&SF（2002.3）／*Report to the Men's Club*（2002）

育ての母　F&SF（2001.2）／*Report to the Men's Club*（2002）

ウォーターマスター　Sci Fiction（2002.2）／*Report to the Men's Club*（2002）

ボーイズ　Sci Fictin（2003.1）／*I Live with You*（2005）

男性倶楽部への報告　*Report to the Men's Club*（2002）

待っている女　デーモン・ナイト編 *Orbit* 7（1970）／*The Start of the End of It All*（1990）

悪を見るなかれ、喜ぶなかれ　*I Live with You*（2005）

セックスおよび／またはモリソン氏　ハーラン・エリスン編 *Dangerous Visions*（1967）／*Joy in our Cause*（1974）

ユーコン　*Verging on the Pertinent*（1989）

石造りの円形図書館　Omni（1987.2）／*The Start of the End of It All*（1990）

ジョーンズ夫人　Omni（1993.8）／*Report to the Men's Club*（2002）

ジョゼフィーン　Sci Fiction（2002.11）／*I Live with You*（2005）

いまいましい　デーモン・ナイト編 *Orbit 21*（1980）／*Report to the Men's Club*（2002）
母語の神秘　*Verging on the Pertinent*（1989）
偏見と自負　*Report to the Men's Club*（2002）
結局は　*Report to the Men's Club*（2002）
ウィスコン・スピーチ　*I Live with You*（2005）

●キャロル・エムシュウィラー著作リスト（＊＝短篇集）

Joy in our Cause（1974）＊
Carmen Dog（1988）
Verging on the Pertinent（1989）＊
The Start of the End of It All（1990）＊
Ledoyt（1995）
Leaping Man Hill（1999）
Report to the Men's Club（2002）＊
The Mount（2002）
I Live with You（2005）＊
The Secret City（2007）

●邦訳短篇

「狩人」Pelt（神谷芙佐訳、〈ＳＦマガジン〉一九六〇年五月号）／『ＳＦベスト・オブ・ザ・ベスト・上』［創元ＳＦ文庫］に収録）

「ベビイ」Baby（神谷芙佐訳、〈ＳＦマガジン〉一九六〇年七月号）

「順応性」Adapted（神谷芙佐訳、〈ＳＦマガジン〉一九六一年九月号／『ファンタジーへの誘い』［講談社文庫］に収録）

「浜辺に出かけた日」Day at the Beach（関口幸男訳、〈ＳＦマガジン〉一九七〇年四月号／「浜辺に行った日」伊藤典夫訳、『ＳＦベスト・オブ・ザ・ベスト・下』［創元ＳＦ文庫］）

「グリンディ」You'll Feel Better（設水研訳、〈ＳＦマガジン〉一九七五年十一月号）

「啓示」The Coming（川口幸子訳、〈ＳＦマガジン〉一九七六年八月号）

「狩猟機」Hunting Machine（浅倉久志訳、〈ＳＦアドベンチャー〉一九八一年一月号／『ふしぎな国のレストラン』［徳間書店］に収録）

「ビーナスの目覚め」Venus Rising（嶋田洋一訳、〈ＳＦマガジン〉二〇〇三年九月号）

「ロージー」Creature（幹遙子訳、〈ＳＦマガジン〉二〇〇四年三月号）

＊参考文献　「翻訳作品集成」（雨宮孝編／http://homepage1.nifty.com/ta/index.html）

著者　キャロル・エムシュウィラー　Carol Emshwiller
1921年アメリカ・ミシガン州生まれ。49年にSFイラストレイターのエド・エムシュウィラーと結婚。55年、"This Thing Called Love"でデビュー。以後SF・ファンタジーのジャンル枠に収まらない独自の世界を構築した短篇作家として活動する。短篇集 *The Start of the End of It All*（90年）は世界幻想文学大賞のベスト短篇集に選ばれた。ネビュラ賞短篇部門では02年度「ロージー」、05年度「私はあなたと暮らしているけれど、あなたはそれを知らない」で受賞。88年に初の長篇作 *Carmen Dog*（河出書房新社近刊）を発表後、長篇作品もコンスタントに刊行し、*The Mount*（02年）ではフィリップ・K・ディック賞を受賞。05年、世界幻想文学大賞の生涯功労賞を受賞。85歳を越える現在も精力的に執筆活動を続けている。

訳者　畔柳和代（くろやなぎ　かずよ）
1967年生まれ。現代アメリカ文学専攻。東京医科歯科大学教養部准教授。訳書にジェイ・ルービン『ハルキ・ムラカミと言葉の音楽』（新潮社）、ホレイショ・アルジャー『ぼろ着のディック』（松柏社）、ポール・オースター編『ナショナル・ストーリー・プロジェクト』（共訳、新潮社）、A・ド・ボトン『プルーストによる人生改善法』（白水社）などがある。

短篇小説の快楽

すべての終《お》わりの始《はじ》まり

2007年5月25日初版第1刷発行

著者　キャロル・エムシュウィラー
訳者　畔柳和代
発行者　佐藤今朝夫
発行所　株式会社国書刊行会
〒174-0056　東京都板橋区志村1-13-15
電話 03-5970-7421　ファックス 03-5970-7427
http://www.kokusho.co.jp
印刷所　明和印刷株式会社
製本所　株式会社ブックアート

ISBN978-4-336-04840-0

短篇小説の快楽

読書の真の快楽は短篇にあり。
20世紀文学を代表する名匠の初期短篇から
本邦初紹介作家の知られざる傑作まで
すべて新訳・日本オリジナル編集でおくる
作家別短篇集シリーズ。

聖母の贈り物　ウィリアム・トレヴァー　栩木伸明訳

“孤独を求めなさい”――聖母の言葉を信じてアイルランド全土を彷徨する男を描く表題作ほか、圧倒的な描写力と抑制された語り口で、運命にあらがえない人々の姿を鮮やかに映し出す珠玉の短篇全12篇。トレヴァー、本邦初のベスト・コレクション。

すべての終わりの始まり　キャロル・エムシュウィラー　畔柳和代訳

私の誕生日に世界の終わりが訪れるとは……なんて素敵なの！　あらゆるジャンルを超越したエムシュウィラーの奇想世界を初めて集成。繊細かつコミカルな文章と奇天烈で不思議な発想が詰まった19のファンタスティック・ストーリーズ。

パウリーナの思い出に　アドルフォ・ビオイ＝カサーレス　高岡麻衣訳

最愛の女性は恋敵の妄想によって生みだされた亡霊だった――代表作となる表題作、バッカスを祝う祭りの夜、愛をめぐって喜劇と悲劇が交錯する「愛の手がかり」他、ボルヘスが絶讃した『モレルの発明』の作者が愛と世界のからくりを解く9つの短篇。

あなたまかせのお話　レーモン・クノー　塩塚秀一郎訳

その犬は目には見えないけれど、みんなに可愛がられているんだ……哲学的寓話「ディノ」他、人を喰った異色短篇からユーモア溢れる実験作品まで、いまだ知られざるレーモン・クノーのヴァラエティ豊かな短篇を初めて集成。

最後に鳥がやってくる　イタロ・カルヴィーノ　和田忠彦訳

語り手の視線は自在に俯瞰と接近を操りながら、ひとりの女性の行動を追いかけていく――実験的作品「パウラティム夫人」他、その後の作家の生涯と作品を予告する初期短篇を精選。カルヴィーノのみずみずしい語り口が堪能できるファン待望の短篇集。